LE MAS DES TILLEULS

Françoise Bourdon a été enseignante avant de se consacrer à l'écriture, sa passion de toujours. Férue d'histoire et de littérature, elle fait revivre dans ses livres les métiers oubliés et les vies quotidiennes d'autrefois. Elle réside à Nyons et a choisi pour cadre de ses derniers romans sa Provence d'adoption.

FRANÇOISE BOURDON

Le Mas des Tilleuls

ROMAN

CALMANN-LÉVY

© Calmann-Lévy, 2011.
ISBN : 978-2-253-16933-8 – 1re publication LGF

À Jean-Marie,
avec tout mon amour.

On n'est pas sérieux, quand on a dix-sept ans.
[...]
— On va sous les tilleuls verts de la promenade.

Les tilleuls sentent bon dans les bons soirs de juin !
L'air est parfois si doux, qu'on ferme la paupière ;
[...]
— On n'est pas sérieux, quand on a dix-sept ans
Et qu'on a des tilleuls verts sur la promenade.

ARTHUR RIMBAUD, *Roman*

1

Un oiseau de proie tournoyait dans le ciel presque trop bleu. La main placée en visière, Sosthène Lombard suivait ses évolutions en se demandant si un agneau n'avait pas échappé à la vigilance de Jean-Baptiste.

À dix-sept ans, son fils en paraissait plus de vingt. Grand, bien bâti, il était beau gars avec ses yeux bleus et ses cheveux bruns. Les filles étaient nombreuses à lui jeter des coups d'œil gourmands aux veillées ou durant les moissons.

Sosthène en éprouvait une sourde irritation. Lui-même, à près de quarante ans, se sentait en pleine force de l'âge. Il travaillait dur depuis des lustres et commençait à récolter les fruits de son labeur acharné.

Il tourna la tête vers le mont Ventoux, qui dominait le paysage en arrière-plan, loin derrière la crête du rocher Saint-Julien.

Comme son père et son grand-père l'avaient fait avant lui, Sosthène se fiait au Ventoux pour prévoir le temps de la nuit et du lendemain.

De nombreux dictons se transmettaient de génération en génération, dont le plus connu : *Quan lou Ventoux a soun capèu [...], se plòu pas aro ploura lèu*[1].

Sosthène, qui se disait volontiers mécréant, était attaché à ces traditions, plus importantes pour lui que les rites d'une religion ne l'attirant guère.

Depuis l'enfance, il avait poursuivi un seul but, s'enrichir. Lui, le fils de paysan des Baronnies gagné aux idées révolutionnaires, n'avait pas hésité à épouser Adélaïde Bonaventure, fille aînée d'un propriétaire aisé.

La jeune mariée apportait en dot le Mas des Tilleuls, un domaine que Sosthène convoitait depuis longtemps.

La demeure, plantée sur le versant exposé au sud, offrait un bon ensoleillement et une protection efficace contre le mistral comme contre les averses. Le bâtiment était robuste mais avait été mis à mal durant la jacquerie de l'été 1792. Lorsqu'il en était devenu propriétaire, le jour de son mariage, en 1806, Sosthène s'était promis de lui rendre son éclat. Il avait manié la truelle, mêlé du sable et de la terre à la chaux pour reconstituer un enduit coloré capable de protéger les murs de roche tendre, et redonné vie au mas. Tout en longueur, l'édifice était flanqué de deux tours, d'allure plus dauphinoise que provençale.

----

1. « Quand le Ventoux a son chapeau [...], s'il ne pleut sur l'instant il pleuvra rapidement. »

Fier du travail accompli, il était devenu un notable de la région de Buis. Ce qui ne l'avait pas incité à ouvrir les cordons de sa bourse, bien au contraire.

Sosthène Lombard donnait l'exemple et attendait la même attitude aussi bien de ses employés que de sa famille. Il était renommé pour sa dureté et son intransigeance. Adélaïde avait tenté d'émousser les aspérités de son caractère. À la mort prématurée de sa femme, d'une mauvaise fièvre, deux ans après la naissance de Jean-Baptiste, Sosthène s'était refermé sur lui-même.

« Je n'aurais pas pensé qu'il ait pu aimer sa femme », avait marmonné la vieille Léonie, qui élevait le petit garçon. Plus tard, en y réfléchissant bien, elle avait compris que le maître de maison avait mal supporté ce coup du destin. Lui qui aimait à tout maîtriser s'était senti trahi.

Sosthène était resté seul une dizaine d'années avant de ramener une « jeunesse » au Mas des Tilleuls. Ce jour-là, Léonie s'était signée précipitamment.

« *Voù pas l'aigo que bèu*[1] », avait-elle bougonné.

Sans mot dire, elle était allée chercher, dans la chambre des maîtres, les effets personnels d'Adélaïde auxquels elle n'avait pas eu le courage de toucher et les avait entreposés dans une armoire garde-robe. Pas question que Séraphine, la nouvelle épouse, ait accès au missel, au chapelet ou aux vêtements d'Adélaïde ! Léonie était déjà malade à l'idée de la voir utiliser le

---

1. « Elle ne vaut pas l'eau qu'elle boit. » Se dit d'une personne qui n'est bonne à rien.

linge du trousseau de sa « nourrissonne ». Impressionnant, ce trousseau accumulé depuis plusieurs générations : cent vingt paires de draps de chanvre et de lin, taies d'oreillers, courtepointes, couvre-pieds, serrés dans la grande lingerie située à l'étage, juste à côté de la tour est.

Léonie avait compris dès le premier jour que Séraphine, malgré ou à cause de ses vingt ans, ne s'en laisserait pas conter. Elle lui avait réclamé le clavier, attribut de la nouvelle épouse, rassemblant les clefs de la demeure, d'un ton insolent en précisant : « C'est moi la maîtresse du mas, à présent » et Léonie avait dû s'exécuter, la mort dans l'âme.

Cette fille au teint mat, aux cheveux noirs, au regard sombre, était la parfaite antithèse d'Adélaïde, blonde aux yeux très bleus. Personne ne savait d'où elle venait. Il se murmurait que Sosthène l'avait ramassée sur les chemins. Léonie en doutait.

En tout cas, elle avait fini par partir, ne pouvant plus supporter l'arrogance de la donzelle. Adélaïde lui avait légué un mazet à l'entrée du village. Grâce à sa nourrissonne, Léonie était assurée de ne pas finir ses jours à l'hospice.

« Méfie-toi de cette femme, avait-elle recommandé à Jean-Baptiste le jour de son départ. C'est une malfaisante. »

Le garçon venait lui rendre visite dès qu'il pouvait s'échapper du mas. Il réclamait à Léonie des anecdotes sur la vie de jadis, sur le domaine. Il s'intéressait notamment à la quadruple allée de tilleuls menant au mas. Cette allée avait une histoire. Charles Bonaventure, le père d'Adélaïde, l'avait plantée en hommage à la femme qu'il aimait, Maylis, quelques années avant que le tilleul ne soit souvent choisi comme arbre de la liberté. Homme lettré, Charles Bonaventure avait été ému par la légende faisant de cet arbre aux feuilles en forme de cœur le symbole de l'amour et de la fidélité.

Petit, Jean-Baptiste se réfugiait dans le tronc creux du tilleul le plus éloigné du mas. Il espérait ainsi échapper aux railleries et aux accès de colère de son père. Pour Sosthène, on ne travaillait jamais assez. Si Jean-Baptiste n'avait pas reçu l'affection de Léonie et les leçons de son oncle Hector, savant revenu dans les Baronnies après avoir herborisé jusqu'à Saint-Domingue, il aurait grandi comme un enfant sauvage. Grâce à Hector, le frère aîné de sa mère qui habitait une maison sur trois niveaux à Buis, Jean-Baptiste avait appris à mieux connaître les plantes et les livres.

« Ta maman tenait par-dessus tout aux tilleuls du mas », lui racontait souvent Hector. Et il rappelait : « La coutume voulait que des tilleuls soient plantés devant la demeure d'une femme généreuse. »

Si c'était le cas, Séraphine avait brisé la tradition. Les chemineaux et autres vagabonds ne grimpaient plus jusqu'au mas. La nouvelle maîtresse de maison avait donné des consignes strictes. Pas question de nourrir ou d'héberger les miséreux.

Dès son installation au mas, Séraphine avait fait venir la couturière de Buis, Bastienne, et s'était fait tailler plusieurs toilettes. Bastienne, qui connaissait bien Léonie, avait laissé entendre que la jeune femme ne possédait que sa chemise et un jupon.

« Une fille de rien », soupirait Léonie en remuant ses tians pour confectionner son gratin de blettes. « *N'ave ni biai ni biasso*[1]. »

Pourquoi, Seigneur, le maître était-il allé s'enticher de cette jeunesse ? Elle apporterait le malheur au mas. Léonie en était convaincue.

L'automne, la saison préférée de Sosthène, ensoleillait les Baronnies. Les petits matins étaient frisquets, un temps idéal pour partir traquer les grives. Pour ce faire, il ne recourait pas aux lecques, les pièges à assommoir, qu'il laissait volontiers aux gamins. Il préférait la chasse dite « au poste à feux ». Le poste était un abri de branchages dont les ouvertures latérales permettaient de tirer. Les grives étaient attirées par des cages surmontées de baguettes engluées. Prises au piège, elles jouaient le rôle d'appelant auprès de leurs congénères.

Sosthène avait bien un peu de peine à se lever du lit douillet et à abandonner Séraphine qui ronronnait de plaisir après l'étreinte matinale mais sa passion pour la chasse l'emportait. Il partait seul en compagnie de son chien, Faraud, puisque son fils avait la chasse en horreur. Tout en faisant craquer le givre sous ses lourds souliers, Sosthène remâchait ses griefs contre Jean-Baptiste. Son fils unique le décevait souvent. Certes, il s'acquittait des tâches du domaine, mais sans réel entrain. Il préférait de beaucoup se rendre chez son oncle, ce vieux fou d'Hector, ou encore chez Léonie. Sosthène savait que Jean-Baptiste

---

1. « Elle n'avait ni qualité ni bien. »

s'intéressait davantage aux plantes qu'au troupeau ou aux champs mis en culture.

Si seulement Séraphine pouvait lui donner un autre fils ! Auprès de sa jeune épouse, il avait l'impression de ne pas être si âgé, après tout, mais il ne s'illusionnait pas. On la toisait en ville, chuchotant sur son passage.

Séraphine était trop différente d'Adélaïde pour être facilement intégrée, et acceptée. La jeune femme s'en moquait éperdument. Elle avait un caractère sauvage et passionné qui ravissait Sosthène la nuit tout en le gênant parfois le jour. Pas question pour lui de se livrer à la moindre révélation sur les origines de Séraphine. Il tenait à sauvegarder la réputation de son nom et celle de ses enfants à naître.

Un bruit d'ailes le fit tressaillir. Perdu dans ses pensées, il en avait oublié qu'il était venu chasser les « kia kia », les grives.

La veille, il avait proposé à Jean-Baptiste de l'accompagner. Son fils avait refusé. Il devait rendre visite à Hector. Une nouvelle fois, Sosthène s'était senti renié. Lui qui travaillait de ses mains ne pouvait rivaliser avec son beau-frère, fin lettré. Pourtant, les rentes d'Hector diminuaient tandis que le patrimoine de Sosthène augmentait chaque année.

Au fil des ans, Sosthène avait racheté terres et mazets qu'il louait à des fermiers. Il était devenu « quelqu'un », ce qui l'emplissait de fierté. Il avait eu à cœur, en effet, de prouver à la famille d'Adélaïde qu'il n'était pas un vulgaire coureur de dot. Sa première épouse l'avait longtemps impressionné. C'était une dame, et Sosthène ne se comportait pas avec elle au lit comme il le faisait avec Séraphine.

Sa seconde épouse aimait l'amour, qu'elle faisait joyeusement et sans façon. Ce qui convenait parfaitement à Sosthène.

Il esquissa un sourire. Malgré le temps plus que frisquet, il n'avait plus besoin de faire bassiner son lit par la servante, Eulalie.

Séraphine suffisait à réchauffer les draps.

2

1826

Comme chaque année, les derniers jours du printemps étaient marqués par la floraison des tilleuls du
mas. Le paysage en paraissait tout transformé.
« Transcendé », affirmait Hector.

Les arbres aux feuilles en forme de cœur se cou-
ronnaient de dômes d'un jaune vert pâle accrochant
la lumière et dégageaient un parfum suave, miellé et
entêtant qui se diffusait encore durant la nuit.

Les nuits de juin… Jean-Baptiste les attendait avec
impatience ; il dirigeait la récolte des tilleuls d'Adélaïde, selon un accord tacite avec Sosthène. Si Hector
le lettré avait fait l'éducation de son neveu, Maurice,
le valet, avait transmis au garçonnet tout ce qu'il
savait sur l'arbre des amoureux et des sorciers.

Dès le premier jour de la cueillette, Sosthène
s'arrangeait pour se rendre à la foire de Banon,
comme s'il ne pouvait supporter l'idée de voir son
fils unique mener les opérations. On louait du
monde, car il fallait faire vite. La floraison n'excédait

pas deux semaines, et la fleur devait être cueillie dans les heures suivant son éclosion. Sinon, tachée de brun, « boulée », elle perdait une grande partie de sa valeur.

Debout sur le seuil du mas, Jean-Baptiste prit une longue inspiration. Le parfum des tilleuls en fleur imprégnait tout le domaine. Bientôt, les abeilles rendues folles par l'arôme délicat, sucré, tourbillonneraient autour des branches.

L'air était doux malgré l'heure matinale. Le soleil venait à peine de se lever. Plus tard, quand la chaleur deviendrait si forte que le décor se troublerait, il serait temps de chercher l'ombre.

— Jean-Ba, ta soupe est prête, lui rappela dans son dos la voix de Léonie, le faisant sursauter.

La vieille femme venait aider le temps de la récolte, se chargeant des divers travaux du ménage et préparant les repas, ce qui permettait à Séraphine de se joindre aux cueilleurs lorsqu'elle y était décidée.

Il rentra à l'intérieur de la salle, caressa distraitement la tête de Louve, sa chienne aux longs poils gris, et but son bol de soupe debout, ce qui exaspérait Léonie.

— Tu peux t'asseoir, tout de même ! lui fit-elle remarquer. On est bien obligés de prendre le temps de mourir.

En guise de réponse, il lui donna une affectueuse bourrade. Séraphine, mal réveillée, s'installa à la table en bois patiné. Sa chemise de lin, au décolleté presque carré, fermé par une coulisse, bâillait sur sa poitrine opulente. Le coup d'œil réprobateur de Léonie lui tira un sourire narquois. Elle passa la main dans ses cheveux noirs ébouriffés.

— Tu commences par quel côté ? demanda-t-elle à son beau-fils.

— L'allée de gauche. Elle est plus avancée.

Séraphine ne répondit pas. Elle but sa soupe à petites gorgées, comme l'eût fait un chaton. Restée sur le seuil de la salle, Louve gronda doucement pour appeler son maître. Séraphine se tourna vers la chienne à la robe grise.

— Sors de ma maison ! lui ordonna-t-elle, d'une voix sèche.

Louve, l'échine courbée, recula à pas lents vers la cour. Jean-Baptiste se leva.

— J'y vais, dit-il d'un ton neutre.

Il s'adressait à Léonie. La vieille femme hocha la tête.

— J'apporterai les biasses à midi.

Dans la cour, Maurice attendait déjà. Les deux hommes allèrent chercher dans la grange les grandes échelles, hautes de plus de cinq mètres, larges à la base et pointues au sommet. Les tilleuls par lesquels ils avaient l'intention de commencer n'étaient pas les plus élevés mais leur floraison était particulièrement abondante. Maurice et Jean-Baptiste retrouvèrent dans l'allée les deux hommes et les trois femmes loués la veille. Ils avaient déjà travaillé l'an passé au mas. Jean-Baptiste reconnut avec plaisir Estelle, la fille du cafetier de Bénivay. Ils avaient gardé les moutons ensemble, plusieurs années auparavant. Estelle avait grandi, et embelli. Son minois en forme de cœur était encadré de cheveux châtains en partie dissimulés sous un bonnet blanc maintenu sur la tête par des liens noués sous le menton. Ses yeux rieurs pétillaient.

Jean-Baptiste, le plus agile, grimpa dans le tilleul le plus fourni et entreprit de le « tailler en vert ». Les trois femmes ramassèrent les rameaux tombés sur le sol et détachèrent les bractées qu'elles enfournaient chacune dans leur saquette, une sorte de grande chaussette ouverte par un cercle de bois, qui pendait à leur cou. Au fur et à mesure que la matinée avançait, la chaleur se faisait plus lourde. Les abeilles, énervées, gênaient le travail des cueilleurs. José, le plus âgé, n'avait pas son pareil pour placer son échelle au meilleur endroit. Le parfum du tilleul imprégnait la peau comme les vêtements.

Le clocher de l'église sonnait à peine les douze coups de midi que Léonie surgissait au bout de l'allée. Elle apportait du pain soigneusement conservé dans un torchon, des oignons, du saucisson, de la tome de brebis et des cerises, cueillies la veille dans le verger.

Le repas pris en commun à l'ombre de deux gros tilleuls avait le goût du travail accompli, de l'effort partagé et de la pause bienvenue. Le vin du domaine, maintenu au frais dans des linges mouillés, désaltérait autant que l'eau tirée du puits. Le déjeuner terminé, Léonie rassembla restes et bouteilles dans son panier et reprit le chemin du mas, gaiement saluée par les cueilleurs. Les hommes s'octroyèrent une petite sieste tandis que les femmes bavardaient à l'ombre. La chaleur était dense, accentuée par le parfum de plus en plus présent des fleurs de tilleul. Jean-Baptiste, toujours escorté par sa chienne, entraîna Estelle vers le ruisseau qui traversait le champ en contrebas. Déjà presque à sec, il laissait voir de grosses pierres affleurantes.

— Ça va ? s'enquit Jean-Baptiste, histoire de prononcer quelques mots.

La présence d'Estelle à ses côtés, les effluves de tilleul émanant de sa peau le troublaient et le rendaient maladroit. La jeune fille sourit.

— J'aime le tilleul. Mon grand-père dit que c'est un arbre sacré.

Le visage de Jean-Baptiste s'assombrit.

— Mon père déteste nos arbres. S'il le pouvait, il les abattrait tous et les ferait brûler dans la cheminée de la salle, un feu d'enfer. J'ai l'impression…

Il s'interrompit, soudain mal à l'aise. Il n'allait tout de même pas se confier à Estelle ! Qu'aurait-elle compris s'il lui avait dit être convaincu que les tilleuls d'Adélaïde symbolisaient la puissance déchue des Bonaventure ? C'était une affaire entre Sosthène et lui.

Le ciel était presque blanc, la touffeur suffocante. Les montagnes barraient l'horizon. Estelle s'essuya le front du revers de la main. Elle espérait… elle ne savait quoi, un geste tendre de la part de Jean-Baptiste. Celui-ci lui jeta un regard incertain avant de lancer :

— On y va ? Le travail n'attend pas.

Elle fit « oui » de la tête. Elle se sentait un peu triste, tout à coup, sans pouvoir expliquer pourquoi. Comme si le soleil s'était voilé…

La bourrasse[1] jetée sur l'épaule, Jean-Baptiste grimpa au grenier, lieu de séchage habituel. La journée avait été longue, la chaleur écrasante. C'était la dernière qu'il montait au grenier. Les cueilleurs étaient retournés chez eux. Malgré ses dix-huit ans, il était courbatu de partout. Il vida sa bourrasse et étala les fleurs de tilleul sur le plancher de bois grossier. Une odeur entêtante l'enveloppait. Louve l'attendait au bas de l'échelle. Il lui caressa la tête avant de se diriger vers le puits. Il tira un seau d'eau fraîche, s'en aspergea la tête et le torse après avoir ôté sa chemise. Il eut l'impression de revivre en sentant l'eau couler le long de son dos. Il s'ébroua. Des gouttelettes tombèrent sur ses mains.

Il avait faim brusquement, et soif.

Un regard pesait sur lui. Il se retourna lentement, comme à regret. Debout, devant l'écurie, Séraphine l'observait avec un sourire ambigu. Elle se dirigea vers lui. À chaque pas, ses seins menaçaient de jaillir hors de son caraco aux bretelles lâches. Sa peau dorée évoquait une miche de pain tiède.

Incapable de la quitter des yeux, Jean-Baptiste se raidit. Il n'aimait guère Séraphine mais, à cet instant, il brûlait du désir de l'entraîner dans la grange et de la basculer sur une botte de foin. Désir qui était, semblait-il, partagé.

La jeune femme était désormais si proche de Jean-Baptiste qu'il pouvait voir les gouttelettes de sueur perlant au-dessus de sa lèvre supérieure. Son ventre se durcit. Il avait envie d'elle, là, sur-le-champ.

---

1. Grand carré de toile de jute destiné au transport du tilleul.

Elle posa la main sur son bras nu. Il tressaillit.

— Tu es beau, souffla-t-elle d'une voix rauque. Et fort…

Son regard assombri lui donnait le vertige. Il crispa les poings.

« C'est la femme de mon père », se répétait-il pour se donner du courage. Elle n'avait pas bougé d'un pouce. Elle était là, plus désirable que belle, le corps tout entier débordant de sensualité.

— Viens…, reprit-elle.

Il lui suffisait de tendre les mains pour saisir ses seins lourds, aux aréoles brunes. Il les apercevait, libres sous le caraco. Elle ne sentait pas le tilleul mais une odeur musquée de femme en attente.

Elle le guettait, attentive au moindre de ses gestes.

— Personne ne le saura, insista-t-elle. Juste toi et moi. Tu en as envie, toi aussi. Crois-moi… tu ne le regretteras pas !

Parce qu'elle disait vrai, il la repoussa avec d'autant plus de force. Furieux, luttant contre son désir, il la traita de traînée avant de s'enfuir vers le mas. Son rire le poursuivit longtemps, bien après qu'il se fut réfugié dans sa soupente.

Il regarda le soleil décliner en tremblant. Il ne savait plus si c'était encore de la colère ou déjà du regret. Il crispa les poings.

Dès que la cueillette du tilleul serait terminée, il partirait.

3

Si le père et le fils s'étaient bien entendus, Séraphine aurait risqué gros. Elle se demandait d'ailleurs
encore, le lendemain, pour quelle raison elle avait
tenté de séduire Jean-Baptiste. La faute à la chaleur,
à ce parfum entêtant de tilleul, à la force vigoureuse
du jeune homme… Elle avait pensé qu'il se laisserait
entraîner sans protester, trop heureux de jeter sa
gourme dans ses bras. À présent, elle ne savait comment se tirer de ce mauvais pas.

Si Sosthène la chassait du mas, elle ne retrouverait
jamais une situation comparable. Il avait du bien et
il l'avait épousée, lui conférant ainsi une respectabi-
lité inespérée. Elle n'avait pas la moindre envie de
mener à nouveau sa vie d'avant Sosthène. Il lui fallait
donc se débarrasser de son beau-fils. Pour ce faire,
elle n'avait pas le choix.

Sosthène revint de la foire deux jours plus tard. Il
était d'excellente humeur, ayant vendu à bon prix
brebis et fromages. Lorsqu'il ouvrit la porte du mas,
il trouva l'atmosphère dans la salle oppressante. Son

fils et son épouse soupaient l'un en face de l'autre dans un épais silence. Séraphine avait le visage fermé, ce qui alerta Sosthène. Jean-Baptiste avalait sa soupe à larges lampées, tête baissée, le nez dans son assiette. Seul le chien Faraud accueillit Sosthène en frétillant.

Séraphine vint à sa rencontre et se lova contre lui.

— Tu m'as manqué, chuchota-t-elle.

Sosthène avait beau savoir où il l'avait rencontrée, il était incapable de lui résister. Elle avait le pouvoir de faire couler du feu dans ses veines. Pas comme cette pauvre Adélaïde qui s'acquittait du devoir conjugal les yeux fermés…

Sosthène l'aurait volontiers troussée sur la table mais il n'osait pas, en présence de son fils. Il grommela quelque chose au sujet des bêtes et Jean-Baptiste se leva.

— J'y vais, père, dit-il.

Sosthène plongea les mains dans le caraco de Séraphine dès que Jean-Baptiste eut franchi le seuil de la salle.

La jeune femme le repoussa ; soutint son regard.

— Il faut que je te parle, lui dit-elle fermement. Maintenant.

Malgré les précautions oratoires de Séraphine, Sosthène vit rouge dès qu'elle lui eut conté sa version des faits. Comment ? Son fils lui avait manqué de respect ? Et avait tenté de la violer dans la grange ?

Il allait lui apprendre à ce drôle !

Il repoussa Séraphine et se rua dehors. Apercevant Jean-Baptiste en conversation devant le puits avec la jeune Estelle, il le héla d'une voix terrible.

— Nous sommes en compte, toi et moi, lui dit-il.

Des images de Séraphine à demi-nue, le corsage déchiré, se pressaient sous ses paupières. Elle lui appartenait, il l'avait payée assez cher ! La tête en feu, il rejoignit son fils.

— Tu n'as rien à faire ici, toi ! jeta-t-il à Estelle qui fila aussitôt.

Se retournant vers Jean-Baptiste, il poursuivit :

— Toi non plus, d'ailleurs ! Fils maudit, dégénéré ! Heureusement que ma femme est honnête. Tu pensais qu'elle se tairait, n'est-ce pas ?

Il le saisit par le col et le secoua brutalement. Ses yeux étaient injectés de sang.

— Espèce de... *pou-vou*[1] ! hurla-t-il. Je devrais te tuer, ce n'est pas l'envie qui m'en manque !

— Vous vous trompez, père, articula Jean-Baptiste avec peine.

Un coup de poing d'une violence inouïe le projeta dans la poussière. Sonné, le fils se releva en titubant. Sosthène lui allongea un coup de pied qui le fit trébucher de nouveau. Il rossa son fils avec une sorte de rage. Jean-Baptiste ne se défendait même pas, se contentant de tenter de se protéger. Son arcade sourcilière se fendit, le sang jaillit, décuplant la haine de Sosthène.

— Arrête !

Séraphine se pendit à son bras.

— Tu ne vas pas le tuer, tout de même ! s'écria-t-elle.

---

1. « Vaurien. »

Elle ne précisa pas sa pensée. Certains la jugeaient déjà mal, critiquant sa façon de s'habiller ou même de marcher. Sosthène était capable de battre Jean-Baptiste à mort. Séraphine imaginait le scandale. Si elle cherchait à se débarrasser de son beau-fils, elle souhaitait le faire en conservant le beau rôle.

— Laissez-moi faire, intervint Maurice.

Il réussit à ceinturer Sosthène. Ce dernier, l'écume aux lèvres, continuait d'insulter son fils. Jean-Baptiste gisait sur le sol. Il se redressa lentement.

Du sang coulait de son visage. Il respirait doulou-reusement.

— Tu dois avoir des côtes cassées, mon gars, fit Maurice en le soutenant.

De son côté, Séraphine entraînait son époux vers le mas. Sosthène se retourna vers son fils. Il avait le regard fou, halluciné, d'un cheval vicieux.

— Je te maudis ! déclara-t-il d'une voix dangereuse-ment calme. Ne t'avise pas de remettre les pieds ici. Sinon, je t'en fais le serment, je t'abats comme un chien.

Jean-Baptiste, un œil à demi fermé, l'autre déjà tuméfié, soutint le regard du maître.

— Vous vous trompez sur moi mais je n'abandon-nerai jamais mes droits. Le Mas des Tilleuls fait partie de mon héritage.

— *Catièu*[1] *!* rugit Lombard. Le Mas des Tilleuls m'appartient et je m'arrangerai pour qu'il ne revienne jamais à un malfaisant comme toi.

_____

1. « Mauvais. »

Le silence tomba sur la cour du mas. Un silence pesant, insoutenable, que rompit brutalement un bref aboiement de Louve.

— Disparaissez, toi et ton chien ! hurla Sosthène, ne se contrôlant plus de nouveau.

Maurice entraîna son ami.

— Viens, petit, laisse ce fou furieux mal parler à son aise.

Le valet le portait presque. Jean-Baptiste, sous le choc des coups reçus et de la violence verbale de Sosthène, tenait à peine debout. Les deux hommes remontèrent l'allée bordée de tilleuls. Dès qu'ils furent hors de vue des habitants du mas, Maurice aida Jean-Baptiste à s'asseoir sur une souche.

— Mon pauvre gars… Comment il t'a arrangé…, marmonna-t-il.

Jean-Baptiste, les dents serrées, le visage défait, ne soufflait mot. Des gouttes de sueur perlaient à son front. Il contemplait les tilleuls d'Adélaïde d'un air si désespéré que Maurice prit peur.

— Viens, mon gars, reprit-il, la Léonie va te remettre sur pied.

Louve les suivait en gémissant sourdement. Le ciel avait viré au sombre. Un ciel d'orage, qui risquait de compromettre la suite de la cueillette, pensa Jean-Baptiste. Il ne pouvait songer qu'à ça, le reste lui faisait trop mal.

Sans l'intervention de Maurice, son père l'aurait tué sur place, il en était sûr.

Il marcha comme un automate jusqu'au mazet de Léonie, sans même jeter un regard aux personnes croisées en chemin qui paraissaient effrayées.

Maurice frappa à la porte de la vieille femme. À bout de forces, Jean-Baptiste s'effondra lentement sur le seuil.

— Doux Jésus ! s'écria Léonie en le découvrant dans cet état.

Aidée par Maurice, elle le redressa, l'installa sur un banc, tourna autour de lui durant une demi-minute avant d'aller chercher sa boîte à remèdes, qu'elle conservait dans le cellier. Elle commença par nettoyer avec précaution le visage tuméfié de Jean-Baptiste. Pour ce faire, elle utilisait de l'eau de lys qu'elle confectionnait elle-même.

Soulevant ensuite sa chemise, elle lui arracha une plainte étouffée. Son torse se marquait d'ecchymoses qui bleuissaient déjà. Le visage crispé de celui qu'elle avait élevé la renseigna vite. Elle se leva, alla chercher de la charpie qu'elle enroula autour du buste de Jean-Baptiste, en la serrant le plus possible.

Il protesta quand elle voulut l'examiner sur tout le corps.

— Laisse ! fit-il. Je suis costaud, ça guérira vite.

Il ne lui dit pas qu'un coup de pied expédié par Sosthène dans ses parties génitales le faisait horriblement souffrir. Chaque inspiration lui donnait l'impression qu'il allait s'évanouir tant ses côtes étaient douloureuses. Mais cela n'était rien en comparaison du désespoir et de la haine qui le rongeaient. Chassé. Il avait été chassé de la maison de sa mère, alors que la cueillette du tilleul était loin d'être terminée.

Si, comme il le craignait, Maurice était renvoyé du mas à cause de lui, il ne pouvait compter sur Séraphine pour retourner et aérer les fleurs de tilleul ou achever la récolte.

Une larme roula sur sa joue. Il l'écrasa d'un coup sec. Il se sentait las, nauséeux et perdu.

4

Jean-Baptiste se mit en route après l'orage. Un orage de juillet, aussi bref que violent, qui avait donné peu d'eau. Le ciel, d'une pâleur inhabituelle, paraissait comme délavé.

Léonie l'accompagna sur le seuil de son mazet. Deux amandiers, cinq oliviers lui suffisaient largement pour sa consommation personnelle. Elle avait aussi quelques chèvres. Elle se serait estimée heureuse sans le souci occasionné par Jean-Baptiste qu'elle s'obstinait à nommer son « petitoun ».

Elle le regarda avec une sorte d'avidité, consciente qu'ils risquaient fort de ne pas se revoir avant longtemps. Elle-même serait-elle encore en vie ? Elle avait dépassé les septante et, même si elle était toujours aussi vaillante, elle se fatiguait plus vite.

Il était beau, son Jean-Baptiste, pensa-t-elle, malgré ses ecchymoses qui viraient au vert et son regard mélancolique. Elle l'avait soigné durant une semaine. À présent, il était grand temps pour lui de quitter le pays. S'il s'obstinait à rester dans les Baronnies, Sosthène finirait par le tuer. Un frisson courut le long du dos de Léonie. Elle s'était promis de ne jamais remettre les pieds au Mas des Tilleuls. Cette traînée de Séraphine était parvenue à chasser le fils d'Adélaïde, celle qui resterait toujours la véritable maîtresse de maison. Léonie la haïssait presque autant que Sosthène.

Se haussant sur la pointe des pieds, elle traça une croix sur le front de celui qu'elle considérait comme son fils.

— Tu verras, ta tante Adrienne est une bonne personne, lui dit-elle. Tu pourras compter sur elle.

Il acquiesça d'un hochement de tête. Il se sentait encore sous le choc, incapable de bâtir des projets. Son oncle Hector et Léonie avaient insisté pour qu'il s'éloigne. Il s'exécutait parce qu'il n'existait pas d'autre solution mais partir lui était un arrachement.

Il serra brièvement Léonie contre lui. Il ne voulait surtout pas s'attendrir.

— Prends soin de toi, recommanda-t-il d'une voix enrouée à la vieille femme.

Il avait dû laisser ses quelques souvenirs au mas. Il n'emportait avec lui qu'un couteau, cadeau de Maurice, deux mouchoirs et *Les Rêveries d'un promeneur solitaire*, offerts par Hector.

« Tu ne seras jamais seul en compagnie de Rousseau », lui avait dit son oncle. Il lui avait glissé deux louis dans sa poche. « Mon garçon, le mieux pour toi est d'aller voir ma sœur Adrienne près de Forcalquier. C'est une femme qui a du cœur, son époux Duthilleux et elle te protégeront. J'ai écrit cette lettre pour leur expliquer la situation. Je t'en conjure, ne reviens pas par ici. Cet homme a perdu la raison… »

C'était peut-être cela qui lui causait le plus de peine : il n'avait commis aucune action répréhensible et on le chassait comme un criminel.

Il avait serré les poings sous le regard d'Hector, qui ne se dérobait pas.

« Sosthène a la puissance de l'argent, avait repris son oncle. La roue a tourné. Désormais, les Bonaventure vivent dans le souvenir de leur aisance passée. J'ai bénéficié d'une avance d'hoirie pour herboriser à ma guise jusqu'aux îles. C'était mon choix et je ne l'ai pas regretté. Excepté aujourd'hui. »

Jean-Baptiste lui avait serré la main, gravement.

« Vous m'avez déjà tant aidé, mon oncle. »

Il avait bien fallu se quitter. Pourtant, alors qu'il aurait dû se diriger vers le Ventoux, Jean-Baptiste bifurqua. Tout naturellement, il prit la route du Mas des Tilleuls. Une odeur miellée flottait encore dans l'air. Il grimpa jusqu'à la quadruple allée. Son cœur se serra en constatant que la cueillette n'avait pas avancé. Tout était resté en l'état. Maurice avait dû partir, comme il le redoutait. À présent, Séraphine avait fait place nette. Une bouffée de haine le submergea. Cette horrible femme avait tout gâché. Comment son père avait-il pu la croire, elle ? Tout simplement parce que la version de sa seconde épouse était plus facile à accepter que celle de son fils, se dit-il brutalement.

Il enveloppa d'un regard lourd de désespoir les tilleuls, notant pour lui-même que celui-ci aurait dû être taillé de l'intérieur et que les fleurs brunissaient sur celui-là.

De nouveau, il crispa les poings. C'était à son héritage maternel qu'il disait adieu, il en avait douloureusement conscience. Lorsqu'il se détourna enfin du Mas des Tilleuls, le ciel était dégagé.

Il avait marché, marché, sans se retourner. Il se rappelait avoir entendu Estelle le héler. « Jean-Baptiste ! Jean-Ba ! » Elle l'avait rattrapé, haletante, à la sortie de Buis.

Sa coiffe s'était défaite dans sa course, elle avait les joues rosies et des gouttelettes de sueur humectaient sa lèvre supérieure. Elle s'était pendue à son bras.

« Tu ne pars pas, dis ? »

Le ravissant visage se levait vers lui, les yeux bruns le suppliaient. Il avait soupiré. « C'est mieux ainsi, Estelle. »

Il avait lu dans son regard qu'elle espérait autre chose de lui. Des serments, l'assurance qu'ils se reverraient… Il avait secoué la tête.

« Petite… il ne faut pas m'attendre. Je ne reviendrai… »

Il s'était interrompu. Impossible de préciser à cette gamine : « Je ne reviendrai qu'à la mort de mon père. »

Il s'était penché, lui avait caressé la joue. « Oublie-moi », avait-il soufflé.

Il entendait encore son cri vibrant, alors que, Louve sur les talons, il s'engageait sur la route du col de Fontaube.

« Je t'attendrai toute ma vie, Jean-Baptiste ! »

Il avait esquissé un sourire, en se disant qu'elle rencontrerait bientôt un autre homme. De temps à autre, il y songeait encore, alors qu'il cheminait sur les routes poudrées de poussière sèche.

Il avait eu l'impression de changer de pays après avoir traversé le village d'Aurel. Certes, il apercevait encore le Ventoux, géant tutélaire qu'il avait toujours connu, mais la végétation, l'air, et jusqu'à la couleur du ciel étaient différents.

Il avait dormi à la belle étoile, avec Louve contre son flanc, en refusant de penser à ce qui l'attendait. Il lui fallait faire son deuil, cesser de croire que toute sa vie s'écoulerait au Mas des Tilleuls. La froidure du petit matin l'avait réveillé. Des lambeaux de brume se déchiraient au-dessus de la cime des arbres. Il se leva, enfouit les mains dans le pelage de sa chienne pour se réchauffer. Louve lança un jappement bref et se frotta contre son maître.

— Viens, ma belle, lui dit-il.

Il avait faim et soif. Il se désaltéra à une fontaine après avoir fait boire sa chienne, s'aspergea d'eau froide et reprit la route. Le paysage se modifia de nouveau de façon sensible en bordure du plateau d'Albion. Des cabanes de pierres sèches étaient bâties le long des champs. La vue contemplée de Ferrassières le sidéra. Lui qui n'était jamais allé plus loin que Vaison se sentait presque un étranger.

Il marcha, marcha, jusqu'au village de Banon où il acheta une miche de pain. Il en mangea un petit quart, le mâchant longuement pour le faire durer. Louve était partie chasser. Elle revint une demi-heure plus tard. Ses babines étaient tachées de sang et elle paraissait plutôt fière d'elle.

Jean-Baptiste poursuivit son chemin vers Saint-Pancrace, s'étonnant du caractère austère du site.

Il éprouva une sensation étrange en découvrant le village étagé en gradins autour de son église au campanile de fer forgé. C'était là, désormais, qu'il allait vivre.

Si sa tante et son oncle Duthilleux voulaient bien de lui…

5

Le glas se mit à sonner quand Jean-Baptiste pénétra dans Saint-Pancrace par une poterne à demi effondrée. Le village paraissait déserté par ses habitants. Les portes et les volets étaient clos pour se protéger de la chaleur, lourde, étouffante. Louve sur ses talons, il gravit la calade menant à l'église, observant au passage l'aspect cossu, les portes massives de plusieurs demeures. Un vieil homme, courbé sur sa canne, sortit sur son pas-de-porte. Il héla Jean-Baptiste.

— Tu n'es pas du pays, toi !

Le jeune homme secoua la tête.

— Je viens des Baronnies.

— Pfou ! fit le vieux.

Il chiqua, cracha un long jet brunâtre.

— Et qu'est-ce que tu viens faire ? reprit-il.

— Je vais chez ma tante, Adrienne Duthilleux.

Le vieux se signa.

— *Pécaïre*[1] *!* Tu arrives à un bien mauvais moment, répondit-il.

---

1. « Hélas ! »

Il refusa d'en dire plus malgré l'insistance de Jean-Baptiste.

— Je rentre, il fait trop chaud dehors, conclut-il.

Sa porte claqua. Perplexe, Jean-Baptiste hésita avant de reprendre son ascension vers l'église. Il arriva sur le parvis alors qu'une demi-douzaine d'hommes, portant un cercueil, en sortaient. Saisi, il ôta son chapeau et se mêla aux personnes qui se plaçaient en haie, de chaque côté de la porte grande ouverte.

Que devait-il faire ? À qui demander où se trouvait la maison Duthilleux sans manquer de respect à un défunt et à sa famille ? Jean-Baptiste assista à la sortie des proches parents et suivit le cortège jusqu'au cimetière. Le prêtre bénit le cercueil avant que les fossoyeurs ne s'activent. Pendant ce temps, l'assistance défilait devant une femme toute vêtue de noir, encadrée de deux hommes. Chacun s'inclinait devant eux en murmurant quelques phrases de réconfort.

— *Lou bouan Dieu vous assouste*[1], déclara Jean-Baptiste aux trois inconnus.

Il redescendit ensuite vers le village, sans s'attarder. Une brise légère rafraîchissait l'air, les cigales stridulaient de plus belle.

Il passa de nouveau devant le logis du vieux qui bavardait avec une femme âgée, en habit de deuil. Celle-ci se tourna vers Jean-Baptiste.

— Vous cherchez la famille Duthilleux ?

Il opina du chef. Elle s'ébranla en claudiquant et en jetant par-dessus son épaule : « Suivez-moi. » Elle l'entraîna, dans un dédale de ruelles, vers la sortie

---

1. « Le bon Dieu vous protège. »

du village, côté ouest. Le vieux les escortait. Désignant un chemin, elle précisa :

— La ferme des Duthilleux se trouve à main droite, à peu près à huit cents mètres d'ici. Vous suivez le chemin, vous ne pouvez pas vous tromper.

Elle marqua une hésitation tandis que Jean-Baptiste la saluait.

— Attendez ! Je ne sais pas si c'est le meilleur jour pour une visite. Vous savez que le maître vient de mourir ?

— Le… maître ? répéta le Baronniard.

La femme le considéra d'un air suspicieux.

— Vous ne connaissez pas M. Duthilleux, le droguiste ?

— Je venais faire sa connaissance.

La fatigue, la faim submergèrent Jean-Baptiste. Étourdi, il se rattrapa à la pierre trouée utilisée pour attacher cheval ou mulet.

— Dieu juste ! s'écria la vieille femme. Tu ne vas pas te pâmer, mon garçon ?

— Il descend des Baronnies, glissa le vieux. Grand comme il est, il a pas dû manger à sa faim.

Les deux vieux s'empressèrent autour d'un Jean-Baptiste confus. Ils le firent entrer dans une salle plongée dans la pénombre, asseoir sur un banc. La femme lui servit d'autorité du pain bien craquant, cuit de la veille, accompagné d'oignons blancs coupés en fines lamelles et d'un verre de vin de gentiane.

— Ça va te remonter, lui dit-elle.

En effet, il se sentait déjà mieux quelques minutes après.

Les deux vieux soupirèrent de concert.

— *Ave la petarufo*[1] ! avoua la femme.

Elle avait vu le jeune homme si pâle qu'elle s'était alarmée. Qu'aurait-on dit si l'on avait trouvé cet inconnu mort devant sa porte ? Elle n'osait y songer.

— Accompagne-le chez Adrienne, suggéra le vieux.

Et Jean-Baptiste comprit que, mort ou pas mort, Duthilleux était bien l'homme qu'il cherchait.

Adrienne avait prévenu amis et voisins : elle ne recevrait personne après l'enterrement de son époux. Bouleversée par le décès soudain de son compagnon, elle avait tenu bon jusqu'au cimetière, où elle s'était effondrée. Son amie Zélie l'avait ramenée à la ferme, lui avait fait boire un peu d'eau-de-vie avant de lui conseiller de s'étendre. Adrienne avait eu un sursaut. Pas question pour elle d'aller s'allonger dans leur chambre, sur leur lit. Elle voulait aérer la pièce, qui sentait la caisse de *mouart*[2].

« Je resterai avec toi », avait promis Zélie.

Sage-femme, elle assistait aussi bien les femmes en couches que les agonisants.

Veuve elle aussi, elle avait choisi de se consacrer aux autres. Elle parvint à convaincre Adrienne de s'installer sur la chaise à bras, qu'on se transmettait depuis plusieurs générations dans la famille Duthilleux.

Pendant qu'elle s'affairait à préparer la soupe, Adrienne, épuisée, dodelinait de la tête. Zélie soupira. Son amie ne tarderait pas à s'endormir. Elle

1. « J'ai eu peur. »
2. La caisse de « mort ».

42

comprenait combien elle avait pu être choquée de trouver son époux affaissé dans le champ jouxtant la grange. À quarante-cinq ans, Esprit Duthilleux était un homme solide, rude à la tâche. Comme son père et son grand-père avant lui, il était colporteur-droguiste. Dès les premiers jours d'octobre, il partait sur les chemins avec sa charrette attelée de deux chevaux à la robe luisante. Les chevaux constituaient déjà un signe de richesse dans une région pauvre en fourrage. Les ânes et les mulets étaient en effet largement dominants.

Zélie aimait bien Esprit, qu'elle considérait comme un homme bon. Adrienne et lui formaient un couple uni, même s'ils n'avaient pas eu d'enfants.

Adrienne aurait de la peine à se remettre. Pour sa part, Zélie s'était sentie libérée le soir où on lui avait ramené son homme, tué d'un coup de couteau dans une rixe à Forcalquier. Buveur, joueur, Agénor avait la main lourde lorsqu'il rentrait chez lui. Zélie vivait désormais à sa guise, sans rendre de comptes à quiconque.

Les aboiements des chiens la firent sursauter. Irritée, elle ouvrit la porte, se trouva nez à nez avec un grand gaillard escorté d'un chien gris. Un chemineau, vu la poussière de ses souliers et son visage piqué de barbe.

— Passez votre chemin ! lui ordonna-t-elle.

Le chapeau à la main, il fit un pas en avant. Il paraissait intimidé mais il insista.

— Bonjour, madame. Je suis votre neveu, le fils de votre sœur Adélaïde et j'arrive des Baronnies.

Comprenant sa méprise, Zélie s'empressa de rectifier.

— Je suis une amie de la maîtresse de maison. Adrienne se repose.

La déception se peignit sur le visage de son interlocuteur.

— Pourra-t-elle me recevoir ? Je suis venu exprès pour la voir. J'attendrai dans une grange si vous voulez.

Il était beau gars, poli, et semblait sincère. Hésitant à peine, Zélie ouvrit grand la porte.

— Pas de bruit, recommanda-t-elle. Adrienne n'a pas fermé l'œil depuis trois nuits.

La tête appuyée sur le haut dossier de la chaise à bras, Adrienne dormait profondément. Jean-Baptiste fut tout de suite saisi par la ressemblance avec sa mère. Zélie perçut son émotion. Elle lui tapota le bras.

— Assieds-toi, mon garçon. Tu vas boire un peu de gentiane pendant que ma soupe mijote. Et puis, tu m'aideras pour les bêtes. Quand Adrienne se réveillera, tu nous raconteras ton histoire.

Il faisait bon dans la salle dont les volets mi-clos avaient préservé la fraîcheur. Lorsque ses yeux eurent apprivoisé la pénombre, Jean-Baptiste aperçut une cheminée imposante, haute d'environ six pieds, surmontée d'une hotte avec tablette en chêne. La table, robuste, solide, au plateau satiné, était encadrée de chaises, ce qui était rare. Le sol brillait doucement. Louve collée contre lui, il s'assit sur l'invite de Zélie.

— Tu viens de loin.

La femme lui servit un verre de vin de gentiane. Il reconnut le parfum, s'en imprégna avant de boire, à petites gorgées.

— Vous avez beaucoup de gentianes ? s'enquit-il.

Zélie sourit.

— Nous sommes ici au pied de la montagne de Lure. La plus grande apothicairerie naturelle, dit-on. On nous achète nos plantes de partout. On a des merveilles, par chez nous ! Dans les parties les plus basses de la montagne, du thym, de la lavande et de la marjolaine. Vers le sommet, véronique, valériane, gentiane, belladone et absinthe. Tout s'est arrêté depuis deux jours par respect pour notre cher Esprit mais tu verras, demain... le village tout entier sentira la lavande et le sirop ! C'est notre spécialité, notre richesse. Ce sont les gens de Lardiers qui ont commencé la cueillette les premiers, dans les années 1600, mais nous, à Saint-Pancrace, on a développé les distilleries et le commerce.

Jean-Baptiste l'écoutait, sans chercher à dissimuler son étonnement. Son oncle Hector lui avait bien parlé, à deux ou trois reprises, des herbes de Saint-Pancrace mais il n'imaginait pas une activité de cette importance.

— Et des tilleuls ? Il n'y a pas de tilleuls par ici ? questionna-t-il.

Le sourire de Zélie s'accentua.

— Ça, Adrienne ne peut pas te renier ! s'exclama-t-elle. Toi aussi, tu aimes le tilleul ? Elle m'a souvent raconté qu'au mas de son enfance, il y en avait toute une belle allée.

Le regard de Jean-Baptiste s'assombrit.

— J'ai dû les laisser derrière moi, confia-t-il.

Une voix s'éleva dans leur dos.

— L'allée comptait deux rangs de tilleuls de chaque côté. Par les soirs de juin, l'odeur était entêtante. Enivrante, affirmait mon père.

Zélie et Jean-Baptiste se retournèrent d'un même mouvement vers Adrienne. Elle se leva.

— Bienvenue, mon neveu, déclara-t-elle.

6

1826

« Une nouvelle vie… », se dit Jean-Baptiste en arpentant une dernière fois le sol des Genévriers, la ferme de sa tante Adrienne.

Les trois mois et demi passés à Saint-Pancrace lui avaient donné un aperçu du travail qui l'attendait sans qu'il maîtrise pour autant toutes les règles. Certes, il avait gravi à plusieurs reprises la montagne de Lure, se familiarisant avec les plantes qui y poussaient en abondance, il avait appris à distiller et suivi sur une carte le parcours d'Esprit Duthilleux mais, à la veille de partir sur les chemins, il éprouvait une appréhension diffuse. Serait-il capable de vendre les plantes séchées, les essences et les drogues que ses coffres contenaient ? La tête lui tournait lorsqu'il essayait de retenir tous leurs noms.

Adrienne et Zélie en étaient convaincues.

« Mon garçon, ta mère, ton oncle et moi avons toujours eu une vocation de botaniste. Bon sang ne peut mentir ! » lui avait rappelé sa tante avant de lui remettre les adresses, le calendrier et le carnet d'Esprit.

Il s'était senti flatté de cette confiance tout en se demandant s'il serait à la hauteur. Il n'avait pas vingt ans, ne connaissait rien du monde. S'il était solide et travailleur, il se sentait cependant en exil, chassé de sa terre natale par la malédiction de Sosthène.

Il avait bien fallu se confier à Adrienne. Sa tante s'était signée.

« Ton père ne m'a jamais donné de tes nouvelles après la mort de ma chère Adélaïde. J'aurais dû, bien sûr, me rendre jusqu'au Mas des Tilleuls… »

Sa voix baissée, son soupir laissaient entendre qu'elle en avait été empêchée. Jean-Baptiste n'avait pas osé la questionner plus avant. Adrienne l'impressionnait. Sa haute taille, ses cheveux sombres coiffés en chignon sous la coiffe « à la couqueto » en batiste, ornée de fines dentelles, ses vêtements bien coupés lui conféraient une stature de bastidane, renforcée par l'importance de sa ferme. Aux Genévriers, on élevait porcs, chèvres et brebis, on cultivait le blé et la vigne, on récoltait les fruits des amandiers, des oliviers et des noyers. Le pigeonnier abritait plus de cent cinquante pigeons. Comme rien ne se perdait, la colombine était utilisée en guise de fumier. Trois valets et une fille de ferme travaillaient à l'année chez les Duthilleux. Vis-à-vis d'eux, Adrienne avait été claire : « Voici mon neveu, Jean-Baptiste. C'est à lui que reviendra la ferme. » Adoubé par la maîtresse du mas, Jean-Baptiste n'avait pas eu de difficulté à asseoir son autorité, d'autant que le travail ne l'avait jamais rebuté. En revanche, l'idée d'aller ainsi par les chemins l'inquiétait. Zélie lui avait fait rencontrer Adhémar et Pierrot, deux autres colporteurs. Tous deux lui avaient donné rendez-vous en juillet, à la foire de Beaucaire, et lui avaient assuré que, lorsqu'il reviendrait, il n'aurait qu'une hâte, repartir. Jean-Baptiste, cependant, n'avait pas été vraiment convaincu.

— Jean-Ba !

Sa tante le hélait depuis le perron. Il la rejoignit.

— Viens dans le bureau de ton oncle, lui dit-elle.

La pièce, plutôt sombre, évoquait un sanctuaire. Adrienne avait laissé en l'état papiers, courrier, encre et plumes sur un secrétaire en bois blond.

— J'ai réfléchi, lui déclara-t-elle abruptement, sans lui révéler que Zélie avait plaidé la cause du garçon. Le vieux Paterne, qui faisait la tournée avec Esprit il y a encore cinq ou six ans, veut bien t'accompagner.

Jean-Baptiste connaissait bien le vieil homme, revenu avec un pied à demi gelé de la campagne de Russie. Paterne buvait sec, prétendait que la crasse le préservait des maladies, mais était réputé pour son sens de l'orientation et sa débrouillardise. À eux deux, ils devraient pouvoir effectuer la tournée d'Esprit.

— Je me demande encore pourquoi vous me confiez cette responsabilité, avoua-t-il à Adrienne.

Elle lui jeta un regard aigu.

— Toi comme moi avons besoin l'un de l'autre. Tu es le fils d'Adélaïde, j'ai à cœur de te donner ta chance. Ma foi… si tu la laisses passer, tant pis pour toi !

Il ne cilla pas.

— Ne vous inquiétez pas. Je vous prouverai que vous avez eu raison de croire en moi, assura-t-il.

Le ciel d'un bleu pur était sans nuages. Un petit froid sec piquait les narines. De bon matin, les colporteurs s'étaient rassemblés sur la place de Saint-Pancrace. Un murmure courut parmi les habitants du village lorsque Jean-Baptiste monta sur le siège du conducteur aux côtés de Paterne. Il allait donc partir faire la tournée, ce jeune homme qui n'avait pas vingt ans et n'était pas du pays ? Qu'en aurait dit Esprit ?

Femmes et enfants se pressaient au pied des attelages richement ornés. Les mulets lourdement chargés de paniers seraient particulièrement utiles pour franchir les passages les plus difficiles. Adrienne adressa un signe de connivence à son neveu. Elle l'avait prévenu la veille au soir : « Ne compte pas sur moi pour agiter mon mouchoir à ton départ, j'ai toutes ces effusions en horreur. Toi, en revanche, fais bien attention à la route. Tu pars pour la première fois mais ce ne sera pas la dernière, à moins que tu ne me perdes la marchandise en chemin ! »

Il commençait à connaître sa tante ; elle faisait la grosse voix pour ne pas se laisser submerger par l'émotion.

Il lui donna l'accolade.

— Portez-vous bien ma tante !

— Bah ! neuf mois, c'est vite passé ! fit Paterne, que personne n'avait accompagné.

Noir de poil, vêtu d'un paletot qui avait connu des jours meilleurs et d'un pantalon retenu à la taille par une large ceinture de flanelle, Paterne ressemblait à ce qu'il était, un vieil homme solitaire qui ne supportait pas de rester chez lui au coin du feu. Ce nouveau voyage le rajeunissait !

Il tapota le coffre sur lequel leurs pieds étaient posés.

— J'ai emporté mon fusil, déclara-t-il à Jean-Baptiste. Nous serons peut-être bien contents de le trouver. Tu verras… En Auvergne, notamment, il existe des endroits dangereux comme celui de Cure-bourse.

Les autres colporteurs, faisant tinter les clochettes de leurs chevaux, venaient de donner le signal du départ. Jean-Baptiste les imita.

Il ne se retourna pas au tournant de la route qui descendait vers la plaine.

1827

Au fur et à mesure que leur attelage se rapprochait de Beaucaire, l'impatience gagnait Jean-Baptiste. Il avait beaucoup appris au cours des neuf mois passés sur les chemins, de l'Auvergne à Toulouse, et il se sentait différent. « Un homme », prétendait Paterne avec un gros rire. Sans son compagnon de route, Jean-Baptiste ne serait pas revenu indemne. Paterne connaissait aussi bien les bonnes auberges que les villes où les échanges étaient fructueux. Grâce au vieil homme, Jean-Baptiste ne s'était pas laissé prendre au manège d'une servante d'auberge plus inté-ressée par sa bourse que par sa personne. Paterne assurait qu'il flairait le danger, et le neveu d'Adrienne était tenté de le croire. Il avait pris goût au métier, même s'il supportait plutôt mal son exil forcé. Parfois, lorsque la nostalgie le submergeait, il s'enfermait dans un mutisme que Paterne respectait.

À Toulouse, cependant, le vieil homme l'avait conduit sur les bords de la Garonne. Ébahi, Jean-Baptiste avait franchi pour la première fois la porte basse d'une maison close dont la lanterne vacillante attirait les voyageurs et les notables. Tout l'avait dérouté, depuis l'ameublement trop chargé du salon jusqu'à la grosse femme qui les avait accueillis en arborant un sourire commercial. Elle connaissait Paterne et demanda des nouvelles de son patron. Elle soupira en apprenant la mort d'Esprit Duthilleux.

— C'est la vie, souffla-t-elle d'un ton pénétré, et Jean-Baptiste avait eu envie de rire.

Ensuite, il avait bien failli tourner les talons et s'enfuir à l'arrivée des filles. Elles étaient sept, très différentes les unes des autres. La plus âgée donnait l'impression de mener le bal. Sa peau était flétrie sous le maquillage. Une autre, au regard effronté, contemplait Jean-Baptiste d'un air gourmand. Poussé par Paterne, il avait choisi la plus jeune, celle qui disait s'appeler Douce. Elle l'avait entraîné dans un escalier raide, avait ouvert la porte d'une petite chambre au grand lit. Des effluves de jasmin et d'encens l'entêtaient. Tandis que la fille écartait les pans de sa robe, laissant voir ses seins nus et ses jambes gainées de bas de coton blanc, Jean-Baptiste avait pensé au parfum si délicat de ses tilleuls.

Et puis, il s'était abattu sur Douce, s'était laissé guider en elle avant de prendre son plaisir, avec une intensité presque douloureuse.

52

« C'était donc ça ? » avait-il songé, un goût amer dans la bouche. Il s'était souvenu des tentatives grossières de séduction de Séraphine et s'était rajusté avec une sorte de rage.

Il se rappelait le regard apeuré de la fille, comme si elle avait craint qu'il ne levât la main sur elle. Une nausée l'avait submergé. Il ne connaissait rien à l'amour mais savait que ce ne pouvait pas être cette relation tarifée avec une inconnue.

Douce ne lui avait pas posé de questions, et il lui en avait su gré. Il était sorti de la maison avant Paterne, qui avait jeté son dévolu sur une blonde au regard mélancolique, et était allé s'asperger d'eau froide à une fontaine.

Désormais, il attendrait d'être vraiment épris.

— Tu verras…, fit Paterne d'un ton gourmand, la foire de Beaucaire c'est quelque chose !

Le vieil homme ne tarissait pas d'éloges sur le foisonnement de ce rendez-vous international. À l'entendre, le monde entier se retrouvait en juillet au bord du Rhône ! Pourtant, quand Jean-Baptiste aperçut le champ de foire grouillant, le va-et-vient des portefaix, des charrettes, l'imposant trafic des coches d'eau, des trains de bois venus du Dauphiné, des barques de mer, des banquètes, des canots rapides assurant la navette entre Beaucaire et Arles, relayés par des attelages tirant sur la grève les embarcations trop chargées, il se sentit perdu. En ce 20 juillet, Beaucaire était en ébullition et le pré sur lequel se déroulait la foire de la Madeleine voyait s'affairer les ouvriers qui édifiaient un village de bois et de toile.

Bouche ouverte, les yeux écarquillés, Jean-Baptiste contemplait cet invraisemblable caravansérail en se demandant s'ils allaient pouvoir trouver une place. Paterne le rassura.

— Nous, les épiciers-droguistes, nous retrouvons sur le grand cours, au nord, lui indiqua-t-il.

Le château de Beaucaire, démantelé en partie, dominait une superbe allée de platanes qui apportaient une ombre bienfaisante. Paterne s'acquitta des formalités et entraîna son compagnon vers le pré.

Les deux hommes, tenant leurs chevaux par la bride, traversèrent un premier ensemble, situé au sud, entre les portes Saint-Pierre et Beauregard, qui constituait le salage avec des barils et des barils empilés de sardines et de morue séchée.

Ils gagnèrent, plus au nord, le grand cours, où parfumeurs, pharmaciens, épiciers-droguistes et marchands de savons s'installaient dans des cabanes de forme carrée mesurant environ quatre mètres de façade sur une hauteur de trois à quatre mètres. Les effluves d'épices et de plantes se mêlaient, se heurtaient, sous la chaleur du Midi.

Jean-Baptiste découvrit le premier la cabane qui leur était réservée. Il éprouva une bouffée d'émotion en lisant le panneau qui indiquait : *Maison Duthilleux, montagne de Lure. Plantes médicinales.* Paterne lui avait cité de mémoire quelques vers d'un poème en provençal qu'Esprit aimait à rappeler :

> *Dehors sont les Apothicaires.*
> *L'un achète de l'hellébore*
> *Pour purger les extravagants ;*

54

L'autre pour parfumer des gants
Prend des drogues aromatiques[1] [...].

— Nous y sommes ! s'écria-t-il.

Derrière lui, Paterne avait l'œil à tout. Il savait par expérience que les vols, d'argent ou de marchandises, étaient aussi fréquents qu'impunis sur la foire de Beaucaire. Un tel rassemblement de richesses suscitait forcément les convoitises.

— Méfie-toi de tout le monde, recommanda une nouvelle fois le vieux colporteur à Jean-Baptiste.

Ce dernier ne lui répondit pas. Il contemplait une belle fille aux longs cheveux sombres, à la taille fine, aux pieds nus. Paterne cracha un long jet de chique brunâtre.

— Une gitane, une caraque, marmonna-t-il. Encore plus voleurs que les autres.

Jean-Baptiste s'en moquait bien. Il admirait la jeune femme et se disait qu'il aimerait bien lui conter fleurette, le soir, au bord du Rhône.

---

1. Extrait de *L'Embarras de la foire de Beaucaire*, écrit certainement par un marchand à la fin du XVIIe siècle.

7

Le parfum de la lavande sauvage, l'aspic, s'insinuait jusque dans la gorge, entêtant tant il était puissant.

La chemise largement ouverte sur son torse hâlé, le chapeau de paille incliné sur l'œil, Jean-Baptiste donnait l'exemple en menant la cueillette à la tête du groupe de coupeurs. Les valets chargeaient sur les charrettes les bourrasses pleines à craquer de fleurs odorantes. Les abeilles, ivres, bourdonnaient autour des rangées de lavande d'un bleu intense. Chaque coupeur vidait ses corbeilles en bordure du champ, édifiant ainsi des « bancs », des murettes d'une soixantaine de centimètres de hauteur, qui permettaient d'effectuer une première opération de séchage.

Adrienne, d'une beauté altière sous sa capeline rigide, portait un jupon de siamoise rayée retroussé sur un cotillon piqué, un caraco d'indienne et un grand tablier à imprimé ramoneur. Elle rejoignit son neveu alors qu'il sortait les gourdes d'eau conservées au centre d'un banc. Ainsi l'eau demeurait-elle fraî-che. En gars de la campagne, Jean-Baptiste savait qu'il convenait de boire suffisamment, mais pas trop. Comme la plupart des coupeurs, il gardait un caillou dans la bouche afin de saliver régulièrement.

— La récolte sera belle, déclara Adrienne d'un ton satisfait.

Il se retourna vers elle, s'essuya le front après avoir ôté son chapeau.

— Oui, nous avons eu de la chance, acquiesça-t-il.

Adrienne l'enveloppa d'un regard empreint de fierté. Jean-Baptiste était un bel homme de bientôt vingt-deux ans. Même si les filles se retournaient sur lui, il ne semblait pas avoir conscience de son pouvoir de séduction. Adrienne croyait deviner pourquoi. Il était habité par le désir de revanche. Bien que devenu un marchand-droguiste reconnu, il rêvait toujours de retourner au Mas des Tilleuls, de faire entendre sa vérité. Comme s'il ne connaissait pas le caractère de son père !

Adrienne réprima un soupir.

— C'est la fête, ce soir, au pays, rappela-t-elle.

Il perçut une attente non formulée dans la remar-que de sa tante.

Adrienne, soucieuse de l'avenir, avait fait de son neveu son légataire universel.

Elle espérait qu'il se marierait rapidement et lui donnerait des petits.

« Tu imagines…, confiait-elle parfois à Zélie, des petitouns, égayant cette ferme trop grande… – Patience, lui recommandait alors Zélie. Notre Jean-Baptiste n'est pas homme à se laisser bousculer. »

Lui s'estimait trop jeune pour prendre femme. De plus, il se défiait de l'amour-passion, qui vous faisait perdre la tête.

Il avait eu un coup de cœur sur la foire de Beaucaire pour Maria, une gitane qui vendait des ânes. La fille, une belle brune qui lui avait échauffé le sang, s'était laissé conter fleurette au bord du Rhône avant que ses frères ne viennent rosser Jean-Baptiste. Sans l'intervention de Paterne et de la maréchaussée, ils l'auraient battu à mort.

Depuis, il se tenait à l'écart des trop belles gitanes et préférait, malgré ses réticences, se rendre, durant son périple annuel, dans des maisons où il avait ses habitudes. Il n'était pas question de faire ce genre de confidences à Adrienne ! La veuve d'Esprit souhaitait le voir épouser une fille du pays, ayant du bien.

Or, Jean-Baptiste avait l'intention de rester libre.

De nouveau, il s'essuya le front. Il lui semblait que le parfum entêtant de la lavande prenait possession de son corps, s'infiltrant en lui par les pores de sa peau.

— Ce soir, je n'aurai qu'une envie, dormir, répondit-il posément.

Adrienne secoua la tête.

— Que nenni, mon garçon ! Nous devons nous montrer à la fête, comme à la messe. Demain, tu m'accompagneras. Tâche de te faire beau.

Il haussa les épaules. Beau ? Il se laverait comme chaque soir à la pompe et porterait le costume acheté l'an passé à Beaucaire pour se rendre au mariage d'un neveu Duthilleux.

— À tantôt, dit-il, bourru, en s'engageant dans une nouvelle rangée de lavande.

Adrienne sourit. Elle avait un projet en tête.

Malgré les prières répétées, la pluie tardait à venir. Il en allait souvent ainsi à l'abri de la montagne. Le ciel se chargeait de nuages couleur d'encre, l'obscurité noyait le village sans que l'orage tant désiré éclate. Ce soir-là, pourtant, bien que la terre appelât l'eau, on espérait que la pluie ne viendrait pas gâcher la fête votive.

Deux violoneux assuraient la musique sur la place de la mairie, à l'ombre des ormeaux.

Au bras de son neveu, Adrienne avait fière allure dans sa robe d'indienne aubergine et son châle en cachemire, rapporté de la foire de Beaucaire.

Zélie, qui les accompagnait, était plus sobrement vêtue d'une jupe et d'un caraco lie-de-vin, protégés d'un grand tablier noir. Elle avait laissé dans le coffre du chariot la trousse contenant ses herbes et ses instruments. Même s'il n'y avait pas d'accouchement prévu pour cette nuit-là, l'expérience lui avait enseigné qu'il n'existait pas de certitude dans son métier. De plus, on approchait de la pleine lune.

Cela ne l'empêcha pas d'accepter l'invitation de Colin, le forgeron, et de s'élancer sur la piste de danse improvisée pour un rigaudon entraînant.

Adrienne sourit.

— Zélie a toujours aimé danser.

Filles et garçons se considéraient avec une sorte de défiance. Jean-Baptiste ne s'intéressait guère aux jeunes filles de Saint-Pancrace. Entre deux tournées, il les retrouvait mariées, mères de famille, même. Comme la plupart des colporteurs, il avait le sentiment de vivre à l'écart du bourg. Une drôle d'existence pour ces hommes, dans la force de l'âge, absents neuf mois sur douze, dont l'épouse assurait seule l'éducation des enfants et la charge des tâches quotidiennes.

Adrienne lui tapota le bras.

— As-tu remarqué la robe à motifs de guirlandes et de lauriers de Mlle Blaize ? Il s'agit assurément d'une indienne de belle qualité, Agathe-Marie est toujours *tirado ai quatro épinglo*[1]. C'est une femme de tête malgré ses vingt-cinq ans. Elle tient seule l'épicerie de ses parents depuis leur mort.

— Fort bien, fit Jean-Baptiste sans dissimuler son profond ennui.

Il avait déjà croisé le chemin d'Agathe-Marie Blaize, qu'on appelait « la bastidane » car elle avait hérité de ses parents non seulement une droguerie, rue des Apothicaires, mais aussi une bastide comme il s'en était bâti au siècle précédent dans le pays d'Aix.

La robe qu'Agathe-Marie portait mettait en valeur sa haute taille et sa silhouette harmonieuse.

« *Faire seis embarras*[2] », pensa Jean-Baptiste, qui se défiait toujours des femmes à cause de Séraphine. Face à l'insistance d'Adrienne, Jean-Baptiste déclara d'une voix décidée :

---

1. « Tirée à quatre épingles. »
2. « Elle fait de l'embarras. »

— Entendons-nous bien. J'ai suivi la route tracée par mon oncle, votre époux, parce que les plantes me plaisent mais jamais, au grand jamais, vous ne dirigerez ma vie.

Vexée, Adrienne se le tint pour dit, d'autant que leur échange avait été remarqué. Elle savait combien il était important pour une veuve de rester à sa place et de ne pas déroger aux convenances. Sinon, la communauté villageoise avait vite fait de déchirer à belles dents votre réputation.

Haussant les épaules de façon à peine perceptible, elle alla s'asseoir sur le banc réservé aux vieilles femmes, assez éloigné de la musique pour ne pas être incommodée. Était-ce cela qu'elle était devenue ? Une vieille dont l'avis ne comptait plus guère ? Pourtant, à quarante-cinq ans, elle se sentait encore pleine de vitalité et de courage. Elle regarda une dernière fois du côté d'Agathe-Marie avant de soupirer.

Ce ne serait pas encore ce soir qu'elle fiancerait Jean-Baptiste !

Il n'avait toujours pas plu et, dès l'aube, une foule de fidèles emprunta le chemin des Pèlerins pour aller prier Notre-Dame de Lure, le jour de sa fête.

Adrienne, que ses jambes faisaient souffrir, avait décrété que Jean-Baptiste effectuerait le pèlerinage à sa place, et il n'avait pas trouvé d'argument à lui opposer.

D'ailleurs, comme Paterne aimait à le lui répéter, il était toujours bon de se mettre en règle avec le bon Dieu avant de reprendre la route.

Jean-Baptiste avait de quoi se restaurer dans sa biasse et il tenait à la main son lourd bâton dont il avait déjà fait usage pour se défendre sur les chemins. Louve l'accompagnait. Lorsqu'ils atteindraient l'abbaye, elle l'attendrait sous les arbres.

Tout en marchant, il songeait. À cette prochaine tournée, qui l'emmènerait vers l'Auvergne, où il avait désormais des amis. À son oncle Hector, avec qui il correspondait toujours. Celui-ci le tenait informé de ce qui se passait au Mas des Tilleuls. Séraphine avait donné un fils à Sosthène.

« *Fier coum'un Gascoun*[1] », avait écrit Hector, ajoutant fielleusement : « Espérons que Sosthène est bien le père… »

Jean-Baptiste avait éprouvé un sentiment étrange, indéfinissable, en apprenant cette naissance. Il avait beau tenter de se convaincre que le sort de son père lui était désormais indifférent, il ne pouvait se défendre de ressentir quelque chose ressemblant à de la jalousie, ou à du mal-être. Ce fils serait-il aimé de Sosthène, guidé avec tendresse ? Lui-même n'avait reçu qu'indifférence.

Pour une fois maladroite, Adrienne avait commenté : « Va ! Il a un héritier de sa jeunesse, il saura à qui léguer le Mas des Tilleuls. »

Une douleur fulgurante lui avait traversé le cœur. Il avait revu la quadruple allée de « ses » arbres, senti leur parfum miellé. En entendant la remarque d'Adrienne, il avait eu l'impression – pire, la certi-

---

1. « Fier comme un Gascon. »

tude – de dire adieu une seconde fois à la demeure de sa mère.

Il haussa les épaules. Il ne devait plus y penser, même si les souvenirs liés au Mas des Tilleuls lui brûlaient le cœur.

Il dépassa plusieurs personnes qui avaient quelques difficultés à grimper sur le chemin bordé de chênes verts et blancs, de châtaigniers et de trembles.

Malgré l'heure matinale, la chaleur était déjà pesante. Heureusement, au fur et à mesure de la progression vers la chapelle, l'altitude apportait un peu de fraîcheur.

Il n'en fut pas moins soulagé en débouchant sur l'allée de tilleuls qui menait au bâtiment blotti dans le raccordement de deux combes. Notre-Dame de Lure avait subi de nombreuses dégradations sous la Révolution. Le mobilier et les objets du culte avaient été brûlés ainsi que les nombreux ex-voto, et les pèlerinages n'avaient repris qu'à partir de 1801.

Un charme pénétrant émanait de la chapelle, abritée par sa toiture de lauzes. Toute proche, une fontaine chantait. Trois tilleuls avaient été plantés devant la hêtraie en 1824. Ému, Jean-Baptiste effleura de la main le tronc du plus élevé.

— On raconte que le tilleul est un arbre féminin, symbole de générosité et d'hospitalité, remarqua une voix juvénile derrière lui.

Il se retourna, se retrouva face à une jeune personne dont le regard se planta dans le sien. Étonnant, ce regard ! D'un bleu mauve qui évoquait les bouquets de lilas. Elle secoua la tête. Ses longs cheveux couleur de châtaigne se dénouèrent. Elle ne portait pas de bonnet ni de coiffe.

— Vous aimez les tilleuls ? insista-t-elle.

Fasciné, il la contemplait sans parvenir à articuler un son.

Elle se mit à rire.

— Vous êtes muet ?

Autour d'eux, on leur jetait des coups d'œil réprobateurs. Un murmure enflait. Jean-Baptiste crut entendre le mot « païenne » et comprit tout de suite pourquoi. Sur le chemin des Pèlerins, la jeune fille, avec ses cheveux lâchés et sa beauté insolite, ressemblait à l'une de ces mortelles qui séduisaient les dieux dans les livres de son oncle Hector.

Il tendit la main vers elle.

« Venez ! »

Sans prêter davantage attention à l'assistance, ils s'enfoncèrent sous le couvert, du côté opposé au chemin des Pèlerins.

8

Jean-Baptiste aurait voulu offrir le ciel, presque trop bleu, à la jeune fille qui l'entraînait vers l'étage montagnard. Tous deux n'avaient pas encore échangé un mot. Ils marchaient d'un bon pas, se griffant au passage dans les framboisiers, les églantiers et les sorbiers des oiseleurs. Il faisait meilleur sous le couvert.

La jeune fille s'arrêta dans une clairière de hautes herbes, qui abritait une bergerie en pierres sèches, un jas[1].

— J'habite là avec ma grand-mère, Fine, dit-elle à Jean-Baptiste.

Il aperçut cinq chèvres dans un enclos, un appentis sous lequel des bouquets d'herbes séchaient, tête en bas. Louve s'immobilisa et gronda à l'approche d'un chat blanc qui s'étirait au soleil.

— Ne bouge pas ! lui ordonna Jean-Baptiste.

La chienne s'allongea à ses pieds.

---

1. Là où le troupeau « se jasse », se couche.

— Elle est belle, fit la jeune fille. On sent qu'il existe beaucoup d'amour et de complicité entre vous deux.

Il ne répondit pas. C'était la première fois, lui semblait-il, qu'on comprenait la relation unique, privilégiée, qui le liait à Louve.

— J'avais oublié que c'était le pèlerinage, aujourd'hui, reprit-elle. J'ai de la chance, on ne m'a pas jeté de pierres.

Voyant qu'il fronçait les sourcils, elle précisa :

— Nous sommes sourciers et guérisseurs dans la famille. Mais, voyez-vous, ceux qui consultent ma grand-mère en catimini nous tournent le dos quand nous descendons à Saint-Pancrace. Ils ont honte. Ou peur.

— Je viens des Baronnies, glissa Jean-Baptiste. Je suis en tournée près de dix mois sur douze. Forcément, je connais peu de chose sur le pays.

Elle haussa les épaules. Ses cheveux s'embrasèrent sous le soleil.

— Vous savez, on s'habitue. J'ai mon chat, mes chèvres, et même un bruant jaune, au chant haut perché, qui vient me saluer chaque soir.

Ses yeux brillèrent.

— La montagne abrite des centaines et des centaines d'oiseaux. Ma mère l'appelait la montagne aux Oiseaux. Fauvettes, alouettes, merles de roche, martinets à ventre blanc, pinsons, mésanges, becs-croisés des sapins, sittelles, bouvreuils, grimpereaux, gélinottes... et tant d'autres encore !

Sa voix vibrante toucha Jean-Baptiste.

— Votre mère...

— Elle est morte il y a maintenant huit ans. Une mauvaise chute dans la montagne. Mon père, lui, n'est pas revenu de Waterloo. Je n'ai pratiquement pas de souvenir de lui. Et vous ?

— Je suis orphelin de mère, moi aussi, répondit-il après un temps de silence. Mon père… eh bien, mon père et moi sommes fâchés et je ne pense pas que nous puissions nous réconcilier un jour.

La jeune fille ne posa aucune question. Il apprécia sa discrétion.

— Venez boire un verre de génépi, proposa-t-elle, l'entraînant par la main.

La pièce dans laquelle il pénétra à sa suite était sombre mais propre.

— Fine ! J'amène un pèlerin, cria la jeune fille.

La très vieille dame qui reposait sur un siège à dossier n'ouvrit pas les yeux.

— Bien, bien, dit-elle.

— Fine est aveugle, chuchota-t-elle. Elle ne peut plus courir la montagne comme avant. Elle reste dans notre grangeon, désormais.

— Lilas, tu oublies de dire que je peux encore remettre un membre en place ou « passer le feu », lança Fine. Mes mains n'ont pas besoin d'y voir.

Lilas sourit à Jean-Baptiste.

— Dans la famille, on est têtues comme des chevrettes et dures au mal. Fine est une excellente guérisseuse, bien meilleure que moi. Je m'intéresse plus à la nature qu'aux êtres humains. Venez, nous serons mieux sous le gros noyer.

Elle était belle et enjouée. À ses côtés, Jean-Baptiste se sentait intimidé. La jeune fille connaissait-elle sa tante ? Il n'osait pas mentionner son nom de crainte d'apprendre que les Duthilleux ne s'étaient pas bien comportés avec elle.

Mais, décidément, la petite-fille de Fine était une jeune personne étonnante. Elle s'enquit d'un ton malicieux :

— Vous vous plaisez aux Genévriers ?

Et, comme Jean-Baptiste levait un sourcil interrogateur, elle expliqua :

— Je vous ai déjà vu à Saint-Pancrace. Cela m'arrive de descendre au bourg, vous savez. Notamment pour apporter des plantes à Mlle Agathe-Marie.

Il poussa un soupir explicite.

— Encore ! Qu'avez-vous donc tous avec cette Agathe-Marie ? Ma tante aimerait beaucoup que je l'épouse.

— Elle est trop âgée pour vous ! lança étourdiment Lilas.

Aussitôt après, elle plaqua la main sur sa bouche.

— Pardonnez-moi, je ne voulais pas me montrer indiscrète.

Jean-Baptiste ressentit comme un pincement au cœur. Elle était ravissante, et il brûlait du désir de l'embrasser.

Il l'attira contre lui d'un geste possessif en le lui disant.

Contrairement à ce qu'il redoutait, elle ne baissa pas les yeux, ne rougit pas.

— Moi aussi, dit-elle.

Leurs lèvres s'embrasèrent. Jamais, lui semblait-il, Jean-Baptiste n'avait connu pareille sensation. Ce baiser échangé avec Lilas avait valeur d'engagement.

Il la serra avec force contre lui. Son cœur battait à grands coups précipités.

— Je veux te garder avec moi, toujours, souffla-t-il.

— Tu es bien sûr de toi ? demanda Adrienne alors que son neveu, pour une fois rasé de près, vérifiait dans le miroir du petit salon qu'il avait bien noué sa cravate.

D'abord déroutée par la rencontre entre Lilas et Jean-Baptiste, elle n'avait pas voulu accorder d'importance à leurs projets de mariage. C'était un emballement passager, répétait-elle à Zélie, comme pour mieux s'en convaincre.

Son amie ne partageait pas son opinion.

« Jean-Baptiste n'est pas seulement amoureux. Il aime, lui avait-elle expliqué. Ma grande, tu vas devoir accepter Lilas. »

Adrienne avait poussé les hauts cris. Son neveu, son héritier, n'allait tout de même pas épouser cette gamine qui courait la montagne et avait poussé pratiquement toute seule, comme une herbe sauvage ? Mais, malgré ses protestations et ses menaces, le mariage avait bel et bien lieu ce samedi.

Jean-Baptiste avait été catégorique : il était déterminé à se marier, et ce avant de partir pour sa tournée. Adrienne, la rage au cœur, avait dû s'incliner.

Ce seraient de belles noces, elle y avait tenu. Il n'y aurait pas de contrat de mariage. « Pourvu que cette fille donne au moins un fils à Jean-Baptiste ! » avait confié Adrienne à Zélie. La sage-femme avait soupiré : « Adrienne, ne la juge pas trop vite. Ce n'est pas parce qu'elle ne possède rien, ou presque, qu'il s'agit d'une mauvaise fille. Tu n'espérais quand même pas garder Jean-Baptiste garçon ? »

Adrienne avait secoué la tête. « Non, bien sûr. Mais... »

Mais elle rêvait d'une union entre son neveu et Agathe-Marie. L'héritière était son aînée de quatre bonnes années ? la belle affaire ! Elle avait suffisamment de bien pour faire oublier ce détail.

— Ma tante...

La voix de Jean-Baptiste la fit tressaillir.

Les cloches sonnaient à la volée.

— Vous voulez bien m'offrir votre bras ? s'enquit-il, décidé à tout mettre en œuvre pour arrondir les angles.

Adrienne se redressa.

— Bien entendu ! Pressons-nous, mon garçon.

Tout Saint-Pancrace s'était donné rendez-vous sur le parvis. Un murmure courut le long de l'assistance quand Lilas remonta la rue. Le vieux Platon, un ami de ses grands-parents, berger de son état, lui donnait le bras. Lilas avait redouté un refus lorsqu'elle lui avait demandé s'il voulait bien la conduire à l'église. Platon était parti d'un grand rire. « Té, petite, tu m'as devancé ! Ton grand-père, mon ami Auguste, ne me l'aurait jamais pardonné si je t'avais fait faux bond ! »

Lilas était plus que belle, radieuse, dans sa toilette. Zélie la lui avait offerte une semaine auparavant, alors qu'elle se demandait si elle n'irait pas à l'église dans sa tenue de tous les jours. Elle n'avait pas osé en parler à Jean-Baptiste, se doutant bien qu'il n'y songerait même pas. Zélie avait sorti de son coffre un long paquet enveloppé d'un fragile papier de soie, l'avait ouvert avec précaution. Lilas, émerveillée, avait alors découvert une robe de dame, en taffetas de Florence d'Avignon[1] mauve, se relevant sur un jupon en piqué de coton orné de colombes. Bas blancs, souliers à boucles, coiffe à la chanoinesse, particulièrement seyante, complétaient la toilette.

Lilas, sans bouger, caressait la robe du regard.

« Ce n'est pas possible », avait-elle fini par chuchoter. Comme si, en parlant à haute voix, elle aurait risqué d'effrayer les anges à l'origine de ce présent…

Zélie avait ri, de ce bon rire qui rassurait ses parturientes.

« Qu'attends-tu donc, ma belle ? C'est Jean-Baptiste qui est venu la choisir avec moi à Forcalquier. »

Alors Lilas avait pleuré. De bonheur.

À présent qu'elle lisait l'amour dans les yeux de Jean-Baptiste, elle avançait sans crainte vers l'autel. Le père Aubert se frottait machinalement les mains. L'église était pleine. Pas question pour les gens de Saint-Pancrace de manquer ce qui serait certainement l'événement de l'automne. Elle dit « oui », d'une voix ferme et claire en réponse à la question du prêtre. Ses tempes bourdonnaient, elle n'entendit pas l'engagement de Jean-Baptiste. Les cloches carillonnèrent de nouveau.

En sortant de l'église, au bras de son époux, elle chercha du regard sa grand-mère. Mais Fine, intraitable,

---

1. Très mince toile de soie. On l'appelait aussi taffetas de Florence.

n'était pas descendue à Saint-Pancrace. Elle n'avait pas pardonné au curé son refus de se déplacer pour porter les sacrements à sa fille, Violette. Jean-Baptiste lui tapota la main.

— Nous irons voir Fine ce soir.

Le cortège se dirigea vers les Genévriers où les tables avaient été dressées dehors, le temps étant particulièrement doux. Les enfants du pays, ravis d'avoir reçu des dragées, couraient en tous sens. Les adultes, en revanche, se montraient plutôt taciturnes. Le mariage – à leurs yeux trop précipité – du colporteur et de la cueilleuse de plantes les avait étonnés et avait suscité nombre de commentaires. On chuchotait à propos des *novi* : « *An fa Pasco avans Rampau*[1]. »

Insouciants des rumeurs, Lilas et Jean-Baptiste touchaient à peine aux plats. Il suffisait que leurs doigts s'effleurent pour que leurs regards se troublent. La veille au soir, Lilas avait entraîné Jean-Baptiste sous le couvert. Elle s'était agenouillée sur la mousse, lui avait tendu les bras. Ils s'étaient aimés à flanc de montagne. « Chez moi », avait dit Lilas avec une pointe de fierté dans la voix. Un oiseau moqueur lançait un trille de temps à autre. Les jeunes gens n'avaient pas senti l'humidité du soir ni l'inconfort de leur couche. Éprouvant le même élan, ils s'étaient aimés avec fièvre, avec passion. Ensuite, Jean-Baptiste était allé chercher sa couverture de selle, l'avait posée sur le sol. Lilas, frissonnante, l'avait enlacé.

----

1. « Ils ont fait Pâques avant les Rameaux.»

« Je t'aime, avait-elle soufflé. Je t'aime tant. »

Il l'avait serrée contre lui, fort, en se disant qu'il était le plus heureux des hommes.

L'oiseau moqueur chantait toujours. Ils n'y avaient pas prêté attention.

9

« Je t'enverrai de mes nouvelles le plus souvent possible », avait promis Jean-Baptiste le jour de son départ.

Lilas s'était raidie mais n'avait rien osé dire. Ce jour-là, il lui semblait que son époux ne lui appartenait plus. L'effervescence des grands jours régnait sur Saint-Pancrace. Les claquements de fouet, les sonnailles des harnachements des mulets et des chevaux qui tintaient joyeusement, les sourires un peu tendus s'efforçant de dissimuler l'émotion des adieux contribuaient à créer une atmosphère de fête teintée de mélancolie. Les colporteurs partaient pour plus de huit mois. Reviendraient-ils tous ? Que se passerait-il pendant leur absence ? Une angoisse diffuse serrait les cœurs.

Les femmes et les enfants agitaient la main. Les vieillards ne s'étaient pas déplacés. Ils ne connaissaient que trop ces scènes de départ et se contentaient de prier pour que tout se passe bien.

Jean-Baptiste et Lilas s'étaient déjà dit adieu durant leur dernière nuit. Sans se soucier des regards curieux, il enserra le visage de sa jeune femme entre ses mains.

— Je t'écrirai, répéta-t-il.

S'il remarqua l'altération des traits de Lilas, il l'attribua à l'émotion de la séparation. Lui-même quittait Saint-Pancrace le cœur lourd.

— Pars, souffla Lilas. Vite, je t'en prie.

Elle s'éloigna de quelques pas afin de laisser sa place à Adrienne. La tante de Jean-Baptiste avait encore des instructions à lui donner.

Lilas rejoignit Platon qui se tenait sous les ormeaux. Le vieil homme lui serra le bras avec affection.

— Courage, ma belle !

Elle lui sourit, bravement, sans pour autant s'ouvrir à lui de son souci. Le départ de Jean-Baptiste la désespérait, même si elle le savait inéluctable, mais il y avait autre chose. Qu'elle ne savait pas à qui confier.

Quand les attelages s'ébranlèrent, elle courut jusqu'à la poterne afin de pouvoir suivre le plus longtemps possible la descente de son mari.

Son mari… ils avaient vécu ensemble une petite huitaine de jours… rien, comparé aux longs mois de solitude qui l'attendaient.

Adrienne la rattrapa alors qu'elle reprenait le chemin de sa montagne. Le bourg paraissait soudain déserté. Trop tranquille.

— Petite ! Tu ne viens pas aux Genévriers ? La chambre de Jean-Baptiste t'attend.

Lilas se retourna vers elle.

— La chambre de Jean-Baptiste ? Merci bien ! Je dois m'occuper de ma grand-mère, là-haut. Chez nous.

Sa véhémence n'échappa pas à Adrienne.

— Tu es chez toi à la ferme, reprit-elle gênée.

La jeune femme secoua la tête tout en soutenant le regard d'Adrienne Duthilleux.

— Non, Adrienne, et vous le savez fort bien. Je n'ai pas ma place à Saint-Pancrace, j'y étouffe en l'absence de Jean-Baptiste. Il me faut mes drailles, ma forêt, mes plantes. Je suis une sauvageonne.

Elle se mordit les lèvres.

« Je t'écrirai », lui avait promis son époux. Et elle, comment lui répondrait-elle ?

Adrienne, vexée, haussa les épaules.

— À ta guise, ma fille ! Si l'hiver est trop rude, tu pourras toujours descendre à la ferme. Avec Fine, naturellement.

— Merci, murmura Lilas.

Adrienne et elle ne s'aimaient pas, et n'en faisaient guère mystère. Si elles tentaient de sauvegarder les apparences en présence de Jean-Baptiste, elles s'empressaient de mettre bas les masques dès qu'il n'était plus là.

La veuve du colporteur tendit la main vers la jeune femme, comme pour ajouter quelque chose mais y renonça finalement. « À quoi bon ? » se dit-elle. Lilas n'était pas prête à entendre ce qu'elle désirait lui dire.

— Donne-nous des nouvelles, déclara-t-elle seulement.

Elle ne put s'empêcher de suivre du regard la silhouette juvénile, vêtue de bleu, qui s'élançait en direction du versant sud. Cette petite avait du cran, même si Adrienne aurait souhaité des noces plus prestigieuses pour son neveu.

Il faisait froid dans le jas malgré le feu entretenu par Lilas. Fine, blottie sous son édredon, toussa dans son sommeil.

Soucieuse, la jeune femme se leva, alla lui tâter le front. Sa grand-mère brûlait de fièvre. Lilas lui avait fait boire des infusions de mauve blanche, plante réputée pour soigner les bronchites comme les angines. Elle avait aussi recouru à la « tisane », un remède transmis par Fine.

Pour ce faire, elle avait mélangé pétales de coquelicot, mauve blanche, bourrache, jujube et violette et avait fait cuire le tout dans le toupin au-dessus du feu. Elle lui avait préparé les fameuses « cinq cuillers », une recette comprenant une cuiller de vin, une cuiller d'huile d'olive, une cuiller de lait, une cuiller de sucre, une cuiller de café. Fine avait fait la grimace en l'avalant et, entre deux quintes, avait soufflé : « Pourquoi te donner tant de mal, petite ? Toi et moi savons bien que j'ai atteint le bout du chemin. »

Dormait-elle ? Ou bien avait-elle sombré dans une léthargie alarmante ? Lilas avait conscience du fait que le grangeon ne constituait pas l'endroit idéal pour une vieille femme malade, tout en sachant que Fine ne résisterait pas à un déplacement.

De plus en plus inquiète, elle s'emmitoufla dans sa pèlerine et prit le chemin de Saint-Pancrace. Le vent, descendant du sommet de Lure, la cloua au sol.

Elle s'obstina, tête baissée, tandis que les arbres faisaient le gros dos sous les attaques de la bise.

Le faible soleil de novembre déclinait quand elle frappa à la porte du docteur Bonpas, officier de santé. Elle le connaissait pour lui avoir déjà vendu des plantes.

Sa sœur, qui tenait son ménage, reçut Lilas avec amabilité mais ne put que lui promettre d'envoyer le médecin dès qu'il rentrerait de sa tournée. On l'avait appelé à Lardiers pour une délivrance qui se présentait mal. Elle ignorait la durée de son absence.

Le cœur lourd, Lilas retourna dans la clairière après être allée saluer Adrienne. La tante de Jean-Baptiste étudiait ses comptes, dans son petit bureau bien chauffé. La jeune femme se sentit rougir sous son regard scrutateur. Ses cheveux s'étaient échappés de son bonnet et sa pèlerine était usée. « Quelle pitié ! » semblait penser Adrienne. Dire que cette sauvageonne est l'épouse de Jean-Baptiste... » Elle lui offrit du café, lui proposa une nouvelle fois de les héberger, Fine et elle. Lilas secoua la tête.

— Fine est au plus mal. Je suis venue quérir le docteur Bonpas. Je ne peux pas la laisser seule.

— Descends-la, dans ce cas.

Lilas esquissa un sourire.

— Imaginez-vous pouvoir enfermer les oiseaux de la montagne ? Fine a besoin de rester là-haut, dans sa forêt, jusqu'à son dernier souffle. Vous le savez, tante Adrienne.

La veuve soupira.

« On n'attache pas le vent », avait-elle dit à Jean-Baptiste la veille de ses noces.

Lilas ressemblait à Fine. Elle n'était pas faite pour vivre à Saint-Pancrace, dans une vraie maison. Lilas hésita.

— Avez-vous des nouvelles de Jean-Baptiste ?

Le visage d'Adrienne se ferma.

— Pas la moindre. De toute manière, je pense qu'il t'écrira en priorité. Je te ferai prévenir si je reçois un message.

— Merci, balbutia Lilas en se sentant misérable.

À qui pourrait-elle confier son secret ? Certainement pas à Adrienne, qui la traitait déjà de haut !

Elle se hâta de reprendre le chemin des Pèlerins.

Fine expira à cinq heures, la main serrée dans celle de sa petite-fille. Le docteur Bonpas était passé dans la soirée. Il paraissait exténué.

« Des jumeaux », avait-il expliqué en courbant sa haute silhouette.

Lilas, les cheveux noués en un chignon strict, avait le visage défait à la lueur des lampes à huile. Sur sa paillasse, Fine râlait. L'officier de santé s'était incliné.

« Votre grand-mère a toujours fait le bien. Laissez-la, elle va s'éteindre cette nuit, comme une chandelle qui décline tout doucement », avait-il ajouté.

Ses paroles avaient réconforté Lilas. Elle ne voulait pas que son aïeule souffre. Le médecin avait refusé de se faire régler.

« Fine et moi avons souvent travaillé de concert, même si nous ne nous en vantions pas forcément. Courage, madame Duthilleux. »

C'était la première fois qu'on l'appelait ainsi. Mme Duthilleux... Lilas avait été tentée de protester.

« Ne passez pas l'hiver ici, avait-il recommandé en prenant congé. Vous serez bien mieux à la ferme. Chez Adrienne. »

Lilas fit la toilette de sa grand-mère avant de descendre à Saint-Pancrace. Elle courut prévenir Platon afin qu'il grimpe à la clairière veiller Fine. Elle-même se dispensa de se rendre au presbytère. Elle savait que le curé ne se dérangerait pas. Elle se rendit à la ferme où elle trouva Adrienne toujours plongée dans ses comptes. La tante de Jean-Baptiste avait les traits tirés.

— Tu ne vas pas rester là-haut seule avec une morte ! se récria-t-elle.

— Je n'ai pas peur, assura Lilas. De plus, Platon me tiendra compagnie.

— Je viendrai cet après-midi avec Zélie, promit Adrienne. Attends...

Elle se leva lourdement, alla chercher du café dans la cuisine, ainsi que du lard salé. Face au mouvement de recul de Lilas, elle ne put retenir un froncement de sourcils.

— Ne sois pas stupide, je ne veux pas te vexer, simplement te permettre de recevoir dignement ceux qui monteront jusqu'au grangeon de Fine.

Qui viendrait ? se demanda Lilas, amère. On la consultait discrètement, mais on ne recevait pas Fine. Lilas ne pardonnait pas cet ostracisme aux habitants de Saint-Pancrace.

Elle trouva Platon au chevet de sa grand-mère. Il lui chuchotait quelque secret et se tut quand il vit arriver Lilas.

— Viens te réchauffer, petite, lui dit-il en lui faisant une place devant l'âtre.

Elle n'avait pas le sentiment d'avoir froid mais elle se mit à trembler en claquant des dents. Platon lui fit boire un petit verre d'eau-de-vie et elle toussa.

— Je pensais qu'elle était immortelle, souffla-t-elle.

À cet instant, elle songeait à sa mère, morte si jeune, à son père, dont elle n'avait aucun souvenir. Jean-Baptiste lui manquait avec une telle intensité qu'elle resserra ses bras autour d'elle.

Platon lui tapota l'épaule.

— Fine a eu la vie qu'elle désirait, petite. Tu sais combien elle souffrait d'avoir perdu ses yeux. Pauvrette !

Une larme roula sur la joue de Lilas.

L'arrivée de Zélie la surprit. La jeune femme était en train de préparer une soupe d'herbes – épinards, ciboulette, orties, mauve et oseille – accompagnée de pommes de terre, dans laquelle elle ferait mijoter le lard donné par Adrienne.

La sage-femme entra après avoir frappé discrètement. Le chat vint se frotter contre ses jambes.

— J'ai prévenu le menuisier, annonça-t-elle d'emblée. Ta tante Adrienne se charge de tout, Lilas.

Elle s'approcha de la paillasse de Fine, se signa.

— *Vaqui que sian, sian pas rèn cauvo*[1], marmonna-t-elle.

---

1. « Voilà ce que nous sommes, nous ne sommes pas grand-chose. »

Cependant, la formule tant de fois prononcée paraissait sincère. Lilas estimait Zélie, qui était une femme de bien.

— Adrienne est souffrante, reprit-elle. Je lui ai conseillé de rester à la ferme.

— Vous avez bien fait.

Lilas ne se serait pas sentie à l'aise en présence d'Adrienne. Non pas qu'elle eût honte de leur logis. Elle redoutait simplement de lire le dédain, pire, le mépris, dans le regard de la veuve.

Zélie ôta sa cape, se pencha vers le feu en frottant ses mains l'une contre l'autre.

— J'espère que notre Jean-Baptiste n'a pas trop froid, déclara-t-elle.

Lilas se sentit soudain un peu mieux.

Le simple fait d'évoquer son époux lui réchauffait le cœur.

10

1830

C'était la première fois que Lilas franchissait les grilles du Prieuré bien qu'elle connût l'existence de la bastide depuis des lustres. Une allée ombragée d'ormeaux menait à la bâtisse, solidement implantée au pied de la montagne de Lure. L'ensemble était imposant avec son appareillage de pierres, ses fenêtres à meneaux, ses deux étages et ses nombreuses dépendances.

On racontait que le Prieuré avait été édifié un siècle après Salagon, dans le grand mouvement médiéval. Les moines l'avaient déserté depuis longtemps et la famille Blaize, enrichie dans le négoce des drogues, l'avait racheté vers 1770 alors qu'il ne subsistait plus de l'ensemble du domaine que le logis prieural. Il était désormais la propriété d'Agathe-Marie Blaize, fille unique et seule héritière de Nicolas Blaize.

Lilas n'avait jamais été envieuse. Elle marqua une hésitation, cependant, après avoir gravi les marches du perron. Ce qui lui avait paru évident à Saint-Pancrace lui semblait désormais une démarche audacieuse.

Quel accueil Agathe-Marie allait-elle lui réserver ? Haussant légèrement les épaules, elle saisit le heurtoir en forme de main et le laissa retomber contre le bois massif de la porte. Elle ne connaissait pas la servante qui vint lui ouvrir.

— Mademoiselle fait son courrier, lui dit-elle. Je vais voir si elle peut vous recevoir.

Le hall, de vastes dimensions, surprit Lilas. Le sol était dallé, la hauteur de plafond impressionnante, tout comme l'escalier à la rampe de fer ouvragé.

— On raconte que l'un des propriétaires du Prieuré grimpait cet escalier à cheval, déclara une voix grave et bien timbrée.

Surprise, Lilas tressaillit. Se retournant, elle fit face à son hôtesse.

Agathe-Marie lui sourit.

— Bonjour, Lilas. Bienvenue au Prieuré.

Elle l'invita à pénétrer à sa suite dans une pièce ouvrant sur le parc. Lilas ne savait pas si elle devait ôter ses souliers ou bien contourner avec soin les tapis.

— Mets-toi à l'aise, lui recommanda la maîtresse de maison.

Quel âge pouvait-elle avoir ? se demanda Lilas. Elle lui avait toujours paru vieille, à cause de ses cheveux tirés en chignon strict, de son bonnet amidonné, de ses éternelles robes noires. Mais, vue de près, dans la lumière dorée qui baignait la salle, elle avait une peau dépourvue de rides, un teint clair et de beaux yeux mordorés. Son sourire la rajeunit encore.

— Comment vas-tu, Lilas ? Te plais-tu à Saint-Pancrace ?

Lilas avait bataillé une bonne semaine avant de se résoudre à quitter sa clairière, après l'enterrement de Fine.

« Jean-Baptiste ne comprendrait pas que tu restes seule ici », avait plaidé Adrienne, en fronçant le nez.

Le cœur lourd, Lilas avait nettoyé le grangeon, rassemblé ses chèvres et son coffre dans lequel elle serrait ses trésors.

Elle avait simplement tiré la porte derrière elle.

Alfred, un valet d'Adrienne, était venu chercher Lilas en compagnie d'un mulet. Le trajet lui avait semblé durer une éternité. Elle revoyait Fine, de retour d'une de ses cueillettes, occupée à trier puis à faire sécher ses plantes. Elle l'entendait parler aux oiseaux, se rappelait comment elle savait mettre en confiance ceux qui venaient la consulter pour une entorse ou une brûlure. La science de sa grand-mère lui paraissait sans limites. Malgré ses craintes, elle s'était tout de suite intégrée à la ferme, grâce à Zélie qui s'évertuait à la mettre à l'aise. La chambre de Jean-Baptiste, située à l'étage, donnait sur la montagne de Lure. La première nuit, Lilas avait eu l'impression de s'enfoncer dans le matelas, si confortable comparé à sa paillasse. Un peu trop confortable, même, puisqu'elle s'était roulée dans sa couverture pour s'assoupir enfin sur le sol de parefeuilles. Son chat était monté la rejoindre par la fenêtre ouverte sur la nuit de velours. Elle l'avait trouvé lové contre elle au petit matin.

Il lui avait fallu plusieurs nuits pour dormir enfin dans le lit de noyer.

Elle rendit son sourire à Agathe-Marie.

— Oui, je m'habitue à vivre au bourg, répondit-elle.

Elle s'assit prudemment sur le siège que son hôtesse lui désignait. Le salon était plus vaste que le grangeon tout entier. Elle osa jeter un coup d'œil discret à l'ameublement. Fauteuils à dossier en forme de lyre, armoire de noyer, secrétaire de bois clair, guéridon, piano, meuble à musiques composaient un décor chaleureux. Lilas serra ses mains l'une contre l'autre.

— Je suis venue vous demander un service.

Le matin même, le nouveau facteur, Jules, était passé à la ferme. Il avait tendu une enveloppe épaisse à Lilas.

« Pour vous, madame Duthilleux. »

Adrienne penchait déjà la tête.

« C'est de Jean-Baptiste ! » s'était-elle écriée.

L'impatience, la frustration et, même, un brin de colère avaient alors submergé Lilas.

« Ouvre donc ! » lui répétait Adrienne.

La jeune femme, retroussant son jupon, s'était enfuie. Comment aurait-elle pu expliquer ce qui constituait pour elle une honte ? Elle imaginait déjà le regard chargé de dédain d'Adrienne. Comment ? L'épouse de son neveu ne savait pas lire ? Chez les Bonaventure, on accordait beaucoup d'importance à l'instruction. C'était Adélaïde qui avait appris ses lettres à Jean-Baptiste.

Lilas, les joues en feu, avait remonté la rue principale de Saint-Pancrace en se demandant à qui elle pourrait bien s'adresser. Certes, elle connaissait plusieurs droguistes, et le médecin, mais elle se voyait mal leur donnant à lire une missive de son jeune mari. Que faire ?

Elle s'était arrêtée devant l'épicerie-droguerie d'Agathe-Marie. La boutique était fermée.

« La demoiselle est restée à la bastide aujourd'hui », lui indiqua le charron.

Tout le village appelait Agathe-Marie « la demoiselle », avec un mélange de respect et d'affection.

Sans réfléchir, Lilas avait repris sa course et était arrivée haletante devant le Prieuré.

À présent, face à Agathe-Marie, elle mesurait son audace. Même si elle la fréquentait régulièrement pour lui vendre les plantes de ses cueillettes, la demoiselle et elle étaient simplement des connaissances.

Lilas rougit, sortit l'enveloppe de sa poche. L'aveu lui coûtait mais elle ne pouvait plus reculer.

— Voilà, je… je ne sais pas lire, demoiselle. Pour les plantes, ma grand-mère m'avait enseigné leurs noms grâce aux planches de son herbier. Mais je ne sais ni lire ni écrire.

Elle se mordit les lèvres. « Elle est belle, pensa Agathe-Marie, et si jeune… »

— Tu veux que je lise cette lettre ?

La jeune femme opina du chef.

— C'est mon mari qui l'a écrite. Je... je suis si impatiente d'apprendre ce qu'il me dit. Si cela ne vous dérange pas, bien sûr.

Agathe-Marie tendit la main.

— Donne, Lilas. C'est un peu gênant, certes, mais nous allons nous efforcer, toi et moi, de faire comme si j'évoquais simplement des nouvelles de ton époux. Voyons cela...

Elle se leva, se rapprocha de la grande fenêtre à petits carreaux et toussota avant de commencer à lire.

Mon amour,
Tu me manques, ma douce et tendre.
Je t'écris d'Auvergne, où nous avons déjà subi une tempête de neige. Je fais le tour de mes clients habituels, suis reçu chez l'un ou chez l'autre, mais le temps me pèse, mon amour.
J'ai hâte de te revoir, de te serrer contre moi.

Agathe-Marie marqua une pause, toussota de nouveau.

— Je... tu es bien sûre de vouloir que je lise la suite ? Ce peut être embarrassant.

— Si vous dites ça, demoiselle, c'est que vous l'avez déjà lue ! répondit Lilas.

Les yeux mi-clos, les bras croisés devant sa poitrine, comme pour mieux s'isoler, elle se laissa envelopper par les mots de Jean-Baptiste, comme il l'eût fait de ses bras. Elle tressaillit quand Agathe-Marie se tut.

— Je vous remercie, souffla-t-elle. Est-ce qu'il a indiqué une adresse ?

Elle ne remarqua pas les joues empourprées de son hôtesse. Elle était tendue vers un seul but. Apprendre ses lettres, au plus vite.

— Il sera en Alsace pour Noël, reprit Agathe-Marie. À Obernai. Chez Lügerstein.

Lilas répéta ces mots inconnus avant de se lever.

— Je me demandais… voulez-vous me montrer ? Il faut que je sache lire.

— Et écrire, rappela doucement Agathe-Marie.

La situation l'amusait. Elle qui avait passé une enfance studieuse à suivre les cours d'un précepteur, adepte de la philosophie des Lumières et latiniste d'exception, éprouvait soudain le désir de venir en aide à cette jeune rebelle qui la faisait penser à une sauvageonne.

— Viens à la boutique en début d'après-midi, s'entendit-elle proposer. Si tu es décidée, nous devrions progresser rapidement.

La joie de Lilas lui fit chaud au cœur.

— Je serai là dès demain, promis ! s'écria-t-elle. Et… encore merci !

Agathe-Marie souleva le rideau de velours pour regarder la silhouette de Lilas qui remontait l'allée d'un pas allègre.

Elle était si jeune, presque encore une enfant, et Jean-Baptiste lui avait écrit des mots dont Agathe-Marie ignorait tout.

Elle-même était riche et cultivée. Pourtant, à cet instant, elle enviait presque la petite-fille de Fine.

11

1830

C'était plus fort que lui. Chaque fois qu'il empruntait l'allée ombragée de tilleuls, Sosthène songeait à Jean-Baptiste, et une bouffée de colère le submergeait.

« Maudit soit-il ! » marmonnait-il.

Quand ils lui voyaient ce visage d'orage, les valets s'arrangeaient pour ne pas croiser son chemin. Séraphine elle-même filait doux, ce qui ne lui ressemblait guère. Dès leur première rencontre, en effet, elle avait tenu tête à Sosthène. Elle connaissait l'étendue de son pouvoir sur lui mais savait aussi que ses appas commençaient à se faner. À vingt ans, elle avait la beauté du diable avec son teint hâlé, ses yeux et ses cheveux noirs. Mais le soleil, impitoyable, avait creusé des rides sur son front et autour de sa bouche. Son corps mince et ferme s'était enrobé, ce qui n'était pas pour déplaire à Sosthène. Séraphine savait comment faire monter son désir. Elle n'avait rien oublié de ses années d'apprentissage, à Carpentras. Sosthène le lui rappelait parfois.

« J'ai fait ta fortune. Je peux la défaire comme il me plaira. »

Disant cela, il posait les mains autour de son cou et faisait mine de serrer. Sa jeune femme le défiait alors du regard.

« Qu'attends-tu ? le narguait-elle. Tu ne viendras pas te plaindre, après, que ton lit est glacé ! »

Il riait, et la basculait en arrière, sur les draps brodés au chiffre d'Adélaïde. Séraphine savait qu'il était incapable de lui résister.

Elle avait craint, durant sa grossesse, qu'il ne se détournât d'elle mais, au contraire, sa silhouette déformée semblait décupler son désir. Elle se demandait parfois si ce n'était pas dangereux pour l'enfant qu'elle portait. Avant de connaître Sosthène, elle s'était fait avorter à deux reprises, sans états d'âme. C'était la règle, dans la maison où elle travaillait. Elle avait verrouillé ses souvenirs. Ceux-ci, cependant, étaient revenus la hanter peu avant le moment prévu pour la délivrance. Et si elle perdait l'enfant ? Si elle ne survivait pas à l'accouchement ?

« Tu auras tôt fait de te remarier », reprochait-elle à Sosthène.

Il lui avait appliqué une claque sonore sur les fesses.

« Arrête de parler, femme ! »

Mais il ne l'avait pas détrompée.

Elle y songeait encore, quatre ans après la naissance d'Élie. Son fils avait failli mourir, étranglé par le cordon ombilical. Séraphine, victime d'une hémorragie, avait dû rester alitée trois bonnes semaines, ce qui lui avait valu les reproches de Sosthène. L'ouvrage n'attendait pas ! Que croyait-elle donc ? Qu'il était un riche rentier et que l'argent tombait du ciel ? Indifférente à ses sarcasmes, Séraphine avait repris des forces tout en allaitant son bébé. Objet de toutes ses attentions, Élie était un enfant capricieux et têtu. Sosthène ne s'en occupait guère ; il était encore trop petit pour l'intéresser. Séraphine s'affolait quand elle voyait le regard du maître s'attarder sur la silhouette de son fils. Ne cherchait-il pas dans sa mémoire l'image, le souvenir d'un autre garçon, son fils aîné ? Elle était bien décidée à tout faire pour écarter Jean-Baptiste de la succession.

Sosthène n'évoquait jamais le fils maudit mais personne n'avait le droit de s'aventurer dans sa chambre où tout était resté en l'état. Séraphine pressentait que la partie n'était pas encore gagnée. Il suffirait que Jean-Baptiste vienne faire amende honorable pour, peut-être, revenir en grâce. Sosthène n'oubliait pas ce qu'il devait à sa première épouse, cette Adélaïde Bonaventure dont tout le pays vantait encore, près de vingt ans après sa mort, les qualités ! Grâce à sa dot, il avait pu constituer un troupeau conséquent et racheter peu à peu les propriétés voisines. Même s'il avait aimé essentiellement chez elle son argent, Sosthène établissait une différence entre ses deux épouses. Il avait pris Séraphine avec sa chemise et son unique robe sur le dos, comme il le lui rappelait lorsqu'il avait un peu trop bu.

Ces soirs-là, elle sentait la haine monter en elle. Le Mas des Tilleuls ne reviendrait pas à Jean-Baptiste mais à Élie. Son fils. Elle mettrait tout en œuvre pour préserver son héritage.

La main placée en visière devant les yeux, Sosthène observait comme chaque jour le sommet du Ventoux. Pour l'instant, le ciel sans nuages annonçait une belle journée de juin. Sosthène n'avait pas d'excuse pour retarder encore la cueillette des fleurs de tilleul. D'autant moins que, durant l'hiver, qui avait été particulièrement rigoureux, il avait perdu un nombre conséquent de bêtes. Les loups lui en avaient tué plusieurs. Fou de rage, il avait organisé des battues avec quelques chasseurs, et fait poser des pièges.

Il éprouvait toujours un sentiment indéfinissable de malaise lorsqu'il passait sous les tilleuls. À chaque fois, il revivait la scène terrible qui l'avait opposé à son fils, et il se souvenait d'avoir voulu le tuer. Alors, vite, comme pour mieux oublier, il lançait des imprécations à voix haute contre celui qu'il s'obstinait à appeler le fils maudit.

Séraphine et lui avaient fait le vide au Mas des Tilleuls. Les nouveaux valets et commis n'avaient pas connu Jean-Baptiste ni sa mère. Comme si le maître avait désiré, plus ou moins consciemment, ne pas garder de témoins d'une époque révolue.

Cela n'empêchait pas les villageois de parler. Et de citer, notamment à l'occasion des veillées, Jean-Baptiste et Adélaïde, la véritable maîtresse du domaine.

Lorsqu'elle surprenait ces réflexions, Séraphine s'emportait. On critiquait son langage, ses décolletés et sa hardiesse. Elle le savait et en prenait ombrage. Qui était donc cette Adélaïde pour qu'on évoquât encore son souvenir ? Son portrait, entouré de ceux de ses frère et sœur, trônait dans la salle. Le maître avait interdit qu'on y touchât.

Sosthène héla Félix, le commis.

— Dépêche-toi de sortir les échelles et les bourrasses ! lui ordonna-t-il.

Les trois cueilleurs avaient chacun ramassé plus de vingt-cinq kilos par jour. Chaque soir, les bourrasses, les grands carrés de toile de jute, étaient déballées et les fleurs de tilleul étalées sur le plancher des greniers.

Comme le temps était particulièrement sec, le séchage serait réduit à quatre jours. La récolte était bonne mais demandait comme toujours beaucoup de main-d'œuvre pour un résultat limité.

Trente kilos de fleurs fraîches ne donnaient en effet que cinq kilos de fleurs séchées. De nouveau entassées dans les bourrasses, celles-ci seraient portées au marché de Buis, le mercredi suivant, premier mercredi de juillet.

Le domaine, le pays tout entier fleuraient bon le tilleul, au point d'incommoder Séraphine. La jeune femme, qui ne se souciait pas des « arbres de l'autre » comme elle disait peu élégamment, accompagnait Sosthène sur le marché, le long de l'Ouvèze. Le rituel était immuable. Il expédiait son épouse vers les autres étals, se réservant le privilège de montrer sa récolte et de discuter pied à pied avec les acheteurs éventuels. Le tilleul de Lombard était réputé pour sa qualité. À huit heures trente, l'affaire était rondement menée, la charrette et la jardinière vides.

Séraphine rejoignait alors Sosthène et, lovée contre lui, l'agaçait dans le but de se faire offrir quelque toilette ou colifichet.

S'il avait vendu sa marchandise un bon prix, il se montrait généreux. Sosthène n'était pas un mauvais homme, se disait Séraphine, il suffisait juste de savoir le prendre. Mais, malgré ses suggestions réitérées, il ne s'était toujours pas décidé à se rendre chez le notaire.

Elle pressentait que c'était pour lui un moyen de la garder sous sa coupe. Prisonnière des rêves qu'elle caressait pour Élie.

12

1830

Un parfum douceâtre flottait dans la grande chambre des maîtres. Odeurs de sang, de sueur, de souffrance, combattues par des fumigations de thym et de lavande.

Zélie se retourna vers Adrienne qui l'assistait en tenant la lampe à huile.

— Elle est si étroite, un autre enfant la tuerait, souffla-t-elle.

La délivrance avait été longue et pénible. « Effroyable », pensait Adrienne, qui n'avait jamais enfanté.

C'était Zélie qui, la première, avait soupçonné la grossesse de Lilas, avant Noël. Elle avait l'œil exercé, et avait tout de suite remarqué le changement d'attitude de la jeune femme. Le matin, celle-ci mangeait peu, et supportait mal l'arôme du café. Elle se rendait souvent dans les commodités et paraissait inquiète.

Zélie l'avait prise à part et une seule question lui avait suffi pour confirmer son diagnostic. Lilas était bel et bien enceinte.

Informée, Adrienne s'était signée.

« Un héritier, enfin ! »

Tout au long de sa grossesse, Lilas avait continué à courir la montagne, au grand dam de sa tante.

« Une chevrette, voilà ce qu'elle est ! » gémissait-elle, prenant Zélie à témoin des « imprudences de la petite ». Elle l'aurait voulue languide, demeurant à la ferme en permanence, sans comprendre que Lilas, déjà déroutée par son état, avait besoin de sortir.

De plus, elle continuait de fréquenter Agathe-Marie. Elle avait réalisé de rapides progrès en écriture comme en lecture et, à compter du printemps, avait pu lire seule les lettres de Jean-Baptiste et lui répondre.

Dûment félicitée par Agathe-Marie, qui l'avait soutenue tout au long de l'hiver, Lilas avait pris conscience d'avoir remporté une victoire, ce qui lui avait donné confiance en elle-même.

Au huitième mois, Zélie était intervenue fermement.

« Défendu de courir la montagne, désormais. Qui te retrouverait si tu glissais et restais immobilisée ? Pense à ton bébé, tu dois être raisonnable. »

De son côté, Jean-Baptiste multipliait dans ses lettres les recommandations de prudence. Il ne comptait pas s'attarder à la foire de Beaucaire et rentrerait aussitôt à Saint-Pancrace. Lilas s'était promis de l'attendre pour la délivrance, ce qui faisait hocher la tête de Zélie.

« Petite, petite... tu crois être la plus forte ? Personne ne peut déterminer à l'avance la date d'un accouchement, et c'est tant mieux. La nature commande, cette idée devrait te plaire. »

Parce qu'elle avait quelques pertes, la jeune femme avait dû garder le lit. À sa grande confusion, Adrienne avait insisté pour lui céder la chambre des maîtres.

« Rien n'est trop beau pour l'héritier », répétait-elle, ce qui faisait un peu peur à Lilas. Elle ne voulait pas qu'Adrienne tente de s'approprier son enfant.

Une nouvelle fois, Zélie avait trouvé les mots justes pour convaincre la jeune femme. « C'est important pour Adrienne, avait-elle expliqué. La famille Duthilleux a trimé pendant plusieurs générations. Adrienne n'osait espérer l'arrivée de ton petit. »

La première nuit, Lilas n'avait pas réussi à dormir dans la grande chambre qui ouvrait sur le village. La pièce lui paraissait trop vaste, les meubles trop imposants, le parquet trop bien ciré. Ses pieds nus allaient y laisser des traces.

Et puis, elle n'avait plus eu le temps de se poser des questions car la douleur l'avait submergée. Zélie avait alors pris les choses en main et lui avait ordonné de marcher. Dans le couloir menant aux chambres, dans la salle, et même dans le bureau d'Adrienne.

À ce moment-là, Lilas avait pensé à Fine avec force, comme si le fait d'évoquer sa grand-mère avait pu la réconforter. Jean-Baptiste lui manquait mais elle savait que l'accouchement était une affaire de femmes.

Pendant plus de vingt heures, Zélie était restée à ses côtés, lui massant le ventre et les reins, lui faisant boire des tisanes destinées à accélérer le travail, l'incitant à respirer profondément dès qu'elle avait un petit répit entre deux contractions. Elle lui parlait, aussi, de son enfant, dont elle affirmait apercevoir les cheveux, et Lilas s'accrochait à cette idée. Fils ou fille, peu lui importait. Pourtant, quand Zélie posa sur son ventre un bébé braillard et lui annonça : « C'est un garçon », les larmes se mirent à ruisseler sur les joues de la jeune femme.

— Laisse-moi le rendre un peu plus présentable, dit Zélie.

Lilas se sentait épuisée. Elle aurait voulu remercier la sage-femme, lui recommander de bien s'occuper de son bébé et de le lui ramener mais ses yeux se fermaient. Elle eut une dernière pensée pour Jean-Baptiste avant de sombrer dans un sommeil lourd.

Soulevée sur un coude, Lilas ne voyait pas la chambre baignée de soleil, ni la colombe posée sur la rambarde du balcon. Elle n'avait d'yeux que pour son enfant, qui s'agitait dans son berceau en bois de noyer, monté sur des patins cintrés.

« C'est le *bres* d'Esprit, mon défunt mari », lui avait confié Adrienne avec un brin de fierté.

La tante de son mari était si heureuse de cette naissance qu'elle aurait voulu tout donner au petitoun qui n'avait pas encore de prénom.

« J'attends le retour de son père », avait décrété Lilas, si bien qu'Adrienne et Zélie « signaient » le bébé à chaque fois qu'elles le changeaient.

Au bout du cinquième jour, Zélie revint à la charge. Certes, l'enfant paraissait être en bonne santé, et Lilas avait suffisamment de lait mais... savait-on de quoi le lendemain serait fait ? Elle avait vu tant de choses en vingt-cinq ans de métier ! Le lait de la jeune mère pouvait se tarir brutalement, l'enfant attraper une mauvaise fièvre ou des coliques…

La mortalité infantile constituait un tel fléau qu'il importait de baptiser le nourrisson le plus vite possible. Lilas, entêtée, secouait la tête.

« Jean-Baptiste saura, répétait-elle. Attendons son retour. »

Le bébé, emmailloté avec soin comme le voulait l'usage, avait les yeux bleus de son père. Chaque fois qu'elle le contemplait, Lilas ressentait à quel point son époux lui manquait.

Elle tendit les bras au petit garçon qui cherchait le sein en laissant échapper un léger bruit de succion.

— Petit coquin ! s'esclaffa-t-elle.

Zélie lui fit les gros yeux.

— Fasse le Ciel que tu ne regrettes pas ton obstination, petite. Cet enfant – ton enfant – est en état de péché mortel.

La jeune mère réprima un haussement d'épaules. Comment un bébé aussi petit aurait-il pu commettre quelque vilenie ? Comme Fine, sa grand-mère, Lilas ne se laissait guère impressionner par les interdits de l'Église. Adrienne se signa sur le seuil de la porte. Elle précédait une visiteuse. Agathe-Marie s'avança dans la chambre de l'accouchée sur la pointe des pieds. Elle paraissait intimidée, et son visage exprimait une grande douceur.

— Je ne pouvais pas ne pas venir, murmura-t-elle.

Lilas lui sourit. Une certaine forme d'amitié s'était nouée entre les deux jeunes femmes durant l'hiver.

100

Agathe-Marie s'approcha du lit dans lequel Lilas, accotée aux oreillers, semblait trôner. Elle portait un panier contenant deux œufs, un morceau de pain, du sel et une allumette et prononça la phrase tradition-nelle :

— *Siègue bon coumé lou pan, plen coumé un iou, savi coumé la sau a dré coumé uno brouqueto*[1].

Les yeux de Lilas s'emplirent de larmes.

— Mille mercis, demoiselle.

La présence d'Agathe-Marie dans la grande cham-bre symbolisait d'une certaine manière le change-ment de statut de Lilas. Devenue mère, la petite chevrière pouvait recevoir la personne la plus fortu-née de Saint-Pancrace.

Adrienne s'empressa auprès de son hôte, invitant Agathe-Marie à s'asseoir, à boire un verre de sirop d'orgeat… Celle-ci déclina son offre.

— Merci, madame Duthilleux, je suis juste passée admirer l'enfant et féliciter sa mère. Eulalie m'a fait faux bond, sa sœur est malade. Je ne puis laisser longtemps la boutique fermée.

Elle contempla le bébé avec une expression indé-finissable. Brusquement, Lilas se sentit mal à l'aise. Pourtant… Agathe-Marie n'était-elle pas son alliée ?

— Je suis heureuse pour toi, lui dit-elle.

Elle tendit l'oreille.

— Écoute… entends-tu les clochettes ? Il me semble que nos colporteurs s'annoncent.

---

1. « Qu'il soit bon comme le pain, plein comme un œuf, sage comme le sel et droit comme une allumette. »

Lilas ne prêta pas attention à son emploi du possessif. « Nos colporteurs. »

Elle se redressa, le regard empreint d'un bonheur, d'une attente tels qu'Agathe-Marie, le cœur serré, recula.

— Je te laisse, balbutia-t-elle.

Elle bouscula presque Adrienne qui insistait pour lui servir une boisson fraîche.

Tendue vers l'animation en provenance du bourg, Lilas l'avait déjà oubliée.

13

Le soleil enflammait l'adret de Lure, irisant dans les clairières les cytises, les viornes lantanes, les amélanchiers et les céphalantères, ces merveilleuses orchidées aux fleurs rose vif que Fine aimait tant.

Jean-Baptiste posa une main possessive sur la taille de Lilas.

— Tu m'as tant manqué, ma mie.

C'était vrai. Il avait passé toute sa campagne l'esprit ailleurs, tendu vers le moment où il rejoindrait enfin la femme qu'il aimait. Ceux qui le connaissaient depuis longtemps le lui avaient fait remarquer, il n'était plus le même. Jean-Baptiste esquissait alors un sourire teinté de mélancolie et parlait, parlait de Lilas.

— Regarde !

Elle lui offrait sa montagne, intacte, préservée.

S'il pensait par-devers lui que le plus beau paysage du monde ne remplacerait jamais le Mas des Tilleuls, il n'en souffla mot. Il était si heureux de retrouver sa sauvageonne, de la serrer contre lui, de découvrir leur fils, qu'il ne supportait aucune ombre sur leur bonheur.

Les mois écoulés lui avaient paru une éternité. Sans Lilas à ses côtés, il se sentait amputé. Aussi, avait-il été le premier à sourire quand sa jeune femme avait sauté à bas de son lit et manifesté l'intention de grimper jusqu'à la cabane de Fine, et ce malgré les véhémentes protestations d'Adrienne.

« Vous êtes complètement fous tous les deux ! » s'était-elle récriée. Et de rappeler qu'aucune accouchée se respectant ne mettait le nez dehors avant la cérémonie des relevailles.

Lilas avait souri gentiment. « Il faut me comprendre, ma tante. Je suis incapable de rester claquemurée dans la maison pendant quarante jours ! J'ai l'impression d'étouffer. »

Adrienne était allée s'enfermer dans son bureau en marmonnant.

Zélie avait considéré les jeunes gens d'un air soucieux. « Il n'est pas bon d'aller contre les règles. Les gens ne comprendront pas... – Eh bien ! ils s'habitueront ! » avait répliqué Jean-Baptiste avec une belle insouciance.

Il se sentait le roi du monde depuis la naissance de son enfant. Un fils, qu'il avait choisi de prénommer Zacharie, et qui avait été baptisé le lendemain de son retour. Dieu juste ! Il avait le sentiment qu'une vie nouvelle commençait pour eux trois.

Il se retourna vers Lilas, lui tendit la main. Sa pâleur, ses yeux cernés l'alarmèrent.

— Veux-tu rentrer, ma mie ?

Elle secoua la tête. Ses cheveux se dénouèrent.

— Non, l'air de la montagne me fait revivre. Le bon air de Lure... Tu verras... d'ici une heure, j'aurai repris des couleurs.

Il ralentit tout de même son allure pour l'inciter à faire de même. La cabane de Fine dans la clairière n'avait pas bougé d'un pouce. Jean-Baptiste poussa la porte qui n'était pas fermée à clef. Des bergers y avaient trouvé un abri pour la nuit, comme l'attestait la présence de cendres dans l'âtre.

— C'est bien, murmura Lilas en effleurant de la main le manteau de la cheminée.

Elle était très émue en songeant à Fine. La pensée de sa grand-mère l'avait accompagnée tout au long de son accouchement, comme pour lui donner du courage.

— Je ne voudrais pas me séparer de cette cabane, reprit-elle.

Jean-Baptiste comprenait ce qu'elle voulait dire, lui qui avait perdu son droit à l'héritage le jour où son père l'avait maudit. La bergerie de la clairière symbolisait les racines familiales de Lilas.

— Tu vas me raconter ces mois pendant lesquels tu étais loin de moi, suggéra-t-elle.

Se ravisant, elle ajouta :

— Et puis non, ne me dis rien. Ce qui compte, c'est lorsque nous sommes ensemble, toi et moi.

Il l'aimait. Plus que sa vie. Il le lui chuchota au creux de l'oreille, alors qu'un oiseau, au-dehors, lançait ses trilles. Il le lui prouva sur une paillasse, sous le fenestron protégé par une grille. Dans ses bras, il oubliait tout ce qui n'était pas eux, et jusqu'à ce sentiment d'amertume et d'injustice qui lui empoisonnait l'âme.

Elle gémit sourdement.

— Mon amour... Ne repars plus. Plus jamais.

Il promit. À cet instant, il n'imaginait pas pouvoir vivre une seule minute sans elle.

La journée avait été chaude. Zacharie, fiévreux, avait pleuré sans relâche malgré l'infusion de tilleul que Lilas lui avait fait absorber en humectant un torchon propre. L'orage grondait, un de ces orages de septembre aussi brutaux que brefs, redoutables par les pluies violentes qu'ils suscitaient plutôt que par la foudre.

Lorsque son fils s'endormit enfin, Lilas le posa dans son berceau avec d'infinies précautions et alla chercher un peu de fraîcheur dans le cellier, semi-enterré.

Un mal de tête tenace lui vrillait les tempes. Elle aurait aimé grimper jusqu'au grangeon de Fine, où il faisait assurément meilleur. Elle eut la surprise de trouver Adrienne dans la cave.

— Tu n'es pas encore prête ? lui reprocha-t-elle. Nous attendons le notaire et son épouse pour souper.

La jeune femme réprima une grimace. Elle avait envie de s'échapper en compagnie de Jean-Baptiste, de fuir ce repas qui promettait d'être mortellement ennuyeux. Maître Bonnafé, le notaire, était un homme d'une cinquantaine d'années qui devait connaître la plupart des secrets de Saint-Pancrace. Sa femme, Mélanie, née Ribois, était une personne imposante qui, vingt-cinq ans après son mariage, n'avait toujours pas accepté d'avoir quitté Apt pour un gros bourg au pied de la montagne de Lure. Elle ne pouvait s'empêcher de toiser ses concitoyens et passait une partie de l'hiver dans sa famille aptésienne. Face à elle, Lilas se sentait inculte et insignifiante.

Adrienne reprit, avec une pointe de dédain :

— Regarde-toi, ma fille ! Tu es toute *brailhasso*[1] ! Ce n'est pas parce que tu t'obstines à nourrir le petit que tu dois ressembler à une *caraque* ! Tu ne veux tout de même pas faire honte à Jean-Baptiste ?

Lilas tourna les talons sans répondre.

« Je ne passerai pas un autre hiver ici », pensa-t-elle avec force.

Elle prit son élan, courut vers l'écurie où son mari s'occupait de la distillation des cueillettes. Il la reçut contre lui, lui releva le menton d'un geste possessif.

— Que se passe-t-il, ma mie ?

Elle esquissa un haussement d'épaules.

— C'est ta tante… Je crois bien qu'elle n'acceptera jamais notre mariage. Je ne suis pas assez… ou trop. En fait, elle aurait préféré que tu épouses une héritière !

— C'est toi que j'aime, Lilas. Toi seule.

Rassérénée, elle se blottit contre lui.

— Nous devons vraiment assister au souper de ce soir avec maître Bonnafé ?

— J'en ai peur. Tu sais, ça ne me plaît guère non plus.

----

1. « Débraillée. »

Était-ce vrai ? Lilas pressentait l'ambition de Jean-Baptiste, certainement motivée par un désir de revanche. En quelques années, il était devenu l'un des meilleurs colporteurs de la région. Elle se moquait de la réussite comme des biens matériels. Tant qu'elle avait Jean-Baptiste et Zacharie auprès d'elle, elle était heureuse. Elle insistait pour qu'ils aient leur propre maison, mais son mari n'en voyait pas la nécessité. Pour lui, seul comptait le Mas des Tilleuls.

Elle réprima un léger soupir, se haussa sur la pointe des pieds pour déposer un baiser sur la joue de son mari.

— Je vais m'habiller, lui dit-elle.

Elle se sentait mélancolique et triste, sans pouvoir expliquer pourquoi. Peut-être parce qu'elle pressentait que, malgré ses promesses, il repartirait bientôt.

La neige, tombant en abondance depuis la veille, avait transformé Saint-Pancrace en village fantôme. Les habitants, réfugiés au coin de l'âtre, ne se hasardaient dehors qu'en cas d'absolue nécessité. Son bébé dans les bras, Lilas contemplait le paysage transformé en éprouvant une sourde désespérance. Elle se sentait prisonnière à la ferme, retenue par Zacharie, par les intempéries... Pourquoi Jean-Baptiste n'avait-il pas accepté de les emmener, leur fils et elle ? Il avait protesté, arguant que c'était pure folie, que le bébé ne résisterait pas au froid régnant en Alsace et dans le Massif central, sans pour autant convaincre Lilas. Elle avait d'ailleurs pleuré, tempêté, l'accusant de vouloir partir seul avec Paterne pour courir les filles à sa guise. Elle aurait voulu retenir ses phrases assassines en voyant blêmir le visage de Jean-Baptiste mais elle avait elle-même trop mal pour faire marche arrière. On avait dû les entendre se quereller dans tout le village. Lilas n'en avait cure. Elle ne supportait pas l'idée d'une nouvelle séparation.

Zélie avait tenté de lui expliquer que c'était à cause de leur enfant, de son retour de couches. Les jeunes mères pleuraient souvent. « Et puis… ça passe ! » affirmait Zélie avec un bel optimisme. D'ailleurs, les femmes n'avaient pas le choix. Leur rôle n'était-il pas d'enfanter, d'élever leurs petits, de tenir leur ménage ?

« Et moi, si je n'ai pas envie de mener cette vie-là ? » s'était récriée Lilas.

Elle conservait précieusement le souvenir de leur dernière nuit, dans la cabane de Fine. Zélie avait gardé Zacharie. Lilas savait qu'elle pouvait lui faire confiance. De plus, son lait commençant à se tarir, elle donnait désormais du lait de chèvre à son bébé, qui l'appréciait. Elle avait donc pu s'échapper rassurée.

S'échapper… n'aurait-on pas dit qu'elle était prisonnière à la ferme ?

Elle se rappelait les mains de Jean-Baptiste parcourant son corps, faisant naître en elle des sensations qu'elle avait crues oubliées. Il avait bu son cri sur ses lèvres, jouissance et amour mêlés. Elle s'était arquée pour mieux accorder son rythme au sien. Plus tard, elle avait frémi en se disant qu'elle ne voulait pas d'une nouvelle grossesse, pas tout de suite. Elle n'en avait pas parlé à Jean-Baptiste. Les hommes ne se souciaient pas de ces histoires de femmes, prétendait Zélie. À elles de s'en arranger. Lilas aurait aimé tout partager avec Jean-Baptiste mais, pour ce faire, il aurait fallu qu'ils vivent vraiment ensemble, tout au long de l'année.

Elle se détourna de la fenêtre, alla recoucher Zacharie. Son fils allait sur ses sept mois.

Lilas s'emmitoufla chaudement et sortit de la ferme après avoir prévenu Adrienne qu'elle se rendait chez Agathe-Marie. Elle ignora volontairement le soupir explicite de la tante de Jean-Baptiste. Les deux femmes ne parvenaient pas à se comprendre. Le souhaitaient-elles réellement ? Trop de différences les séparaient, ainsi qu'une rivalité d'autant plus forte qu'elle était tue.

La jeune femme remonta la rue du village et s'arrêta devant la droguerie d'Agathe-Marie. Contrairement à ce qu'elle pensait, celle-ci était ouverte. Elle y pénétra, découvrit l'héritière dans l'arrière-boutique, occupée à remplir des sachets de plantes.

— Tu es ma première cliente de la journée ! s'écria Agathe-Marie. Quelle idée de sortir par ce temps !

— Pourquoi non ? Je m'ennuie à mourir à la ferme. J'avais pensé… vous me laisseriez regarder vos livres ? J'aimerais bien connaître les noms savants des herbes et écrire les remèdes de Fine. Zacharie sera peut-être intéressé plus tard…

La démarche de la jeune femme émut Agathe-Marie. Elle l'admirait beaucoup depuis qu'elle lui avait appris à lire et à écrire.

— C'est une idée, répondit-elle.

Elle lui fit une place sur le grand bureau de son père, lui sortit plusieurs encyclopédies ornées de planches.

— Voici de quoi t'occuper, lui dit-elle avec un grand sourire.

14

De nombreux nuages couleur gorge-de-pigeon couraient dans le ciel d'été qui s'obscurcissait après une journée particulièrement chaude.

« Un ciel de passion », avait coutume de dire Esprit Duthilleux, qui avait lu Goethe et se piquait de romantisme.

Si son époux n'était pas mort si tôt, Adrienne aurait peut-être mieux accueilli Lilas ?

« C'est trop tard, de toute manière », songea-t-elle, crispant la main sur le drap brodé aux initiales de sa mère. Adélaïde lui manquait, tout comme son fils, Jean-Baptiste. Parti une nouvelle fois sur les chemins, il devait se trouver du côté de Toulouse, où ils avaient des clients fidèles.

Une douleur plus forte que les autres fit naître un gémissement sur ses lèvres. Le docteur Bonpas, consulté plusieurs mois auparavant, avait été brutal.

« À quoi bon vous mentir, Adrienne ? Je suis certain que vous connaissez déjà la vérité… »

Son ventre la faisait trop souffrir pour que ce fût bénin. Des hémorragies répétées l'avaient laissée épuisée, amaigrie. Lilas avait insisté pour lui faire avaler différentes potions.

Adrienne avait vu la jeune femme si inquiète qu'elle avait bu sans sourciller décoctions et tisanes. Elle savait. Zélie savait. Et Lilas aussi, très certainement.

Jusqu'au printemps, elle avait agi comme si de rien n'était dans l'espoir de nier la maladie, de la repousser, loin. Jusqu'au jour où elle avait dû rester alitée. Ce jour-là, elle avait compris que, malgré ses efforts, elle ne gagnerait pas la partie.

Zélie s'illusionnait encore, quoi de plus normal ? Adrienne souhaitait seulement tenir jusqu'au retour de Jean-Baptiste.

On frappa à la porte. Lilas lui apportait un bol de soupe. Zacharie la suivait en bavardant.

« On en fera un avocat, ou bien un homme politique, affirmait Zélie. Ce petitoun est incapable de fermer la bouche ! »

Adrienne se pinça discrètement les joues. Elle ne voulait pas qu'on s'apitoie sur son sort, ni qu'on la plaigne.

Ses affaires étaient en règle, et le père Ségret était venu la confesser. Elle n'avait rien à craindre.

Lilas posa le bol sur la table de chevet, rajouta prestement deux oreillers, redressa délicatement Adrienne. Les relations entre les deux femmes avaient changé du tout au tout depuis la déclaration de la maladie. Lilas ne voyait plus la tante de Jean-

Baptiste comme une rivale mais plutôt comme une parente à dorloter. Une douceur inattendue s'était glissée entre elles.

— Avez-vous remarqué le ciel ? lança-t-elle avec une gaieté un peu factice.

Adrienne sourit.

— Je ne m'en lasse pas. Lorsque je suis arrivée à Saint-Pancrace, je suis tombée sous le charme de cette lumière.

— Racontez-moi…, suggéra doucement Lilas. Oncle Esprit… Comment était-il ?

Elle rattrapa Zacharie qui trottinait vers la porte palière, l'installa sur ses genoux, sur la chaise paillée.

Il protesta mais elle le maintint fermement. Le sourire d'Adrienne s'accentua.

— Oh ! Esprit était un homme de cœur. Notre drame fut de ne pas avoir de petits. Il était connu dans tout le pays et n'aurait jamais laissé un mendiant devant notre porte. Sa mort fut une grande perte, oui, en vérité.

Adrienne soupira.

— Notre monde change, petite. D'ici à quelques années, l'âge d'or des colporteurs sera bel et bien terminé. Et les plantes… qui en achètera encore ? Mon époux estimait que la terre et les maisons constituaient le meilleur des placements.

Que pouvait-elle répondre, elle qui ne possédait rien ?

Adrienne secoua la tête.

— Je suis un peu lasse, petite. Tu m'enverras Zélie dès qu'elle rentrera ?

Lilas entraîna Zacharie par la main. Adrienne, si pâle sur les draps couleur ivoire, impressionnait le petit garçon.

Dans la salle à manger, elle lui servit de la soupe aux herbes sauvages : épinards, ciboulette, oseille et orties, longuement mijotées avec échalotes, huile d'olive, sel et poivre.

Zacharie avait bien de la peine à ne pas parler la bouche pleine. Pour le faire patienter, Lilas lui racontait des histoires. Celle du vent qui tourbillonnait au-dessus de la montagne et celle du petit homme qui habitait dans une grotte.

Elle le berça contre elle après l'avoir fait dîner tout en maintenant le repas de Zélie au chaud.

Elle songeait à Jean-Baptiste, sur les chemins, à Adrienne qui déclinait de façon inexorable, et se sentait le cœur lourd. Elle avait besoin de se couler dans les bras de son amour, de s'épanouir sous ses caresses. Elle se sentait à demi veuve et le supportait de plus en plus mal.

Le retour de Zélie l'aida à surmonter sa mélancolie. La sage-femme avait délivré une mère de quarante ans.

— Des jumeaux, raconta-t-elle en se débarrassant de sa pèlerine et en exposant ses mains aux flammes de la cheminée. Heureusement que le docteur Bonpas est arrivé à la rescousse, j'ai eu peur de les perdre tous les trois. Et le mari qui bramait : « Je veux un fils ! Le reste m'importe peu ! » Brr ! J'espère que sa pauvre femme ne l'a pas entendu !

Lilas frissonna.

— Ces hommes qui s'arrogent un droit de vie et de mort sur leurs épouses me glacent le sang !

Zélie se retourna vers elle. Ses yeux sombres brûlaient de colère dans son visage blême.

— Tu ignores encore tant de choses, petite ! J'en ai vu dans mon métier, tu peux me croire ! Des hommes qui se fichaient de leurs femmes comme d'une guigne, d'autres qui auraient volontiers pris sa place pour lui épargner toute souffrance, d'autres encore qui, d'entrée de jeu, fixaient les règles. « Ma femme et moi sommes d'accord : il faut sauver l'enfant avant tout. » Tu sais… parfois, tu finis par te dire que l'humanité n'est pas particulièrement jolie.

Lilas secoua la tête.

— Jean-Baptiste n'est pas comme ça, heureusement !

« Garde tes illusions pour le moment, ma belle », pensa Zélie. Elle-même n'avait pas été vraiment heureuse avec son vieil époux mais, tout au moins, son travail lui permettait-il d'assumer son indépendance.

Après s'être lavé les mains, elle s'installa, dos à la cheminée, pour souper. De la soupe aux herbes d'abord puis du tian de Carpentras, aux épinards, à la morue et au fromage râpé, enfin des framboises cueillies dans le sous-bois.

— Comment va Adrienne ? s'enquit-elle après avoir repoussé le plat.

La question était restée en suspens entre les deux femmes comme si elles n'avaient pas eu le courage de l'aborder.

Lilas soupira.

— Elle baisse, souffla-t-elle.

Zélie crispa les lèvres.

— Sa douleur me fait si mal. Je me sens impuissante.

Toutes deux gardèrent le silence durant quelques instants. Lilas avait peur des mots que Zélie risquait de prononcer.

— Parfois, j'ai envie de l'étouffer sous un oreiller, reprit la sage-femme. Pour lui éviter de souffrir…

Lilas eut un haut-le-corps.

— Je ne pourrais jamais, souffla-t-elle. Elle attend tant Jean-Baptiste.

Le silence retomba. Les battements de l'horloge de parquet emplirent toute la salle.

Zélie se mit à pleurer sans bruit et Lilas se sentit horriblement mal à l'aise, comme si elle avait surpris un secret qui ne lui aurait pas été destiné. Elle se mordit les lèvres. Ce n'était pas à elle de poser des questions, d'essayer de savoir ce qui se passait. Adrienne et Zélie avaient leur vie, qu'elle respectait. Elle se leva, s'éloigna sur la pointe des pieds. Elle pressentait en effet que Zélie préférait demeurer seule. Elle monta embrasser Zacharie, hésita devant la porte close d'Adrienne avant de se diriger finalement vers leur chambre, à Jean-Baptiste et à elle. Si Adrienne avait besoin de quoi que ce soit dans la nuit, Zélie s'occuperait d'elle.

Les obsèques d'Adrienne avaient rassemblé tout le bourg. Jean-Baptiste, arrivé la veille, avait juste eu le temps d'embrasser sa tante avant la mise en bière.

Il portait Zacharie dans ses bras à la tête du cortège, et ce malgré la réprobation de Lilas. « Il est trop petit », avait-elle protesté.

Mais Jean-Baptiste n'avait rien voulu entendre. « Notre fils est l'héritier des Duthilleux, même s'il porte le nom de Lombard. Il doit être présent. »

Dans de telles circonstances, les retrouvailles entre les époux s'étaient révélées décevantes. Épuisée par plusieurs nuits de veille, Lilas avait témoigné une certaine froideur à l'égard de Jean-Baptiste. Au fond d'elle-même, elle lui en voulait encore d'être reparti une nouvelle fois fin octobre pour revenir seulement à la mi-juillet.

Il ne s'était pas rendu à la foire de Beaucaire à cause des courriers pressants que sa femme lui avait envoyés mais il évoquait déjà le manque à gagner que cela représentait. Choquée, Lilas ne le reconnaissait plus. Que s'était-il passé durant ces neuf mois d'absence pour qu'il ait changé à ce point ? Avait-il rencontré une autre femme plus jolie, plus instruite qu'elle ?

Parfois, Lilas songeait qu'elle était plus heureuse dans le grangeon de Fine.

Ces pensées lui faisaient presque peur. Jusqu'à présent, elle avait vécu plus longtemps en compagnie d'Adrienne et de Zélie que de son mari.

« C'est la règle par chez nous, disait Zélie. Les colporteurs font leur tournée et leurs femmes gardent la maison. Ils se voient peu. Certains prétendent que ça permet aux couples de mieux s'entendre. »

« Et si, moi, j'ai d'autres désirs, d'autres rêves ? » se disait Lilas.

Son caractère rebelle l'incitait à ruer dans les brancards, à refuser de mener une vie tracée d'avance.

Jean-Baptiste s'était déridé en prenant Zacharie dans ses bras. L'animation, la nécessité de prévoir suffisamment à manger pour la parentèle, les voisins et amis, avaient distrait Zélie et Lilas de leurs sombres pensées.

Lorsque tout le monde fut parti, les trois adultes se retrouvèrent perdus.

Adrienne leur manquait déjà.

15

1832

« Malgré tout, l'année avait été bonne », songea Jean-Baptiste en ouvrant la porte du séchoir. La récolte, abondante, permettrait d'embaucher deux ou trois saisonniers pour ensacher les plantes.

Père d'un petit garçon vif et éveillé, Jean-Baptiste aimait sa belle insoumise, même si la vie avec elle n'était pas toujours facile. Passionnée, Lilas voulait tout. Elle n'admettait pas ses longues absences, ne comprenait pas qu'il se soit endetté afin d'avoir une véritable voiture lui permettant d'emporter beaucoup plus de marchandises. S'il l'avait écoutée, ils auraient bâti un mazet dans la clairière ! La vie qu'elle menait auparavant lui manquait, au point qu'elle fréquentait de plus en plus les marchés pour se distraire. Jean-Baptiste pressentait ce qu'elle éprouvait, sans pour autant pouvoir lui venir en aide. Leur amour, fondé sur une folle passion, résistait mal à l'usure du temps. Tous deux s'aimaient toujours mais se comprenaient de moins en moins. De plus, le mois de juillet constituait une étape difficile. Chaque été, Jean-Baptiste, le cœur lourd, songeait au Mas des Tilleuls. L'oncle Hector, qui s'était déplacé pour assister aux obsèques de sa sœur Adrienne, un an plus tôt, lui avait donné des nouvelles de la demeure familiale. Élie, son demi-frère, n'avait pas un caractère facile. Séraphine exerçait toujours une emprise certaine sur Sosthène qui s'était enrichi.

« Ces deux-là sont faits pour s'entendre, avait commenté Hector Bonaventure. Aussi âpres au gain l'un que l'autre. »

Les valets de ferme ne restaient guère longtemps au Mas des Tilleuls car Sosthène se montrait méprisant et brutal.

La situation décrite par Hector avait fort contrarié Jean-Baptiste. Il se sentait toujours responsable du Mas des Tilleuls tout en sachant que son père ne l'y laisserait jamais revenir. Parfois, quand elle surprenait son regard mélancolique, Lilas le sermonnait tendrement.

« Jean-Baptiste ! Ta vie est ici, désormais, à Saint-Pancrace. Avec Zacharie et moi. »

Elle avait raison, et il le savait. Mais elle ne connaissait pas le mas, et n'avait jamais été grisée par le parfum miellé des tilleuls ces soirs de juin durant lesquels le temps s'étirait, délicieusement.

Pourtant, en prenant congé, Hector lui avait fait le même genre de remarque.

« Oublie les Tilleuls, mon garçon, lui avait-il recommandé. Séraphine ne lâchera pas prise. Le domaine reviendra à son fils. Elle y veillera, crois-moi. »

Cette certitude lui rongeait le cœur.

— Jean-Baptiste !

Il se retourna en reconnaissant la voix joyeuse de Lilas. Elle revenait de la foire d'Ongles et, apparemment, elle était satisfaite de sa journée ; son visage rayonnait.

Sautant du siège de la carriole, elle se jeta dans les bras que son mari lui tendait.

— Quelle chaleur ! s'écria-t-elle.

La route n'en finissait pas. Mais il y avait du monde, beaucoup de monde, des gens venus de Manosque, de Forcalquier et même de Banon.

Elle était belle et lumineuse. Fasciné par les gouttelettes de sueur qui humectaient sa lèvre supérieure, Jean-Baptiste l'attira contre lui.

— Tu m'as manqué, ma belle.

Il fit courir une pluie de baisers sur son visage avant de l'entraîner vers le bureau d'Adrienne, plus proche que leur chambre. Leur désir montait, irrésistible.

Jean-Baptiste l'allongea sur le tapis représentant le jugement de Pâris.

— Je t'aime, souffla Lilas, lovée contre lui. À jamais.

Il ne répondit pas sur-le-champ car il était fort mal à l'aise avec les déclarations d'amour. Par la suite, il le regretta sa vie durant.

Une chaleur étouffante pesait sur Saint-Pancrace. Mais cela ne suffisait pas à expliquer la pâleur et la faiblesse de Lilas.

— Hier encore, elle était en parfaite santé, expliqua Jean-Baptiste à Zélie. Et regardez-la aujourd'hui… Elle

122

ne quitte notre lit que pour aller sur le seau. Elle a les yeux creusés et me reconnaît à peine.

Un gémissement étouffé le fit courir vers la chambre.

— Seigneur ! Elle vomit, à présent ! Zélie ! Qu'est-ce que je peux faire pour la soulager ?

La sage-femme s'empressa d'apporter une cuvette de faïence et des linges propres. L'état de Lilas la sidéra. La jeune femme, en sueur, les cheveux collés, paraissait l'ombre d'elle-même. Entre deux vomissements, elle se tordait dans le lit, en proie à de violentes douleurs abdominales.

— Laisse-moi faire, ordonna-t-elle sans laisser voir le sentiment de panique qui montait en elle. Tu prends Zacharie et tu l'emmènes chez Agathe-Marie en lui recommandant de ne le laisser sortir sous aucun prétexte.

Jean-Baptiste pâlit horriblement.

— Zélie ! Que se passe-t-il ? Ma femme est en danger ?

— Je ne veux pas prendre de risque, répondit froidement Zélie. Fais vite, mon garçon, et tâche de trouver le docteur Bonpas.

En attendant son retour, elle s'affaira auprès de Lilas, changeant les draps et la chemise de la jeune femme, aérant la pièce. En vain car de nouveaux spasmes la parcoururent et elle fut victime d'un nouvel accès de diarrhée. Elle tremblait et ne semblait pas reconnaître Zélie. La sage-femme avait entendu parler de cas semblables, du côté d'Aix. Les malades se vidaient puis mouraient dans d'atroces souffrances.

Elle se signa précipitamment. Elle avait peur pour Lilas, Jean-Baptiste et Zacharie qui constituaient désormais son unique famille.

Jean-Baptiste ramena le médecin très vite. Celui-ci fronça les sourcils en pénétrant dans la chambre.

— Cette jeune femme me paraît bien mal en point, déclara-t-il.

Zélie pressa la main de Jean-Baptiste. « Calme-toi, semblait-elle vouloir lui dire. Attendons ce qu'il va proposer comme traitement. »

Il se pencha au-dessus du corps de Lilas, puis demanda à examiner ses selles. Il tiqua en désignant de minuscules grains blanchâtres en forme de grains de riz.

— Ce n'est pas bon, ça, pas bon du tout, marmonna-t-il.

Il avait lu plusieurs articles traitant de l'épidémie de choléra qui avait frappé Paris en février 1832. Il expliqua à Jean-Baptiste, qui serrait les poings :

— Le choléra morbus nous vient du Bengale. Un cadeau dont nous nous serions bien passés ! Curieusement, cette maladie ne s'est pas propagée durant plus de dix-neuf siècles, restant localisée en Inde, jusqu'à ce qu'elle arrive en Europe par l'est au début du XIXe siècle. On ne sait toujours pas pourquoi d'ailleurs ! En tout cas, le choléra a atteint la Russie en 1828, s'est ensuite attaqué à la Pologne, à l'Autriche puis à la Prusse.

— Comment le soigne-t-on ? questionna abruptement Jean-Baptiste.

Il avait l'impression de vivre un cauchemar. Le docteur Bonpas fit la moue.

124

— On prie si l'on est croyant. Votre épouse risque d'avoir froid aux extrémités. Il faut frictionner ses mains et ses pieds. Vous pouvez aussi essayer de lui faire absorber un mélange d'alcool pur et de thé de tilleul mais je doute fort que vous y parveniez…

— Je ne vais tout de même pas rester là les bras ballants, à la regarder…

Sa voix s'étrangla. Il ne put prononcer le mot « mourir ».

L'espace d'un instant, le visage du médecin exprima une profonde compassion.

— Si la vieille Fine était encore de ce monde, je vous aurais conseillé de la faire venir au plus vite. Vous savez, nous ignorons encore à peu près tout du choléra. Cependant, je me refuse à la saigner, elle est déjà beaucoup trop faible.

— Comment la soulager ? insista Zélie.

— Il faut la faire boire le plus possible.

Il voulut ajouter quelque chose, haussa les épaules.

— Je suis désolé, marmonna-t-il en prenant congé.

Il se demandait comment se propageait cette maudite maladie. Il avait lu dans plusieurs revues médicales que ses confrères russes rejetaient la thèse de la contagion du choléra. En France, on affirmait que l'épidémie frappait essentiellement les classes populaires. Lui était persuadé que la contagion était avérée. D'ailleurs, le chirurgien Velpeau s'était déclaré favorable à cette hypothèse. Plusieurs cas avaient été signalés dans la région et, à son avis, l'épidémie ne faisait que commencer. On estimait le nombre de morts à Paris à plus de trente mille. Il n'aurait jamais pensé que la belle Lilas, si pleine de vie, pourrait être atteinte par ce fléau. Lorsqu'il sortit de la ferme, il lui sembla que le soleil s'était obscurci.

Jean-Baptiste pensa jusqu'au bout parvenir à la sauver. Il lui frictionna sans relâche les mains et les pieds, lui fit absorber de l'eau, de l'infusion de tilleul et du miel qu'elle rendit systématiquement. Son corps s'arquait sous l'effet de la douleur.

Son amaigrissement fut spectaculaire. En l'espace de quelques heures, Jean-Baptiste eut l'impression qu'elle avait vieilli de dix ans. Elle ne pesait pas lourd lorsqu'il la portait dans ses bras pour l'amener jusqu'à la fenêtre respirer un peu d'air frais. Elle n'avait pas perdu conscience et posait sur lui un regard trop lucide qui lui faisait baisser les yeux.

Elle mourut le lendemain, au terme d'une agonie qui parut insupportable à Jean-Baptiste et à Zélie.

Fou de désespoir, son mari la berça longtemps avant d'admettre que tout était fini. Les muscles de Lilas étaient si contractés qu'il faillit sauter à la gorge du médecin qui ordonnait une mise en terre quasi immédiate.

La situation était grave, deux autres cas de choléra s'étaient déclarés à Saint-Pancrace.

« Laissez-la-moi encore quelques instants », suppliait-il.

Il fallut que le médecin se fasse aider de trois valets pour arracher le cadavre des bras de Jean-Baptiste.

La nuit suivante, la montagne se fit l'écho de hurlements désespérés.

16

1836

Auparavant, Jean-Baptiste vivait la foire de Beaucaire comme un aboutissement, la dernière étape avant le retour au pays. Il en appréciait d'autant mieux l'atmosphère si particulière, la gaieté bon enfant, l'animation incessante.

Désormais, plus rien n'était pareil et Siméon, son commis qui avait remplacé le vieux Paterne, mort durant l'hiver 1832 dans le Cantal, avait pris le pli de subir sans broncher les sautes d'humeur comme les longs silences du patron. On le plaignait à Saint-Pancrace. Tant de drames s'étaient abattus sur lui en si peu de temps ! La mort de sa tante, puis celle de son épouse, suivie de peu par le décès de Zélie, victime elle aussi du choléra. On ne se privait pas, d'ailleurs, pour accuser Lilas d'avoir introduit la maladie tant redoutée au village, sans vouloir admettre que la Haute-Provence tout entière avait été touchée. La « mort bleue » avait frappé un peu au hasard, traversant le pays comme une comète, semant derrière elle la désolation.

On avait craint, un moment, que Jean-Baptiste ne commette un geste irréparable. On le devinait capable de partir dans la montagne et de se tirer une balle dans la tête. Il était seul, désespérément seul. Louve, qui l'accompagnait depuis tant d'années, était morte durant l'hiver, et il se refusait à la remplacer. Siméon et les valets de ferme l'avaient surveillé discrètement, tout en se demandant comment ils pourraient l'empêcher de se suicider s'il y était résolu. Son fils l'avait sauvé mais, aussi, sa volonté de récupérer un jour le Mas des Tilleuls.

Face aux regards chargés de compassion, Jean-Baptiste fuyait. Il ne supportait pas qu'on le plaigne. Il repoussait toute aide. Jusqu'au jour où il avait fallu repartir.

Lucie, la servante qui s'était jusqu'à présent occupée de Zacharie, lui avait alors rappelé qu'elle devait retourner chez elle, du côté de Digne afin de soigner sa mère gravement malade. Jean-Baptiste s'était trouvé confronté à un problème insoluble. Il lui était impossible d'emmener avec lui un petit garçon âgé d'un peu plus de deux ans. À qui pouvait-il le confier alors qu'Adrienne et Zélie n'étaient plus de ce monde ? Il se sentait toujours un étranger à Saint-Pancrace. Sa femme avait introduit le choléra dans le bourg. On ne le lui avait pas pardonné. Le vieux Platon, qui avait pris Jean-Baptiste à part après l'enterrement de Lilas, lui avait expliqué, gêné : « Tu comprends, mon garçon, Lilas était trop belle, trop libre, aussi. Elle dérangeait les gens. Et puis, avec

Fine, c'était facile de faire courir des bruits... On venait la consulter à la nuit tombée et, quand on était guéri, on l'aurait volontiers brûlée comme sorcière. Tant de pouvoir, ça faisait peur... – À vous aussi ? » avait questionné Jean-Baptiste d'une voix tendue.

Le vieux berger avait haussé les épaules. « Peur de Fine, moi ? Tu me connais bien mal ! Si elle avait voulu de moi, je l'aurais mariée, la vieille ! Non, elle ne m'a jamais fait peur, peut-être parce que je la regardais comme une belle femme. Aussi belle que Lilas, quand elle était jeune... Forcément, ça fait des jaloux... »

Jean-Baptiste était resté songeur. Absent de Saint-Pancrace les trois quarts de l'année, il n'avait pas mesuré à quel point Lilas était en marge. Pour être accepté d'un village, il fallait se couler dans le moule, ne pas être différent. Exactement comme le mouton noir d'un troupeau...

La veille de son départ, il tournait encore en rond, Zacharie sur ses talons. Son fils avait hérité de la couleur de cheveux de Lilas. En revanche, ses yeux étaient bleu foncé, comme ceux de son père, ce qui convenait mieux à un garçon.

Lucie, qui avait préparé son baluchon, contemplait le petit d'un air si désolé que Jean-Baptiste avait envie de hurler. Il aurait dû, bien sûr, chercher une nourrice pour s'occuper de Zacharie mais il ne parvenait pas à se décider. Tout ce temps parti... Et s'il s'agissait d'une mauvaise femme, encaissant l'argent et battant le petit ? Il avait peur de le laisser. Peur qu'il ne lui arrive quelque malheur, après les drames qui les avaient frappés l'un et l'autre.

Il sursauta en voyant apparaître une silhouette vaguement familière sur le seuil de la ferme.

— J'ai frappé deux fois mais vous ne m'avez pas entendue, glissa Agathe-Marie.

Brusquement, l'évidence s'imposa à Jean-Baptiste.

— C'est le Ciel qui vous envoie ! s'écria-t-il, sans se rappeler s'il croyait ou non en Dieu.

La jeune femme sourit.

— J'ai pensé... Si vous cherchiez quelqu'un pour garder Zacharie...

Pourquoi ne parvenait-elle pas à terminer ses phrases ? Cela l'agaçait prodigieusement.

— Cela ne vous dérangera pas ? coupa-t-il, utilisant à dessein le futur.

Le sourire de la jeune femme s'accentua.

— J'aime beaucoup Zacharie. Et non, cela ne me dérangera pas. Je vis seule dans une grande maison.

C'était ainsi que Zacharie s'était installé à la bastide. Agathe-Marie avait fait visiter à Jean-Baptiste la chambre qu'elle lui destinait, tout près de la sienne.

La taille, le caractère cossu du Prieuré avaient impressionné le fils de Sosthène. Comparée à la bastide, la ferme restait... une ferme, avec ses dépendances, ses écuries et son pigeonnier.

Pourtant, le colporteur aurait donné n'importe quoi pour pouvoir retrouver Lilas dans la bergerie de la clairière.

Il était parti rassuré et, à son retour, neuf mois plus tard, il avait à peine reconnu Zacharie. Son fils n'était plus un bébé, même s'il portait encore une robe, comme le voulait la tradition. Il marchait avec assurance, ce qui avait frappé Jean-Baptiste. L'assurance d'être aimé...

Il avait éprouvé un coup au cœur. Dans cinq ans, dans dix ans, Zacharie se souviendrait-il encore de sa mère ?

Cette question l'obsédait d'autant plus qu'elle était sans réponse.

Le cocher de la diligence se retourna vers sa passagère et s'enquit :

— Vous êtes bien sûre de vouloir entrer dans cette ville qui perd tout sens commun une fois par an, madame ?

Elle hocha la tête.

— Sûre et certaine. Nous n'avons pas fait tout ce voyage pour renoncer si près du but, n'est-ce pas ?

Son apparence sereine ne révélait rien de son tumulte intérieur. Elle avait certes préparé son voyage mais, malgré les récits de son père, ne s'attendait pas à découvrir une telle affluence de l'autre côté du Rhône.

De nouveau, le cocher lui fit face.

— Dame ! Les marchands se rattrapent ! La foire a été annulée l'an passé à cause de l'épidémie de choléra.

Agathe-Marie frissonna. Elle serra un peu plus contre elle Zacharie qui s'était endormi.

— Regardez devant vous, je vous prie, ordonna-t-elle au cocher. Je me demande comment nous allons trouver notre chemin dans cette foule.

— Faites-moi confiance, madame ! Depuis le temps que j'y viens, je connais Beaucaire comme ma poche !

— Dans ce cas, conduisez-moi rue Haute.

Les attelages, les chariots, les portefaix se frayaient péniblement un passage dans les rues encombrées. Tout semblait avoir été prévu pour préserver les maisons et les hôtels particuliers des chocs comme des éraflures.

Cependant, il suffisait d'un charroi dont le chargement était mal réparti ou d'un virage mal pris pour que les attelages versent, provoquant une invraisemblable cohue. Agathe-Marie avait beau garder devant son visage un mouchoir imprégné d'huile essentielle de lavande, son odorat était tout de même agressé par la puanteur ambiante.

Des relents de poisson pourri, qui provenaient du port sur le Rhône, se mêlaient à des parfums d'épices, à la sueur des chevaux, aux effluves corporelles désagréables émanant de la foule, aux vapeurs nauséabondes des feuillées portées par le vent. Elle n'avait jamais imaginé pareille cohue !

« Que croyais-tu donc ? se morigéna-t-elle. Tu n'es pratiquement jamais sortie de Saint-Pancrace ! »

Parce qu'elle avait été gravement malade enfant, ses parents l'avaient protégée, certainement un peu trop. Lorsqu'elle s'était retrouvée orpheline, à vingt-deux ans, Agathe-Marie avait pris son destin en main, sans pour autant oser s'éloigner de la bastide familiale. Ce voyage à Beaucaire constituait pour elle une véritable expédition. Elle ferma les yeux en voyant apparaître en face un attelage qui fonçait dans l'autre sens. Le cocher lança un chapelet de jurons.

« Nous allons verser ! » pensa la jeune femme, en serrant Zacharie contre elle. Malgré ses craintes, il n'y eut pas de collision, seulement des échanges d'injures et une reculade de l'attelage qui s'était trompé de sens. Le soupir poussé par Agathe-Marie réveilla Zacharie.

— On est arrivés ? Et mon père ? Où est-il, Gatoun ?

Elle tenait à ce petit nom – Gatoun – qu'il lui avait donné au cours de leur premier hiver à la bastide. Elle l'aimait tendrement, comme s'il avait été son fils. Mais elle ne devait jamais oublier qu'il restait l'enfant de Lilas.

— Vous voilà rendue, madame ! s'écria le cocher quelques minutes plus tard. Rue Haute, comme vous me l'aviez demandé.

Elle le remercia, lui régla le prix convenu et se dirigea vers une demeure bourgeoise, ornée de multiples fenêtres hautes et étroites en tenant la main de Zacharie. Le rez-de-chaussée voûté servait de magasin pour des marchandises emballées dans des sacs de jute.

On reçut aimablement les visiteurs, leur indiqua la chambre réservée, accessible au deuxième étage par un escalier à jour. Agathe-Marie n'ayant pas lésiné, la pièce était propre, accueillante même, avec son grand lit. Les deux fenêtres ouvraient sur une cour ensoleillée.

— Mais gardez bien fenêtres et volets clos à cause des mouches, qui sont encore plus nombreuses que les voleurs ! recommanda la logeuse.

Zacharie dansait d'un pied sur l'autre.

« On va voir mon père ! On va voir mon père ! » répétait-il.

Agathe-Marie lui nettoya le visage et les mains, procéda de même pour elle avant de jeter un regard indécis sur la psyché située entre les deux fenêtres. Elle portait une robe de mousseline imprimée d'un décor « à bâtons rompus » fait de dessins chinois et de croix de Malte, ornée d'un fichu de tulle brodé au point de sarci. Était-ce une toilette convenable pour la démarche qu'elle s'apprêtait à effectuer ? Elle haussa les épaules. Elle avait décidé ce voyage à Beaucaire après avoir longuement réfléchi. Tant pis pour elle s'il lui opposait une fin de non-recevoir !

Elle se pencha vers Zacharie, lui dédia un grand sourire.

— On y va, mon bonhomme ?

« Tout droit, vous suivez la rue Haute jusqu'à la porte Roquecourbe et ensuite, vous vous trouvez sur le pré de la Madeleine », avait indiqué la logeuse.

Lorsque Agathe-Marie et Zacharie atteignirent le champ de foire sur lequel un village de bois et de toile avait été édifié, ils avaient la bouche si sèche qu'ils s'arrêtèrent à la première buvette. La poussière et la chaleur rendaient les gosiers brûlants et ce malgré les platanes procurant de l'ombre.

Zacharie, attiré par les bonimenteurs et les couleurs qui se heurtaient, voulait tout voir. On vendait de tout, à la Madeleine !

Après s'être égarés du côté des cabanes de brasseurs, ils trouvèrent le « grand cours » regroupant les échoppes des ferblantiers, papetiers, parfumeurs, pharmaciens et marchands de savon. Le premier, Zacharie repéra Jean-Baptiste qui discutait ferme avec une religieuse. Il se précipita vers lui en criant : « Papa ! »

Agathe-Marie vit la tête de Jean-Baptiste se redresser, son regard scruter la foule. Leurs yeux se croisèrent. Elle y lut l'incrédulité, et quelque chose d'autre, d'indéfinissable. Résolue, elle marcha vers son échoppe d'un pas décidé, souriant à un Siméon éberlué qui répétait : « Demoiselle ! Si je m'attendais ! »

Zacharie vola dans les bras de son père. La religieuse s'efforçait de faire baisser le prix mais Jean-Baptiste restait ferme.

— Nos herbes sont réputées, ma mère, tout comme nos drogues. Vous le savez, nombre d'hôpitaux de la région nous les achètent chaque année.

Ils finirent par tomber d'accord. Un accord qu'ils scellèrent par une vigoureuse poignée de main.

Après avoir serré son fils contre lui, Jean-Baptiste se retourna vers Agathe-Marie.

— Pourquoi avoir emmené Zacharie ici ? C'est un périple long et fatigant pour un enfant de son âge.

Elle soutint son regard. Elle le trouvait toujours aussi beau, avec son visage hâlé aux traits nets, sa haute silhouette, ses yeux très bleus.

Elle sentit ses joues s'empourprer tandis qu'elle lançait d'un trait :

— Il fallait que nous venions, Zacharie et moi. Parce que, voyez-vous, Jean-Baptiste, je pense que nous devrions nous marier, vous et moi.

17

« Je ne vous aime pas d'amour », lui avait-il dit
sur le champ de foire de la Madeleine, sous un soleil
encore brûlant.

Elle n'avait rien oublié. Ni son visage résolu, ni
son regard glacial. Et elle avait pensé, dans un éclair :
« Toute ma vie, il me fera payer cher de ne pas être
Lilas. »

Logiquement, elle aurait dû tourner les talons et
le planter là, ce goujat qui la rejetait. Au lieu de quoi,
elle avait souri.

« Moi, je vous aime », avait-elle déclaré, brûlant
ses vaisseaux.

Et bien qu'elle ait eu conscience, ce faisant, de lui
donner barre sur elle, elle n'avait pu retenir cet aveu.
Il avait repris, tandis que Siméon entraînait Zacharie
vers les marchands de douceurs : « Je suis un piètre
menteur. Je ne sais pas enjoliver les choses. J'ai deux
priorités dans la vie : mon fils et le Mas des Tilleuls,

la demeure ancestrale qui me vient de ma mère. Le reste... »

Il avait esquissé un haussement d'épaules comme pour signifier que « le reste » avait décidément bien peu d'importance.

Alors, Agathe-Marie avait tendu la main vers lui, comme la religieuse l'avait fait quelques minutes auparavant : « Peu m'importe. Je prends. »

Ils avaient « topé ». Un marché. Leur union ne serait rien d'autre.

Et un an après, Agathe-Marie ne le regrettait pas.

Pourtant, les bonnes langues de Saint-Pancrace ne s'étaient pas privées de commenter abondamment ces noces organisées à la va-vite, dès le retour de Jean-Baptiste et de Siméon. On supputait, sur le chemin de l'église ou du marché, sur les raisons de cette précipitation.

Cela ne lui ressemblait guère. En tout cas, le neveu d'Adrienne réalisait une belle affaire ! Le mariage, très simple, avait réuni des collègues colporteurs de Jean-Baptiste ainsi que la plupart des villageois.

L'oncle Hector, souffrant, n'avait pas entrepris le voyage. Jean-Baptiste avait promis à Agathe-Marie qu'il l'emmènerait à Buis-les-Baronnies avant l'automne pour finalement y renoncer sans lui fournir d'explications. Avait-il eu peur de retourner dans son pays ? Alors qu'elle se perdait en conjectures, il était reparti pour sa tournée avant qu'elle n'ait eu le temps de lui faire part de ses doutes.

Il lui écrivait de loin en loin. Rien de personnel, plutôt une sorte de carnet de voyage. Agathe-Marie en était d'autant plus mortifiée qu'elle avait lu, à la demande de Lilas, les lettres que Jean-Baptiste adressait à sa première épouse. Elle avait encore le rose aux joues au souvenir de la passion qui caractérisait ces missives. Comment n'aurait-elle pas établi de différence ? Pourtant, elle se répétait qu'elle était la seule responsable de cette situation. Jean-Baptiste avait été très clair avant de l'épouser. Il ne l'aimait pas, ne l'aimerait jamais. À elle de s'en arranger !

Dieu merci, elle avait Valentine auprès d'elle, et le docteur Vallon en cas de besoin. Valentine, qui l'avait élevée puisque Agathe-Marie avait perdu sa mère à l'âge de dix ans, était toujours demeurée à ses côtés.

Elle ne paraissait pas ses cinquante-cinq ans. Ses cheveux châtains n'avaient pas encore blanchi et son visage rebondi n'accusait pas son âge. Elle trottinait dans la bastide à une vitesse surprenante vu son poids conséquent et était la reine des desserts. C'était Zacharie qui l'avait baptisée ainsi. Tous deux s'entendaient fort bien, plus encore quand Valentine entreprenait de confectionner oreillettes ou financiers. Ces jours-là, Zacharie ne la quittait pas d'un pas.

Le docteur Vallon avait succédé au docteur Bonpas, victime lui aussi de l'épidémie de choléra. C'était un homme d'une quarantaine d'années, à la silhouette imposante, aux cheveux gris. Sillonnant le pays sur sa jument baie, il venait, disait-on, de l'autre bout de la France, de Normandie plus précisément, et cela s'entendait à son accent pointu.

Comme il était bon médecin et ne rechignait pas à se déplacer quelle que soit l'heure, on l'avait rapidement accepté. Il avait vite pris conscience de la détresse morale et de la solitude d'Agathe-Marie lorsqu'elle l'avait fait appeler à la bastide après un malaise plus sévère que les précédents. Une rapide auscultation lui avait suffi.

Se redressant vers la jeune femme livide, il lui avait annoncé avec un grand sourire : « La naissance devrait survenir en juin. » Agathe-Marie s'était empourprée. « À mon âge…, avait-elle soufflé. Ne suis-je pas trop vieille pour donner naissance à un premier enfant ? » Le médecin avait ri. Un rire rassurant qui avait fait du bien à la jeune femme. « Je suis persuadé que tout se passera bien ! » lui avait-il affirmé. Avant d'ajouter : « De plus, vous ne paraissez pas si vieille ! Quel âge avez-vous donc ? » Elle avait répondu : « Trente-trois ans » d'un air accablé et, de nouveau, il s'était esclaffé. « Ma mère avait quarante ans à ma naissance et nous n'en avons souffert ni l'un ni l'autre. Vous voyez… il vous reste de la marge ! »

Il venait cependant la voir régulièrement, prenant soin de sa santé, lui conseillant de continuer à marcher et à vivre comme si de rien n'était.

Ce médecin progressiste avait des idées bien arrêtées qui choquaient Valentine. Il prétendait que la grossesse n'était pas une maladie.

« On ne parle pas de ces choses-là devant une dame », protestait-elle d'un air offusqué et Agathe-Marie se retenait pour ne pas éclater de rire.

Elle avait longuement hésité. Devait-elle ou non prévenir Jean-Baptiste ? Finalement, elle avait choisi de se taire. Après tout, de son côté, il aurait pu poser la question, imaginer… Sans se l'avouer, elle lui tenait rigueur de sa désinvolture, même si elle était heureuse.

Un enfant… Dieu juste ! Agathe-Marie n'aurait jamais osé l'espérer. Leur nuit de noces avait été plus qu'étrange. Son époux l'avait laissée sur le seuil de la grande chambre, s'était incliné devant elle et lui avait souhaité le bonsoir. Recroquevillée sous les draps fleurant bon la lavande, Agathe-Marie avait attendu son retour, en vain. Par la suite, elle avait appris par de bonnes âmes que Jean-Baptiste avait été aperçu montant vers la bergerie de Fine. Sous le choc, elle avait manqué s'évanouir. Mais il fallait tenir, continuer à deviser avec les clients comme si de rien n'était, ne pas laisser voir sa détresse.

Dieu merci, il y avait Zacharie, qu'elle aimait comme son propre fils. Elle se chargeait elle-même de son instruction en attendant le jour où il se rendrait au collège de Forcalquier.

Jean-Baptiste et elle avaient vécu comme deux étrangers durant trois semaines. Le soir où il était venu la rejoindre dans sa chambre, il avait bu. Vin de Châteauneuf-du-Pape, puis du vin ferré. Il l'avait préparé lui-même dans l'office. Vin rouge, sucre, écorces d'orange et, en dernier, un fer chauffé au rouge dans le feu. Agathe-Marie avait pensé se refuser à lui, mais avait fini par l'accueillir dans son lit. Elle avait voulu épouser cet homme, à elle de faire avec ce qu'il voulait bien lui donner, s'était-elle dit, les lèvres closes sur le cri, souffrance et révolte mêlées, qu'elle avait retenu.

Il avait raison, il n'y avait pas le moindre amour dans cet acte de chair, et cette certitude l'avait désespérée. « Un jour, il m'aimera ! » s'était-elle alors

140

promis. Mais elle savait bien au fond d'elle-même que c'était pour ne pas mourir.

L'aube se levait sur la forêt. Agathe-Marie ne fermait jamais complètement ses volets afin d'être réveillée par le rai de lumière qui se glissait dans sa chambre. Malgré les visites nocturnes de Jean-Baptiste, cette grande pièce demeurait sa chambre, très féminine avec sa table de toilette au plateau de marbre, son chevet à trois tiroirs et son lit orné de draperies.

Jean-Baptiste, lui, préférait dormir dans une chambre plus petite, située près de celle de Zacharie. Ils n'avaient jamais passé une nuit ensemble.

Comme chaque matin, elle posa la main sur son ventre, pour saluer son enfant et se rassurer elle-même. Lors de sa dernière visite, le docteur Vallon avait paru soucieux. Il lui avait recommandé de rester allongée le plus possible et elle avait ri.

« Docteur, je me sens si lourde que chaque pas me donne l'impression de soulever un sac de farine ! »

Elle avait pris facilement quarante livres, estimait Valentine, qui avait l'œil. Pourtant, ce matin-là, Agathe-Marie aurait volontiers retourné la bastide de fond en comble.

Valentine la suivit d'un regard inquiet quand elle entreprit un grand rangement dans la cuisine.

— Allez-vous rester tranquille ? s'impatienta-t-elle.

Elle eut toutes les peines du monde à empêcher sa maîtresse de monter sur un escabeau afin de sortir de l'escudelié les assiettes en faïence de Moustiers qui se trouvaient sur l'étagère la plus élevée.

Appelée à la rescousse, Élodie, la petite bonne, se joignit à Valentine pour entraîner Agathe-Marie vers le salon. Soudain, celle-ci se figea en devenant toute pâle.

— Mon Dieu ! s'écria-t-elle.

Elle regarda ses pieds d'un air consterné. Valentine comprit tout de suite de quoi il retournait.

— Ne vous affolez pas, demoiselle, c'est naturel. Il faut juste regagner votre chambre. Toi, petite, reprit-elle à l'adresse d'Élodie, file demander à Prosper d'aller chercher le docteur. Et vite !

Pourquoi ne lui avait-on jamais rien expliqué ? se demanda Agathe-Marie, honteuse de s'être trempée et fâchée de son ignorance.

Dans sa chambre, Valentine l'aida à se changer et à s'allonger malgré ses protestations.

La jeune femme se sentait curieusement détachée. Elle n'avait pas encore peur.

Deux heures plus tard, alors que les contractions la harcelaient sans répit, elle fut rassurée de voir arriver le médecin. Il observa sans mot dire les traits tirés de la parturiente, sa pâleur, et se savonna longuement les mains avant de l'examiner.

La journée fut longue, épouvantable. Agathe-Marie s'était promis de ne pas crier mais, au terme de douze heures de souffrances intolérables, elle ne put réprimer un long hurlement déchirant.

— Nous y sommes ! annonça le médecin.

Il fallait pousser, encore et encore, comme l'y exhortaient Valentine et Vallon. Elle entendit Valentine se récrier : « Pauvre ! comme il est petit ! » et pensa s'évanouir tant la douleur était forte. Cependant, rien ne l'avait préparée au hoquet de surprise du médecin.

— Bon sang ! Ne lâchez pas prise ! Ce sont des jumeaux !

Elle poussa de nouveau, même si elle se sentait déchirée. Plus rien d'autre ne comptait. Elle défaillit en entendant un vagissement. Autour d'elle, Valentine s'affairait, cherchant déjà qui pourrait servir de nourrice.

Agathe-Marie revint à elle quelques minutes plus tard. On avait changé ses draps et elle portait une chemise propre, ornée de ruchés au col. Elle aperçut deux paquets emmaillotés et reçut un coup au cœur. N'était-ce pas pure folie d'avoir donné naissance à deux enfants alors que Jean-Baptiste ne l'aimait pas, ne l'aimerait jamais ?

18

1848

D'un geste précis, Zacharie coupa la lavande, tout en se défiant des vipères, nombreuses en cette saison, qui étaient parfois enroulées autour du plant.

Il aimait ces journées de juillet passées à peler les touffes de lavande sur les pentes de la montagne de Lure, même si la chaleur était éprouvante.

Le dos courbé sous la saquette en toile de jute, le fils de Lilas se remémorait les poèmes lus la veille, à la lueur de sa bougie.

Il avait toujours beaucoup lu mais sa passion pour les livres s'était accentuée depuis la révolution de février. L'Europe entière était en ébullition et Zacharie rencontrait souvent des anciens condisciples épris eux aussi de liberté.

« Enfin, mon garçon ! » avait commenté son père.

C'était Jean-Baptiste Lombard qui s'était chargé de son éducation politique. Grâce à lui, Zacharie avait appris l'importance de la séparation des pouvoirs, la suprématie de la République et la nécessité de combattre le chômage, toujours croissant.

Son père aurait aimé le voir prendre la relève comme colporteur mais Zacharie caressait d'autres rêves. Le fils de Lilas n'avait guère de goût pour les plantes médicinales. Il désirait vivre en ville pour approcher de plus près ceux qui aspiraient à une autre société, à un autre monde.

Agathe-Marie le mettait en garde contre ce qu'elle appelait des chimères mais Zacharie n'en avait cure, malgré l'affection et la tendresse qui le liaient à sa belle-mère.

Paradoxalement, il se sentait plus à l'aise avec elle qu'avec son père. Agathe-Marie l'avait élevé alors qu'il ne voyait Jean-Baptiste que trois mois par an. Ses frères et lui formaient, malgré leur différence d'âge, un trio soudé autour de la bastidane. Victor et Raphaël avaient survécu on ne savait comment à leur naissance difficile. Les jumeaux étaient en effet souvent victimes d'une effroyable mortalité durant les premiers mois. Le docteur Vallon avait recommandé à Désirée, la nourrice, d'envelopper les minuscules bébés dans de la ouate, comme des graines de vers à soie, et de les maintenir le plus possible au chaud. Agathe-Marie n'avait presque pas de lait et se désespérait. Dieu merci, Désirée était une femme robuste au lait abondant. Lorsqu'elle nourrissait les jumeaux, chacun accroché à un sein, ceux-ci ressemblaient à des chatons sans défense.

Ne parvenant pas à joindre son époux, qui ignorait tout de sa grossesse, Agathe-Marie avait choisi les prénoms avec Zacharie. Ils étaient tombés d'accord sur Raphaël, pour rendre hommage au père de la jeune femme, et sur Victor, par admiration pour le poète Hugo. Les bébés avaient été baptisés à la bastide par le prêtre de Saint-Pancrace pour parer à toute éventualité.

À son retour, Jean-Baptiste avait découvert deux crânes chauves sous les bonnets de dentelle et deux bouches édentées. Il n'avait pu dissimuler sa stupéfaction.

Il avait planté deux tilleuls derrière la ferme d'Adrienne, à Forcalquier, comme il l'avait déjà fait à la naissance de Zacharie, et était allé chercher, selon la tradition, médailles de baptême et « ors » pour son épouse.

Il avait offert à Agathe-Marie un gros bracelet au maillage serré, trop lourd pour son poignet gracile. Elle l'avait rangé dans son coffret à bijoux en se disant qu'une nouvelle fois Jean-Baptiste ne s'était pas donné la peine de chercher ce qui lui aurait fait plaisir. Grâce à Dieu, il n'avait pas pris ombrage du silence de la jeune femme.

« Ce ne sont pas des paroles faciles à prononcer entre époux », avait-il commenté et, rassérénée, Agathe-Marie s'était sentie pardonnée.

Tout naturellement, Jean-Baptiste ne prêta vraiment attention aux jumeaux qu'à compter de leurs sept ans. Il avait tant redouté qu'ils ne meurent en bas âge qu'il avait refusé, plus ou moins consciemment, de s'attacher à eux. Agathe-Marie appréhendait qu'il ne manifestât une préférence pour Zacharie, mais cette crainte ne se vérifia pas. Elle avait toujours elle-même considéré le fils de Lilas comme son aîné.

« Une belle famille pour une personne prétendant rester demoiselle… », se moquait gentiment Valentine, et Agathe-Marie riait.

La naissance des jumeaux l'avait transformée. Elle portait désormais des étoffes chatoyantes, marchait avec plus d'aisance, négociait plus aisément avec les messagers et les clients. Seulement… elle était certaine que Jean-Baptiste ne s'en était même pas rendu compte !

Lui s'intéressait un peu trop à son goût à la politique, d'autant que ses voyages lui permettaient de rencontrer nombre de rouges.

« Tout cela finira mal », prédisait-elle parfois, se détestant alors de jouer les Cassandre.

Il ne lui serait pas venu à l'idée de se quereller avec son époux à propos des idées et des livres révolutionnaires qu'il colportait en même temps que ses drogues. Elle se contentait de lui recommander la prudence, et de prier. Pour Zacharie, c'était différent. Elle était convaincue qu'il avait déjà pris la décision de partir, vers Toulon ou vers Marseille, là où les ouvriers se regroupaient en associations. Jean-Baptiste haussait les épaules lorsqu'elle lui faisait part de ses craintes.

« Agathe, voyons ! Cessez de redouter votre ombre ! Zacharie est attaché à la montagne, à la terre. Il étoufferait, en ville ! »

Elle avait vite compris qu'il cherchait ainsi à se rassurer. Jean-Baptiste se voulait fort et prenait soin de dissimuler ses failles. Dans ces moments-là, Agathe-Marie l'observait avec une tendresse indulgente. Leurs relations, sereines en apparence, n'étaient pas si simples. Agathe-Marie s'était sentie plus assurée, plus femme après la naissance des jumeaux. Jean-Baptiste et elle avaient connu des nuits passionnées. Elle avait espéré alors, follement, qu'il abaisserait sa garde mais, dès le lendemain, il paraissait mal à l'aise et la fuyait.

Elle avait deviné qu'il avait le sentiment de trahir Lilas. Agathe-Marie ne comptait plus les nuits durant lesquelles elle avait sangloté en lacérant ses mouchoirs. Jamais, lui semblait-il, il ne l'aimerait. Le souvenir de Lilas l'en empêchait. Elle avait fini par accepter la situation. Après tout, il ne lui avait jamais menti. Homme d'un seul amour, son époux prenait son plaisir avec elle sans engager son cœur.

Agathe-Marie affichait une certaine indifférence pour ne pas perdre la raison. Heureusement, elle avait les enfants, et leurs affaires à gérer. À quarante-quatre ans, elle estimait ne pas avoir le droit de se plaindre.

Les jumeaux étaient déjà au lit quand Zacharie rentra à la bastide. D'un coup d'œil, elle remarqua à quel point il grandissait ces derniers temps. C'était un homme, à présent. Il ressemblait étonnamment à son père. Chaque fois qu'elle le voyait, Agathe-Marie ressentait une bouffée de fierté. Il s'était lavé dans la cour mais ses cheveux restaient imprégnés du parfum entêtant de la lavande.

— Fanny t'a gardé ton souper au chaud, lui dit Agathe-Marie en s'avançant vers lui.

Il l'embrassa, un peu gauchement. Elle lui sourit.

— Pas trop fatigué, mon grand ?

Il haussa les épaules d'un geste empreint de lassitude.

— J'aime cueillir la lavande, même si c'est dur. Là-haut, sous le soleil, je réfléchis.

Elle sentit qu'il lui tendait la perche.

— Tu vas partir, déclara-t-elle d'un ton neutre.

Le visage de Zacharie s'éclaira.

— Tu me comprends, toi, Gatoun ! Oui, dès que la lavande est finie, je descends vers Marseille. Il paraît qu'on embauche là-bas. Fournier, mon collègue de collège, s'y trouve déjà. On se réunit le soir, on parle de la nouvelle société... Je ne peux pas rester là à attendre les bras croisés. Je veux participer, avoir le sentiment de vivre, enfin !

Elle lui sourit avec indulgence.

— Bien sûr que je te comprends même si cela me fait un peu peur. Tu es si jeune...

D'un élan, il la serra contre lui.

— N'aie pas peur ! Je te promets d'être prudent. Enfin... j'essaierai !

Il était touchant et plein d'enthousiasme. Agathe-Marie lui ébouriffa les cheveux d'un geste familier.

— Je te fais confiance, mon grand.

Il soutint son regard.

— Merci, Gatoun. Merci d'avoir toujours été là pour moi.

Ému, il tourna les talons avec brusquerie.

Agathe-Marie s'essuya les yeux. Sans Zacharie à la bastide, plus rien ne serait pareil, songea-t-elle.

19

Le soleil rasant de la fin d'après-midi éclairait le Mas des Tilleuls. Élie Lombard considéra la demeure d'un air satisfait. Au cours des dernières années, celle-ci avait fait l'objet d'agrandissements. La maison baronniarde, en moellons de pierre, suivait les mêmes principes de construction qu'au siècle précédent.

Au rez-de-chaussée, la cave à vins, les outils et les bêtes. À l'étage, le logement familial auquel on accédait par un escalier extérieur. En soupente, les greniers. Après trois ans de bonnes récoltes et une augmentation de son troupeau, Sosthène avait lancé la construction de nouvelles dépendances.

« Il serait temps de penser à t'établir, mon gars », avait-il dit à son fils.

Élie esquissa un sourire matois. Il préférait de beaucoup courir les filles de ferme, prendre son plaisir avec elles et passer de l'une à l'autre. Il suivait là le conseil de sa mère.

« Ne t'attache pas aux filles, Élie, lui répétait-elle. Tout juste bonnes à te piquer tes sous. »

« Les sous » constituaient le sujet de conversation préféré au Mas des Tilleuls. Ceux qu'on avait gagnés, ceux qu'on économisait, ceux que rapporteraient les prochaines récoltes et les foires de la région... Chez les Lombard, on dépensait peu pour mieux amasser. Sosthène rappelait volontiers le statut de journalier de son propre père, et son travail acharné pour s'élever dans l'échelle sociale.

Cependant, malgré ses efforts, Élie n'avait pas vraiment d'amis. On se défiait de lui car on le savait violent et prompt à escroquer son prochain. Ne proclamait-il pas : « Je n'ai qu'une religion, la mienne » ?

Élie s'essuya le front avant de retourner dans le champ le plus proche, là où les valets s'affairaient à moissonner. Il savait, naturellement, récolter le blé avec une grande faucille, l'ouramé, couper les tiges en deux coups, former la gerbe et les lier d'une poignée d'épis mais il s'arrangeait pour échapper à cette tâche. Lui aurait préféré œuvrer sur l'aire de la grange, à séparer le grain des épis. C'était là un privilège réservé au maître des moissons. Mais Sosthène ne le lui avait jamais confié. Pourtant, Séraphine ne se gênait pas pour insister chaque été !

« Tu ne rajeunis pas, mon homme, faisait-elle remarquer à son époux, il faudra bien un jour ou l'autre que tu fasses confiance à notre fils. »

Élie haussa les épaules. « Le vieux », comme il l'appelait, finirait bien par rendre les armes, il lui suffisait d'être patient.

Il jeta un regard appuyé aux saisonnières qui liaient les gerbes. Elles descendaient de la montagne, se louaient le temps des moissons avant de repartir chez elles avec quelques sous. Élie prenait plaisir à les culbuter dans une grange, pour ne plus y songer l'instant d'après.

Tout comme son père, il méprisait les femmes. Jusqu'à sa mère, dont il connaissait la plupart des défauts. Séraphine était intéressée et acceptait mal de vieillir. À plus de quarante-six ans, sa silhouette s'était alourdie mais, les jours de foire, les hommes la suivaient encore d'un regard lourd de désir.

Elle avait une façon de marcher, en balançant les hanches, qui constituait une promesse de plaisir partagé. Étant plus jeune, Élie avait un peu honte de cette mère qui provoquait si ouvertement le désir masculin.

À présent qu'il avait jeté sa gourme, et ce depuis longtemps, il y prêtait beaucoup moins attention, estimant que Sosthène devrait surveiller d'un peu plus près son épouse.

Le vieux baissait, même s'il refusait de l'admettre. Son tir n'était plus aussi sûr, il se fatiguait plus vite et souffrait d'une mauvaise toux. Mais, toujours obstiné, il s'entêtait à prétendre qu'il se portait le mieux du monde.

« Laisse…, disait alors Séraphine, le jour où il s'effondrera, il claquera d'un coup. Nous serons libres de dépenser le magot. »

Ce fameux magot attisait les convoitises de la mère et du fils. Tous deux en rêvaient…

— Je vais au village, annonça Élie après le souper, sans qu'aucune parole ait été prononcée entre les trois habitants du mas.

Sosthène leva un œil las vers son fils.

— C'est la fête, non ? Tu veux danser ?

— Peut-être, admit Élie, qui n'avait jamais esquissé un seul pas de danse.

— Si tu es aussi doué que moi ! ironisa Séraphine.

Sosthène repoussa bruyamment son assiette.

— Ne dépense pas trop, recommanda-t-il à son fils.

Élie se mit à rire.

— Pas de danger avec ce que vous m'octroyez royalement, père !

Le vieux avait encore la main leste. La gifle qu'il donna à Élie faillit lui décrocher la tête. Son fils cadet soutint son regard.

— Doucement ! protesta Séraphine. Votre fils a raison, vous le traitez plus mal que s'il était un valet.

Un flot de sang empourpra le visage et le cou de Sosthène.

— Il est toujours mieux traité que l'autre, celui dont le nom brûle toutes les lèvres mais qui ne remettra jamais les pieds au mas ! rugit-il.

Un silence tomba sur la salle. Rien n'avait changé depuis le temps d'Adélaïde, la première épouse. Séraphine se souciait plus de ses toilettes que du mobilier et Sosthène aimait assez l'idée que tout restât à sa place. La longue table au tiroir à pain, la pile surmontée de deux étagères, le garde-manger grillagé, le pétrin et la maie… le décor était le même. Le portrait des enfants Bonaventure trônait toujours au-dessus de la cheminée, juste un peu plus noirci.

Séraphine avait apporté quelques modifications à leur chambre, acheté un meuble de toilette à Vaison, ce qui avait fait jaser dans tout le pays durant près d'un an. La table, en bois marqueté, avait été livrée à dos d'âne si bien que nombre de Baronniards avaient pu l'admirer.

Séraphine se leva pesamment pour débarrasser. Parfois, lorsqu'il se mettait en colère, Sosthène lui inspirait une certaine crainte. « Tu vieillis », se dit-elle. Auparavant, elle prenait un certain plaisir à le défier. Désormais, elle veillait à ne pas trop l'exaspérer. L'avenir d'Élie, son fils unique, était en jeu.

Toute la jeunesse était réunie sur la place du village, devant la fontaine. Après une longue journée de travail, en plein soleil, les jeunes gens s'étaient lavés avec l'eau du puits, savourant sa fraîcheur, et avaient passé leurs plus beaux habits. Jupon piqué et chemise à listo pour les filles, pantalon de toile, chemise, gilet et taïolo, longue bande de flanelle de trois mètres de long sur vingt-trois centimètres de large, pour les garçons.

Émile et Léon, qui jouaient l'un du violon, l'autre de l'ocarina, composaient un orchestre réduit mais entraînant. On savait qu'ils n'avaient pas leur pareil pour animer une fête, mêlant gaillardes et valses lentes.

Assise sur le banc à l'ombre d'un platane, Alexandrine suivait des yeux sa sœur aînée, Clémence, qui cherchait à croiser le chemin de Vincent, le boulanger. Ces deux-là se tournaient autour depuis le début du mois de mai. Vincent s'invitait parfois à la veillée chez les Corré, parents de quatre filles à marier. Ceux-ci lui faisaient bon accueil. Vincent prenait place auprès de sa belle et l'admirait en silence tandis que ses aiguilles à tricoter cliquetaient. Alexandrine, qui brodait sous la lampe à huile, s'amusait de leur manège. Les jeunes gens, en effet, s'observaient discrètement sous le regard vigilant de leurs aînés.

Mais, brutalement, Vincent avait cessé de venir chez les Corré et personne n'avait rien compris. On attendait une demande en mariage de la part du boulanger. Or, il semblait être devenu indifférent aux charmes de Clémence. La jeune fille, désespérée, avait passé des nuits à pleurer dans la chambre qu'elle partageait avec Alexandrine. Sa sœur l'entendait sangloter en répétant : « Pourquoi ? » Aussi, Alexandrine surveillait-elle avec inquiétude les tentatives maladroites de son aînée. Elle aurait voulu la protéger de Vincent, sans savoir quoi penser du jeune boulanger.

Occupée à chaperonner sa sœur, elle ne remarqua pas le gars trapu qui se dirigeait vers elle. Elle sursauta lorsqu'il toussota pour la saluer et l'inviter à danser. Elle-même se demandait qui il était. Il n'habitait pas le village, elle en était certaine. Il n'était pas très grand, bien bâti, avec un regard étrange, sombre, qui lui faisait un peu peur. Elle comprit presque tout de suite qu'il ne savait pas danser. D'ailleurs, il le reconnut en riant et lui proposa de gagner un bosquet à la sortie du village. Il avait posé la main sur l'épaule ronde de la jeune fille.

Elle se dégagea vivement.

— *Arleri*[1] ! lui lança-t-il méchamment.

Elle s'enfuit, courut vers les feux allumés sur la place, poursuivie par ses invectives. Clémence la reçut dans ses bras.

— Nine, ma petite, que se passe-t-il ? fit-elle en la serrant contre elle.

Soucieuse de réconforter sa cadette, elle en avait oublié son boulanger. Alexandrine resserra les pans de son châle sur sa poitrine. Elle ne pouvait se défaire d'une crainte diffuse, suscitée par le geste possessif de l'inconnu.

— Cet homme..., dit-elle en frissonnant, tu le connais ?

— Je crois que c'est le fils Lombard, du Mas des Tilleuls. Il aura du bien, à la mort de son père.

Alexandrine secoua la tête.

— Peu m'importe !

Élie n'avait pas tardé à jeter son dévolu sur une fille plus âgée et plus expérimentée. Et, tandis qu'il l'entraînait vers une grange, il se disait qu'il s'arrangerait pour mettre la gamine aux yeux verts dans son lit.

D'une façon ou d'une autre.

_____

1. « Imbécile ! »

20

D'ordinaire, à la fin novembre, Jean-Baptiste était parti depuis longtemps. Cette année-là, pourtant, et pour la première fois en vingt-cinq ans, il avait décidé de rester au Prieuré. Agathe-Marie ne savait pas si elle devait s'en réjouir. Son époux, en effet, descendait chaque jour ou presque vers Forcalquier et passait son temps à discuter, discuter encore, avec ses compagnons de chambrée. C'était là un phénomène propre à la Provence. Les républicains, qui avaient vu avec angoisse le prince-président Louis-Napoléon Bonaparte piétiner certains acquis de 1848 (notamment avec la loi du 31 mai 1850 qui avait restreint les règles d'inscription sur les listes électorales), avaient pris le pli de se réunir en chambrées, ou cercles, le plus souvent dans l'arrière-salle d'une auberge, afin de débattre de la situation politique. Comme les clubs avaient été interdits par la loi du 19 juin 1849, il convenait de se montrer prudent. Ainsi, lors du rituel d'affiliation, on prêtait serment de fidélité à la cause de la Montagne et l'on se mettait d'accord sur des mots de passe. Par exemple si l'un disait « suffrage », l'autre devait répondre « universel » suivant une sorte de code prévu à l'avance.

Agathe-Marie redoutait de voir son époux se compromettre. Elle savait qu'il recevait du courrier d'Alsace et de Haute-Garonne, et fréquentait nombre de « républicains exaltés » comme on les appelait à la police. Jean-Baptiste avait piqué une colère en apprenant que la nouvelle loi sur la presse faisait obligation aux colporteurs d'obtenir une autorisation délivrée par le préfet. Son épouse avait des idées plus modérées que Jean-Baptiste, même si elle avait lu avec intérêt les écrits de Flora Tristan.

Elle s'était bien gardée de le confier à son époux. Elle était en effet persuadée qu'il se défiait des « femmes savantes », comme il le disait avec une pointe de mépris dans la voix. Curieux hommes que ces républicains qui refusaient le partage des droits avec leurs femmes ! Agathe-Marie s'en amusait, en se disant qu'il était trop tard pour sa génération. Elle aurait aimé avoir une fille pour discuter avec elle de ce qu'elle ressentait. Curieusement, c'était Zacharie qui demeurait le plus proche d'elle. Parti sur un coup de tête à Marseille, où il participait aux réunions de l'Athénée ouvrier[1], il rêvait de devenir journaliste, comme Louis Blanc.

Il écrivait quelques articles dans des revues progressistes – articles qu'Agathe-Marie découpait et conservait précieusement – tout en travaillant dans

---

1. Présidé par Louis Langomazino de 1847 à 1849.

une fabrique de savons, au Chemin de Sainte-Marthe. Il revenait pour la fête du pays et pour l'anniversaire des jumeaux, en juin.

« Il me manque », pensa-t-elle en soulevant le rideau du salon.

Des nuages noirs couraient dans un ciel de plomb. Agathe-Marie frissonna. Elle n'aimait guère le mois de novembre, humide et triste. Durant la nuit précédente, un loup avait hurlé, et un autre lui avait répondu, depuis les hauts de Lure. Elle n'avait pu se rendormir, malgré les deux tasses de tilleul qu'elle avait bues. Elle avait été attaquée, enfant, par un loup alors qu'elle rentrait au Prieuré à la nuit tombée et en avait gardé une terreur irrépressible. Son chien, un gros berger portant un collier à pointes destiné à le protéger, avait réussi à faire fuir la bête. Elle y songeait, tout en scrutant l'allée obscurcie. Où se trouvait donc son époux ? On chuchotait dans le pays. La République serait menacée. Les uns s'armaient. Les autres priaient. Dieu merci, les jumeaux ne s'intéressaient pas encore à la politique ! Inséparables, ils couraient la montagne dès qu'ils revenaient du collège. Chaque jour, Agathe-Marie remerciait le Ciel de leur belle entente. Ils ne se ressemblaient pas de façon frappante mais avaient pour habitude de parler d'une même voix, Raphaël terminant souvent la phrase commencée par Victor.

« Ils deviendront des notables », avait décrété Jean-Baptiste.

Les revenus du colportage diminuaient de façon constante. Le siècle connaissait une mutation technologique sans précédent et les habitants des villes réclamaient des produits plus élaborés que de simples plantes. Heureusement, les apothicaires comme nombre d'hôpitaux continuaient de s'approvisionner chez les droguistes de la montagne de Lure.

Agathe-Marie se détourna de la fenêtre en réprimant un soupir. Elle, toujours vaillante, n'aimait pas cette mélancolie insidieuse qui la gagnait. Elle n'avait pas le droit de se plaindre, se dit-elle fermement. Même s'il lui manquait l'essentiel. L'amour de Jean-Baptiste.

L'humidité de la brume, tombée avec la nuit, s'insinuait dans le corps de Jean-Baptiste, réveillant ses douleurs. Tant de journées passées sur les chemins l'avaient vieilli avant l'heure. Pourtant, à quarante-trois ans, il se sentait encore dans la force de l'âge.

Il secoua les rênes. Il était en retard, chose dont il avait horreur. Depuis plusieurs jours, le cercle républicain dont il faisait partie se réunissait le vendredi soir dans une auberge située sur la route de Forcalquier. Il y retrouvait des camarades venus de Volx, de Lurs et de Lardiers. Tous s'alarmaient. Le vote de la loi Falloux, renforçant les droits de l'Église sur l'enseignement secondaire, ainsi que celui de la loi du 31 mai 1850, restreignant les inscriptions sur les listes électorales, avaient déjà semé le doute. Louis-Napoléon Bonaparte était bel et bien le chef du parti de l'ordre et la République était en danger.

Jean-Baptiste s'était toujours défié des bonapartistes, certainement parce que son père admirait l'empereur.

Il crispa les mâchoires. Durant l'été, il s'était rendu à Buis pour l'enterrement de son oncle Hector. Cela avait été pour lui l'occasion d'apercevoir son père et son demi-frère. Sosthène avait le poil blanchi, le visage raviné de rides, mais se tenait encore droit. Élie avait toisé Jean-Baptiste. Les deux frères avaient échangé un regard de duellistes. La vieille Léonie, toujours vaillante bien que cassée en deux sur son bâton, avait entraîné le fils de sa nourrissonne vers la place des Arcades.

« Le notaire veut te voir, lui avait-elle dit. Les deux mauvais vont en crever de jalousie. »

Hector léguait à son neveu sa maison de Buis et sa bibliothèque. Un trésor qui avait ému Jean-Baptiste et conforté la haine de Sosthène et d'Élie.

Le fils d'Adélaïde y tenait, à cette maison ! Pour des raisons sentimentales d'abord mais, aussi, parce que le legs d'Hector lui permettait de reprendre pied, le plus légalement du monde, dans les Baronnies.

En revenant de Buis, il avait été tenté de se confier à Agathe-Marie pour finalement y renoncer. Tous deux restaient des étrangers l'un pour l'autre.

Autour de lui, ses camarades évoquaient la fin prochaine du mandat du prince-président.

« Si Bonaparte veut s'emparer du pouvoir, c'est en décembre qu'il le fera », martelait Vernamont, un avocat. Jean-Baptiste garda le silence. Il avait le sentiment de se trouver à la croisée des chemins. Avait-il le droit de s'engager dans la lutte alors que les jumeaux avaient à peine quatorze ans ? À la différence de la plupart de ses compagnons, il ne nourrissait guère d'illusions. Si le prince-président tentait un coup d'État, il mettrait toutes les chances de son côté et s'arrangerait pour avoir l'armée et la police dans sa manche. Or, que feraient-ils, eux, les membres des chambrées républicaines bas-alpines ?

Jean-Baptiste n'avait pas peur de mourir. Il tenait cependant à protéger sa famille et à faire valoir ses droits sur le Mas des Tilleuls. Pour ses fils, afin de leur transmettre l'héritage des Bonaventure et pour prouver à Agathe-Marie qu'il n'était pas un simple colporteur.

Sans même en avoir conscience, il fit la moue. Agathe-Marie l'exaspérait souvent. Il paraissait impossible de la prendre en défaut. Jamais un mot plus haut que l'autre, ni un reproche. Il rêvait parfois de la faire sortir de ses gonds ou encore de lui arracher des cris de plaisir. Ils avaient connu quelques nuits passionnées, après la naissance des jumeaux, sans que cela change réellement leur relation. Dans la journée, Jean-Baptiste demeurait sur la réserve et Agathe-Marie calquait son comportement sur le sien. Le jour où il avait compris qu'il était prêt à l'aimer, il avait battu en retraite et déserté la chambre conjugale. Il ne pouvait supporter l'idée de trahir le souvenir de Lilas. Pourtant, l'image même de la jeune femme se diluait. Il devait désormais faire un effort pour se rappeler certaines de ses expressions. Mais, dès qu'il montait vers le grangeon de Fine, tout lui revenait en mémoire, jusqu'au son de sa voix.

— Nous sommes bien d'accord ? insista Verna-mont.

Ils levèrent tous la main. Ils mettraient tout en œuvre pour empêcher le prince-président de confisquer la République.

« Et après ? » pensa Jean-Baptiste.

Il songeait à son aîné, Zacharie, qui se battait, lui aussi, pour une idée qu'il lui avait inculquée, et il avait peur. Il lui semblait qu'en ville, on était plus vulnérable. Zacharie, à vingt et un ans, était idéaliste et rêveur. D'une certaine manière, il était plus le fils d'Agathe-Marie que celui de Lilas, et ce constat contrariait Jean-Baptiste.

Il se remit en route après avoir bu deux verres de génépi, pour se réchauffer.

Tous les compagnons étaient contents d'eux, « comme au terme d'une bonne partie de chasse », se dit Jean-Baptiste. Mais dans quel camp se trouvaient-ils ?

Celui des chasseurs ou celui du gibier ?

21

7 décembre 1851

Un froid de gueux pétrifiait les Basses-Alpes. Dans le ciel lourd de neige, un vol de corbeaux semblait s'attarder au-dessus du Prieuré.

— Sales bêtes ! pesta Valentine, emmitouflée dans son châle le plus chaud offert par Agathe-Marie.

À sa demande, Raphaël et Victor venaient de lui dégager un chemin pour se rendre jusqu'au poulailler. L'attitude des garçons, le visage jovial sous les cheveux ébouriffés, contrastait avec le regard inquiet de leur mère.

Agathe-Marie marchait de long en large dans le vestibule. Depuis quelques jours, les événements s'étaient précipités. Le coup d'État du 2 décembre n'avait pas vraiment surpris, le Midi comme le reste de la France s'y attendaient et les gages de bonne volonté de Louis-Napoléon Bonaparte ne changeaient rien à l'affaire. Celui-ci n'avait-il pas déclaré le 28 novembre à Michel de Bourges, un chef républicain : « Je voudrais le mal que je ne le pourrais pas. Hier, jeudi, j'ai invité à ma table cinq des colonels de la garnison de Paris [...]. Tous les cinq m'ont déclaré que jamais l'armée ne se prêterait à un coup de force et n'attenterait à l'inviolabilité de l'Assemblée » ?

Malgré ces belles paroles, Louis-Napoléon Bonaparte avait bel et bien dissous l'Assemblée nationale et décrété l'état de siège.

Sans prêter attention aux protestations de son épouse, Jean-Baptiste, prenant sa canne et son chapeau, était parti en direction de Forcalquier après avoir ordonné aux jumeaux de rester à la bastide. Ceux-ci ne l'entendaient pas ainsi ! Mais leur mère eut tôt fait de les rappeler à l'ordre.

« Vous n'avez même pas trois poils de barbe au menton ! leur avait-elle dit. Ne vous avisez pas de vous prendre pour des hommes ! »

Agathe-Marie fit rentrer ses garçons, leur demanda d'aller se changer. Réfugiée avec Valentine dans la salle, où l'âtre et le potager diffusaient une douce chaleur, elle leva vers elle un visage tendu.

— Que puis-je faire, Valentine ? questionna-t-elle. Nous sommes condamnées à attendre, toi et moi, en priant pour qu'il n'y ait pas trop de blessés.

Elle ne s'illusionnait pas. Que pourraient des paysans et des bourgeois, même animés par la révolte, contre l'armée ? On savait que les préfets tenaient leurs troupes. Elle l'avait crié à Jean-Baptiste pour le retenir. Il avait secoué la tête.

« Vous ne pouvez pas comprendre. »

Elle s'était sentie rejetée. Abandonnée.

Lilas se serait-elle jointe à la colonne des insurgés ? Lilas était morte si jeune qu'on lui pardonnait tout.

Même de gâcher la vie de celle qui lui avait survécu.

— Par ici !

La main de Bosquet, l'ouvrier-imprimeur, crocheta le bras de Zacharie et l'entraîna vers la demeure où il logeait, dans le quartier Saint-Jean.

— Pas la peine de se faire arrêter, grommela l'ouvrier. De toute façon, c'est foutu pour cette fois.

Marseille n'avait pas appuyé les insurgés. Peut-être à cause du choléra qui sévissait de nouveau, frappant à l'aveugle riches et miséreux, jeunes et vieux.

— Tu peux rester ici pour la nuit, proposa-t-il. Ma femme est chez sa mère, malade, à Aubagne. Demain, on y verra un peu plus clair.

Le cœur lourd, Zacharie accepta. Il songeait à son père, qui avait dû se joindre aux républicains bas-alpins. On chuchotait en ville qu'ils allaient se faire massacrer par la troupe, que le préfet ne ferait pas de quartier. Ses collègues du journal l'avaient prévenu.

« Fais-toi oublier quelque temps, comme nous. La Rousse[1] ratisse large. »

Et de citer des noms célèbres. À Paris, nombre de parlementaires criant à la trahison avaient été arrêtés. Des barricades avaient été dressées dans le faubourg Saint-Antoine et le quartier des Halles. La brigade

---

1. Terme d'argot désignant la police.

Canrobert avait tiré sur la foule boulevard Montmartre.

On dénombrait des centaines de morts et de blessés, et personne ne bougeait ! C'était incroyable, hallucinant, révoltant.

Bosquet alluma la lampe à huile, éclairant l'intérieur d'un logis pauvrement meublé mais bien tenu. Il sortit du garde-manger un quignon de pain, un morceau de fromage.

— À la fortune du pot ! lança-t-il.

Zacharie l'avait rencontré aux réunions de l'Athénée ouvrier. Donatien Bosquet travaillait à l'imprimerie Canquoin et en était fier, à juste titre.

Zacharie et lui se prêtaient des livres et aimaient à refaire le monde ensemble. Ce soir-là, pourtant, ils n'en avaient pas le cœur. Le rêve qu'ils avaient caressé s'était évanoui.

— Et maintenant ? murmura Zacharie alors qu'ils venaient de vider une bouteille de vin âpre.

Il étendit ses mains sur la table en sapin. Elles portaient des traces de brûlure de soude.

— La Belle[1]... depuis le temps que mon père m'en parle ! Tu as lu les dernières nouvelles ? Badinguet n'est pas près de lâcher le pouvoir.

— Nous attendrons un meilleur moment, voilà tout ! tenta de le réconforter son camarade. Je suis aussi impliqué que toi, bien sûr, mais j'ai ma douce. Ça aide...

Le mot tendre révélait à quel point il l'aimait. Brusquement, Zacharie l'envia.

---

1. Surnom donné à la République.

— Comment s'appelle-t-elle ? questionna-t-il.

— Maria. Elle vend des fleurs sur les allées Meylan. Une belle brune, tu peux me croire ! Elle et moi, c'est du sérieux, même si on est contre le mariage. Et toi ?

Zacharie esquissa un sourire.

— Oh ! moi… pas de femme, pas d'amours. Rien que la politique.

— Tu en reviendras, mon gars ! Tu peux dormir sur ces sacs de jute, là. C'est pas l'Hôtel de Ville mais, au moins, tu es libre d'aller et venir comme tu le souhaites.

— Merci, répéta Zacharie.

La fatigue de la journée pesait sur ses épaules. Il dormit d'un sommeil lourd et sans rêves.

La neige tombait en abondance quand Agathe-Marie fit atteler le boghei et s'emmitoufla. Autour d'elle, Valentine multipliait les recommandations.

— N'allez pas m'attraper la mort, surtout, que je ne saurais pas vous soigner ! Et les garçons, qu'est-ce que je fais d'eux ? À coup sûr, ils vont vouloir partir sur vos traces.

— Je leur ai laissé une lettre. Tu la leur montreras.

— Une lettre ! comme si ça leur suffisait ! Ils sont pleins de force et ont le sang chaud, nos gamins ! Et vous… vous tenez vraiment à aller vous jeter dans la gueule du loup ? Vous avez lu : la révolte a fait long feu ! On arrête, on emprisonne… Vous voulez donc me faire mourir de chagrin ?

— Pauvre Valentine, fit Agathe-Marie sans se laisser impressionner par le lamento de la servante. Va

168

vite, reprit-elle, ce n'est pas le moment de prendre froid.

— Et vous, que Dieu vous garde !

Agathe-Marie secoua les rênes. Le cheval bai se mit en route.

— Tâchez de ramener votre homme ! s'époumona Valentine.

Agathe-Marie avait du cran, personne ne pouvait le nier. Face aux bruits qui couraient la campagne, elle avait renoncé à se munir d'un fusil, comme ses fils le lui conseillaient. Elle ne tenait pas à se faire arrêter par la troupe envoyée réprimer le soulèvement bas-alpin.

Siméon avait vu passer les militaires en provenance de Manosque. On chuchotait que l'insurrection était terminée. Paris, Lyon, Marseille ne s'étaient pas révoltées.

La neige tombait de plus en plus dru, modifiant le paysage, enveloppant la campagne d'un silence minéral, impressionnant.

Cramponnée aux rênes, Agathe-Marie cherchait le moindre indice susceptible de l'aider à se repérer dans ce désert blanc.

Le cheval glissa à deux reprises, manquant faire verser la voiture. La mort dans l'âme, Agathe-Marie dut s'arrêter à l'auberge du Canon, dont l'enseigne grinçait sous les assauts du vent. C'eût été pure folie de poursuivre son chemin, elle le savait.

Un valet se précipita pour dételer sa voiture et l'entraîna vers la salle. Le dos raidi, elle salua les rares habitués et se rapprocha de la vaste cheminée.

L'aubergiste s'empressa, lui proposant du vin chaud, une chaufferette…

Agathe-Marie, glacée jusqu'à l'âme, secoua la tête.

— Dites-moi plutôt ce qui s'est passé à Forcalquier, suggéra-t-elle.

22

1852

Deux oiseaux de proie tournaient au-dessus de la colonne de prisonniers. Fortuné, l'armurier, cligna de l'œil à l'intention de Jean-Baptiste, avec qui il était attaché.

— Tu crois qu'ils attendent le premier qui va tomber ?

— Pas question de leur donner ce plaisir ! répliqua Jean-Baptiste.

Après deux mois d'emprisonnement à Digne, il s'émerveillait de humer à nouveau l'air piquant et froid, de sentir la morsure du vent sur son visage, de marcher sur la route. Le beau rêve de la Rouge, la République, la vraie, s'était brisé au défilé des Mées, sous la neige. Pourtant, après s'être rassemblés, les insurgés s'étaient retrouvés à plus de huit mille à Digne. C'était la fête, la Belle enfin, et ils avaient été nombreux à y croire. Les rangs s'étaient éclaircis en apprenant que Marseille avait envoyé un bataillon

171

pour reprendre la préfecture de Digne. Cela voulait dire que Marseille ne s'était pas soulevée.

Les autres départements n'avaient pas suivi la folle aventure des Bas-Alpins. La mort dans l'âme, Jean-Baptiste et ses camarades avaient dû se rendre.

Emprisonnés à Digne, ils avaient attendu de passer en jugement. Le froid régnant dans les geôles les avait affaiblis, ainsi que le manque de nourriture. Ils s'étaient crus oubliés, jusqu'à ce qu'on vienne les chercher et leur ordonner de se mettre en route.

Sans nouvelles des siens, Jean-Baptiste espérait qu'ils n'avaient pas été inquiétés. Il se souciait surtout de Zacharie, très engagé politiquement. Agathe-Marie avait certainement empêché les jumeaux de commettre quelque folie. Et elle ? Comment avait-elle réagi ? Il se surprenait à se poser des questions au sujet de son épouse, qu'il connaissait si mal.

Il avait conscience de ne pas s'être bien comporté avec elle, s'évertuant à lui faire payer le fait de ne pas être Lilas. Il savait, pourtant, qu'Agathe-Marie l'avait toujours soutenu dans ses entreprises.

« Et maintenant ? » se dit-il, en proie à une soudaine angoisse. Il ne supportait pas l'idée que son épouse puisse se détourner de lui ou condamner son action.

Il avait besoin d'elle, de ce calme souriant contre lequel se brisaient ses emportements.

Fortuné trébucha. Jean-Baptiste le rattrapa, l'aida à retrouver son équilibre. Depuis leur départ de Digne, les personnes rencontrées ne leur manifestaient pas d'hostilité, au contraire. Gênées, elles baissaient les yeux.

172

Son cœur se serra en apercevant les étranges rochers des Mées, des pénitents pétrifiés, selon la légende.

C'était là que tout s'était joué, qu'ils avaient compris que personne ne les rejoindrait pour soutenir leur mouvement.

Ils passèrent une nuit pénible dans les écuries, glaciales. Plusieurs camarades souffraient d'une mauvaise toux. Se tournant et se retournant sur la paille, Jean-Baptiste se demandait ce que le pouvoir leur réservait.

Pourtant, il ne regrettait rien. Les Basses-Alpes n'avaient-elles pas été l'un des rares départements à refuser le coup de force de Bonaparte ?

À ses côtés, Fortuné s'agitait. Lorsqu'il avait pris les armes, en décembre, sa femme était prête à accoucher. Il n'avait eu aucune nouvelle. À croire que les insurgés de décembre avaient été rayés du nombre des vivants. Jean-Baptiste finit par sombrer dans un sommeil lourd alors qu'une chouette hululait dans la nuit.

Le lendemain, Fortuné eut toutes les peines du monde à le réveiller.

Ils repartaient en direction de Manosque.

« Ils arrivent ! »

Des gamins avaient couru par les drailles pour annoncer plus vite la grande nouvelle. Les prisonniers de décembre descendaient de Digne, liés deux par deux. Qu'allait-on faire d'eux ? Des Mées, ils se dirigeaient vers Manosque.

Agathe-Marie n'hésita pas. Ses fils se trouvaient au collège. Il n'était pas question de les déranger, ils avaient été assez perturbés au cours des derniers mois. Elle fit atteler et partit à leur rencontre après être passée chez Doline, l'épouse du maréchal-ferrant, restée elle aussi sans nouvelles. Doline ne l'accompagna pas à cause de ses petits en bas âge mais lui demanda de faire passer quelques provisions à son homme.

Tout au long de la route descendant sur Manosque, Agathe-Marie priait.

« Seigneur, faites qu'il soit en bonne santé. Faites qu'on le libère vite. »

Elle appréhendait l'instant où ils se retrouveraient. Pourtant, lorsqu'elle aperçut la pitoyable colonne couverte de poussière, elle oublia toutes ses craintes.

Comment le reconnaître parmi ces pauvres diables qui avaient été emprisonnés durant trois mois ? Il était l'un des rares à se tenir bien droit. Et son regard brûla Agathe-Marie.

— Je ne veux pas vous voir ici, laissa-t-il tomber, glacial, alors qu'elle s'élançait vers lui.

Saisie, elle s'immobilisa au bord du chemin. Les gardes repoussaient les curieux et les proches. Des enfants pleuraient. Une femme hurla : « Je t'attendrai, Roland ! »

Cette fois, Jean-Baptiste lança à Agathe-Marie un regard chargé de défi.

« Eh bien, que dites-vous de ça ? semblait-il penser. Vous qui m'avez demandé en mariage comme on propose un marché... »

Tétanisée, le cœur déchiré, elle resta muette. Elle tressaillit quand le cortège s'ébranla à nouveau, courut pour se maintenir à sa hauteur. Elle tendit une fiasque de vin de gentiane à Jean-Baptiste. Il la remercia d'un demi-sourire. Toujours courant, elle cria :

— Revenez vite. Je vous attends.

Il était impossible de poursuivre cette ébauche d'échange. Les gardes grondaient. Alors, dès rangs des prisonniers s'éleva l'hymne républicain, la chanson que tous reprirent en chœur :

Marchons, marchons, républicains
Un poignard à la main.
Oui, oui, les montagnards
sont les soutiens de notre République
Plantaren la farigoulo
Sur la mountagno arapara,
Faren la farandoulo
La montagno flourira.

Un frisson parcourut la foule. Agathe-Marie, les yeux pleins de larmes, garda le regard fixé sur la silhouette de son mari jusqu'à ce qu'elle ait disparu derrière le tournant de la route. Elle se rappela alors qu'elle n'avait pas vu l'époux de Doline. Où le maréchal-ferrant se trouvait-il ? Y avait-il eu des morts, des blessés ? Un grand silence était retombé sur les insurgés de décembre, faisant d'eux des renégats.

Elle sut se montrer patiente, poser les bonnes questions, ouvrir sa bourse… Avant la fin de la journée, elle apprenait que les prisonniers descendaient vers Toulon et qu'après Riez, on les ferait monter par six sur des charrettes.

Son cœur s'affola. Toulon… allait-on les expédier en Afrique sans jugement ? À présent qu'elle avait vu Jean-Baptiste, qu'elle le savait en vie, elle était bien décidée à faire jouer toutes les relations de sa famille.

Les puces, les poux et le sel semblaient s'être donnés le mot pour rendre infernale la vie des prisonniers de Toulon. Après douze jours de cachot, ceux-ci étaient partis sur les bagnes flottants, le « bagne du bagne », là où les conditions de vie étaient les plus pénibles. Les bagnards couchaient par terre, roulés dans l'unique couverture de laine qui leur avait été attribuée et qui devait durer quatre ans.

Le vaisseau 80, où Jean-Baptiste et Fortuné avaient été affectés, était amarré près du Mourillon. On y accédait par une ouverture pratiquée dans la coque. L'air y était irrespirable, l'atmosphère fétide, l'humidité omniprésente. La pluie pleurait par les trous de la coque, les ponts demeuraient humides en permanence.

Combien de temps survivraient-ils ? se demandait Jean-Baptiste.

Agathe-Marie avait vendu ses bijoux pour parvenir à rencontrer son époux. Une entrevue décevante, dont elle était revenue désespérée. Jean-Baptiste, en effet, s'obstinait. Il refusait de reconnaître le coup d'État de Bonaparte.

« Ils pensent nous réduire au silence par la force, lui avait-il déclaré. À nous de montrer que nous sommes capables de résister. »

Parce qu'elle admirait son courage, elle ne lui avait pas dit qu'il était en train de gâcher la vie des jumeaux. Ceux-ci ne rêvaient que de délivrer leur

père plutôt que d'apprendre par cœur leurs décli-
naisons latines.

Zacharie était venu à Saint-Pancrace. Agathe-
Marie avait été touchée par sa sollicitude. Il avait
longuement parlé avec ses demi-frères, leur rappelant
qu'il convenait de terminer leurs études avant de
songer à se battre.

Dans ses lettres, Agathe-Marie avait supplié Jean-
Baptiste de faire amende honorable. En vain. L'imagi-
nait-elle faire acte de soumission à celui qui avait piétiné
la République ? Il en étouffait de colère.

Et puis, il y eut ce jour de mai, jour de repos,
lumineux et radieux, comme si la vie leur avait encore
réservé quelque belle surprise.

En suivant des yeux les évolutions des mouettes,
Jean-Baptiste et Fortuné rêvaient de liberté. Célestin,
le gardien, lança :

— Lombard ! Une visite pour toi !

Jean-Baptiste tenta maladroitement de passer la
main dans ses cheveux, en songeant qu'Agathe-Marie
avait dû trouver le moyen de revenir le voir. Il se
sentait sale, puant même, et avait honte. À chaque
visite, le garde-chiourme faisait brûler du parfum.
Cette fois, il n'en avait pas eu le temps.

Il se redressa quand Célestin l'entraîna vers une
cabane de planches. Il s'attendait à retrouver son
épouse et ne put réprimer un sursaut en reconnaissant le vieil homme qui lui faisait face. Malgré ses
cheveux blancs, Sosthène Lombard avait encore de
l'allure dans ses vêtements de velours noir.

Il ébaucha un rictus devant l'état pitoyable de
Jean-Baptiste et partit d'un rire atroce.

— Comme te voilà fait ! Un vrai *boumian* ! Ah ! On peut dire que tu as fait du chemin depuis que je t'ai chassé du Mas des Tilleuls !

Tout en serrant les poings, Jean-Baptiste, pour la première fois, bénit ses liens qui l'empêchaient de sauter à la gorge de son père. De nouveau, Sosthène le contempla d'un air satisfait.

— Déchéance ! gronda-t-il. Tu as tenu tes promesses. Insurgé, canaille, prisonnier de la nation… tu ne seras pas étonné d'apprendre que je lègue le Mas des Tilleuls à ton frère Élie.

Jean-Baptiste haussa les épaules.

— Vous aviez pris votre décision depuis longtemps. Il vous manquait simplement un prétexte. Je vous l'offre sur un plateau. Ne vous gênez pas, déshéritez le fils maudit ! Mais ne vous leurrez pas. Je n'abandonnerai jamais le Mas des Tilleuls et il finira bien par me revenir, à moi ou à mes descendants.

Le visage de Sosthène se crispa sous l'effet de la colère.

— *Mangeanço*[1] ! Élie saura bien t'en empêcher. C'est un vrai Lombard, lui, âpre au gain et dur en affaires. Et les jupons ne lui tournent pas la tête.

— Toutes les qualités, quoi ! ironisa Jean-Baptiste.

Il ne voulait pas laisser voir son dégoût ni son accablement.

Il se tourna vers Célestin qui avait assisté à l'échange entre le père et le fils.

— Garde ! J'en ai assez entendu !

---

1. « Vermine. »

178

— Moi aussi ! rugit Sosthène. Rien n'a changé, tu peux me croire ! Tu n'es plus mon fils.

Jean-Baptiste plissa les yeux.

— Pourtant, vous ne pouvez mettre la moralité de ma mère en doute ! répliqua-t-il. En est-il de même pour votre seconde épouse ? Êtes-vous sûr qu'Élie soit bien votre fils ?

Sosthène s'empourpra d'un coup. Les veines de son front gonflèrent.

— Je vais te tuer ! gronda-t-il en se ruant vers son fils.

L'espace d'un instant, Jean-Baptiste eut l'impression que le cauchemar vécu en 1826 au Mas des Tilleuls allait se reproduire. Il esquiva le premier coup. Célestin, à la stature impressionnante, eut tôt fait de ceinturer Sosthène.

— Doucement ! fit-il. Vous feriez mieux de partir, monsieur.

Sosthène décocha un ultime regard chargé de haine à son fils.

— Crève ! hurla-t-il. Et vite ! Sinon, dès que tu sortiras d'ici, c'est moi qui viendrai te planter !

— Il ne sortira pas, intervint Célestin. Leurs places sont déjà prévues pour l'Algérie.

Alors qu'il avait déjà regagné l'entrepont, le rire fou de Sosthène résonnait encore dans la tête de Jean-Baptiste.

23

Un parfum familier flottait dans Saint-Pancrace et, avec ce parfum, c'était la vie qui revenait. Agathe-Marie avait laissé la porte de son épicerie grande ouverte pour mieux profiter du soleil de mai. Chaque matin, les cueilleuses et leurs enfants grimpaient à Lure, leur hotte ou leur saquette sur le dos, pour aller ramasser le genévrier, le thym, la sarriette vivace, l'immortelle stéchade, et la rue-de-montagne, dont l'odeur s'accentuait quand on la froissait entre ses doigts.

Dans son arrière-boutique, Agathe-Marie triait, pesait, emballait les différentes variétés d'herbes médicinales sans oublier d'écrire, de son écriture nette et fine, comme calligraphiée, le nom de la plante sur chaque sachet.

Elle avait toujours à portée de main les dossiers rédigés par son père recensant les propriétés des herbes de Lure. Elle avait gardé le pli de soigner ses enfants elle-même. Le docteur Vallon, qui avait ses entrées au Prieuré, plaisantait souvent à ce sujet.

« Heureusement, disait-il, qu'il me reste les accouchements et les membres brisés, sinon je ne réaliserais guère d'affaires au pied de la montagne de Lure ! »

Elle jeta un coup d'œil à l'horloge qui égrenait trop lentement les heures à son gré. Elle avait le cœur lourd, l'impression que plus rien, jamais, ne serait pareil.

Elle s'était battue depuis la mi-décembre pour obtenir la libération de Jean-Baptiste, en vain. Agathe-Marie avait baissé les bras à compter du jour où ses camarades et lui étaient partis à destination de l'Afrique. Elle avait peur de ne jamais le revoir, peur de ne pas réussir à tenir entre la boutique et le colportage. Elle devait trouver quelqu'un de confiance pour effectuer la tournée. Elle ne pouvait se permettre de s'en dispenser. Les liquidités dont ils disposaient avaient été englouties dans les secours apportés à Jean-Baptiste ainsi qu'aux fermiers qui avaient été arrêtés comme lui. La situation devenait alarmante, alors que les affaires reprenaient dans une France rassurée par le retour de l'ordre moral.

Agathe-Marie crispa les mâchoires. Comment qualifier un gouvernement qui avait lourdement sanctionné des hommes ayant simplement manifesté leur soutien à la République ? Elle s'était endurcie au cours des derniers mois, avait dû subir sans broncher humiliations et camouflets lors de ses nombreuses démarches. Elle avait vite compris que son mari, comme d'autres habitants de Saint-Pancrace et de la région, était fiché depuis longtemps sur la liste des « démocrates exaltés ». Elle avait contenu à grand-peine sa colère en lisant fin décembre la proclamation du préfet Pastoureau, du Var. Celui-ci se félicitait de ce que « le parti de l'anarchie et des brigands ait été écrasé. L'autre parti, celui des lois, du travail, de l'ordre, de la justice, de la paix, celui du pays honnête triomphait ».

Des brigands, Jean-Baptiste, Fortuné, et nombre de leurs amis ? En vérité, il y avait de quoi s'armer de nouveau ! Pourtant, c'était impossible. Le bourg, comme le département tout entier, était sous bonne garde. S'il existait encore des chambrées, celles-ci se dissimulaient bien. Saint-Pancrace avait changé, l'insurrection avait laissé des traces. Suspicions entre bonapartistes et rouges, rancœurs, inimitiés... Plusieurs années seraient nécessaires pour retrouver l'atmosphère de jadis.

Agathe-Marie avait même pensé être devenue la paria de Saint-Pancrace jusqu'à ce jour où un vieil homme fou de colère était venu l'insulter sur le seuil de l'épicerie. Elle avait tout de suite deviné de qui il s'agissait. Une ressemblance indéniable unissait le père et le fils.

Si le calme et l'allure d'Agathe-Marie l'avaient impressionné, Sosthène n'en avait rien laissé voir. Il avait parlé de Jean-Baptiste, qu'il était allé défier à Toulon, de sa honte d'être le père d'un bagnard.

« Vous n'avez rien à faire ici », avait posément répondu Agathe-Marie.

Elle n'oublierait jamais le regard halluciné, flambant de haine, du vieux Sosthène Lombard. Il s'était avancé de deux pas, d'un air menaçant et avait commencé à balayer d'un revers de la main les plantes séchées se trouvant sur le comptoir.

« Je n'aurai pas de repos tant que ce fils maudit ne sera pas ruiné, mort et enterré ! » avait-il lancé.

Attirés par le vacarme, le cordonnier et le boucher voisins avaient fait irruption dans la boutique. Tous deux avaient réussi à maîtriser le forcené et l'avaient expulsé sans plus de manières. Agathe-Marie en avait longtemps fait des cauchemars. Ce vieil homme suscitait en elle une sorte de terreur irrépressible.

Le soir, elle avait longuement écrit à Jean-Baptiste, sans mentionner la venue de son père. Il lui manquait, et elle s'inquiétait tant à son sujet. Avertie par Zacharie qui avait des camarades à Toulon, elle avait appris le départ de Jean-Baptiste et de ses compagnons la veille au soir. Elle était aussitôt descendue à Toulon. Elle avait conduit elle-même le phaéton une partie de la nuit, était arrivée sur le port à l'aube, juste à temps pour apercevoir le navire qui s'éloignait vers les côtes d'Afrique.

Ce jour-là, pour la première fois, elle s'était lentement laissée glisser sur le sol et elle avait pleuré. Jusqu'à ce qu'on se penche vers elle et qu'on l'aide à se relever.

« Madame... que puis-je pour vous ? »

Un officier l'enveloppait d'un regard empreint de compassion. Elle comprit tout de suite qu'il avait déjà deviné ce qu'elle faisait là. Il l'avait entraînée vers la ville, loin du port, de l'arsenal, loin du bagne.

« Il reviendra, madame, lui avait-il assuré. L'empereur ne tardera pas à gracier tous ces hommes. »

Elle se rappelait qu'il avait des yeux sombres, un sourire doux sous la moustache effilée.

« Je n'en peux plus », avait-elle soufflé. Avant de se redresser, par réflexe, et d'affirmer : « Pardonnez-moi, monsieur. Je n'ai pas pour habitude de me donner ainsi en spectacle. »

Elle avait repris aussitôt après la route de Saint-Pancrace pour se réfugier chez elle, au Prieuré, là où elle avait l'impression que ses enfants et elle étaient en sécurité.

Depuis ce jour de début mai, il lui semblait qu'elle survivait.

Dieu merci, elle avait auprès d'elle Valentine et les jumeaux.

Zacharie lui avait promis de revenir à Saint-Pancrace dès que possible. Elle avait besoin de le savoir à ses côtés, même si elle n'osait pas le lui dire.

Il fallait qu'elle tienne. Elle l'avait promis à Jean-Baptiste.

Les quatre jours de traversée avaient permis à Jean-Baptiste et à ses camarades de reprendre un peu de couleurs. Ils avaient eu l'impression de revivre, enfin, après les mois de cauchemar passés sur leur bagne flottant.

Le colporteur ressentit un choc en apercevant les côtes de la province d'Oran. On lui avait raconté que cette région de l'Algérie avait connu nombre de vicissitudes. Fondée par des marins andalous en 902, Oran avait été plusieurs fois détruite. Elle commerçait depuis 1250 avec Marseille, Gênes et Venise. Après avoir été occupée par les Espagnols, puis les Turcs, la ville était devenue possession française en août 1831.

184

Les insurgés des Basses-Alpes découvrirent avec soulagement une forteresse en forme de polygone à douze pointes, et un campement en bois qui leur parut le comble du luxe comparé à l'espace plus que réduit des entreponts. Chacun disposait d'un lit, d'une paillasse, de trois planches reposant sur deux tréteaux, d'une couverture et d'un sac de campement.

Fortuné résuma le sentiment général en s'écriant : « Les amis, nous allons être comme des rois, ici ! » et Jean-Baptiste sentit qu'il reprenait espoir.

Il suffisait de ronger son frein, Louis-Napoléon Bonaparte finirait bien par gracier les têtes brûlées des Basses-Alpes, même si celles-ci refusaient obstinément de faire acte de contrition.

Il eut une pensée pour Agathe-Marie. Il savait que son épouse se démenait pour le faire revenir en France.

Pour la première fois, il se dit qu'il l'avait certainement mal jugée. Il se rappelait ses déplacements, son soutien sans faille. Les camarades lui avaient envié cette femme élégante qui paraissait être à l'aise en toutes circonstances.

Sa femme, Agathe-Marie, qu'il avait ignorée durant tant d'années...

24

1852

Les cloches de l'église de Buis carillonnaient sous un ciel lumineux. Le pays tout entier fleurait bon la lavande. Cet été-là, pour la première fois, Élie avait été le maître des moissons, et il en avait éprouvé un sentiment de puissance grisant. Même si, au fond de lui, il savait bien que jamais Sosthène ne lui aurait cédé sa place.

Le père était mort fin mai, au retour d'un voyage dont il n'avait rien voulu dire. Des pluies diluviennes avaient inondé routes et chemins. Sosthène était rentré trempé, glacé et s'était couché pour ne plus se relever. Ç'avait été si rapide que Séraphine elle-même avait été prise de court. Elle avait pleuré le jour de l'enterrement, en marmonnant : « Sans lui, je ne sais pas où je serais. »

Tout le pays s'était déplacé pour accompagner le vieux Sosthène. Le curé ne devait pas vraiment savoir si le maître du Mas des Tilleuls était croyant ou non mais il importait de sauver les apparences. La famille

Lombard avait déjà suffisamment alimenté les commérages depuis plusieurs décennies ! C'était le raisonnement de Séraphine. Élie, lui, s'en moquait. Il était désormais le maître et entendait bien agir en tant que tel.

En sortant de l'étude du notaire familial, à Buis, il avait éprouvé un sentiment de toute-puissance. Il était l'unique héritier de Sosthène. L'autre, le fils maudit, le déporté, était exclu de la succession.

Quoi d'étonnant ? Sa condamnation l'avait marginalisé, avait fait de lui un double proscrit.

« Je n'aurais pu rêver meilleure revanche », plastronnait Séraphine.

Elle avait fait venir au mas un brocanteur et lui avait vendu le tableau représentant Adélaïde, Adrienne et Hector. Elle l'aurait volontiers brûlé mais sa cupidité l'avait emporté. La mère et le fils partageaient la même ladrerie. Séraphine redoutait la misère, et Élie considérait chaque dépense comme une atteinte à son pouvoir. N'était-il pas le propriétaire le plus important de la région ?

« Tu dois bien choisir ton épouse, lui avait répété sa mère. Un mariage, c'est d'abord une union de biens. »

Elle avait eu beau insister, elle n'était pas parvenue à le convaincre. Élie convoitait une seule fille, celle qui refusait ses avances, Alexandrine, la cadette d'une famille de fermiers, passionnée de livres.

L'adolescente aurait désiré poursuivre ses études mais ses parents ne pouvaient se le permettre. L'abbé Belhomme lui prêtait des ouvrages et elle dévorait tout ce qu'elle trouvait, aussi bien l'almanach que *Le Moniteur*.

« Attention, quand Alexandrine garde le troupeau, elle ne remarquerait même pas l'attaque du loup ! » se moquait-on.

Grâce à l'entremise du père Belhomme, elle avait réussi à se faire embaucher par le libraire de Buis. Elle préparait les commandes, se rendait aux Messageries pour les expéditions, classait, rangeait les ouvrages. Le libraire, M. Lecoq, lui offrait parfois un livre à la couverture défraîchie, et elle achetait pour quelques sous des romans de la « Bibliothèque Bleue » au colporteur Arsène.

Parmi les livres, Alexandrine était heureuse. Dans son monde.

L'insistance d'Élie l'avait d'abord agacée. Il ne lui plaisait pas, il lui inspirait même une certaine crainte depuis le bal public, un an auparavant. Le fils Lombard n'avait pas bonne réputation. On le savait coureur, brutal. Alexandrine s'arrangeait pour l'éviter mais, depuis qu'elle travaillait à la librairie, il y venait au moins une fois par semaine sans pour autant effectuer le moindre achat, ce qui mettait M. Lecoq de fort mauvaise humeur.

Il l'avait demandée en mariage à la Saint-Jean, et la jeune fille avait secoué la tête.

« Je ne vous aime pas, Élie. Et nous nous connaissons à peine. »

Sous prétexte de faire plus ample connaissance, il s'était attaché à ses pas. Elle avait fini par ne plus accompagner Clémence aux fêtes. Elle avait peur qu'Élie ne l'importune, et elle se détestait de ne pas parvenir à surmonter cette appréhension. Elle avait pourtant prouvé sa force de caractère en bataillant avec son père pour travailler en ville plutôt que d'aider à la ferme. Chez elle, Alexandrine était considérée comme marginale, parce qu'elle ne s'intéressait qu'aux livres. Auguste Corré lançait parfois, en guise de boutade, à son épouse : « Céleste, tu es sûre que Nine est bien de moi ? »

Tout le monde riait, même Alexandrine. La bonne humeur régnait dans la famille Corré, même si la mère soupirait parce que l'argent manquait.

C'était avant… Avant le feu qui avait ravagé la récolte tout juste engrangée.

Clémence s'était réveillée la première. Fronçant le nez, elle avait secoué Alexandrine.

« Tu ne sens rien ? »

Alexandrine se rappelait l'odeur pénétrante de grains grillés, la vision des flammes qui montaient vers le ciel d'été, la panique…

Elle se rappelait aussi le visage ravagé de leur père, lorsqu'au petit matin, ils étaient enfin venus à bout de l'incendie. Auguste avait vieilli de dix bonnes années.

« Mes enfants, nous avons tout perdu », avait-il dit d'un ton accablé.

Moins d'une semaine plus tard, celui qu'on appelait encore « le fils de Sosthène » était venu renouveler sa demande. C'était une belle journée, le ciel était délavé par la chaleur, la silhouette du rocher Saint-Julien se découpait au-dessus de Buis et, sur la place, les préparatifs allaient bon train pour la fête.

Chez les Corré, cependant, on se demandait comment sortir d'une situation aussi difficile. Auguste s'était endetté pour acquérir deux mulets. Il ne pourrait pas rembourser l'argent emprunté de sitôt.

Alexandrine, qui revenait du lavoir en compagnie de Léonie, sa cadette, s'immobilisa en reconnaissant la jardinière du fils Lombard arrêtée devant leur porte. Elle pâlit et manqua laisser choir sa brouette pleine de linge mouillé.

— Viens avec moi, demanda-t-elle à sa sœur. On va étendre le linge derrière.

C'étaient les draps de toute la famille, lourds et raides tant ils avaient déjà été pétassés, reprisés. Ils avaient tous été rapiécés en leur milieu.

Léonie aida sa sœur à étaler les draps sur l'herbe. Elle devinait la nervosité d'Alexandrine, qui jetait sans cesse des coups d'œil furtifs par-dessus son épaule.

Quand leur mère les héla, Alexandrine se mit à trembler. Elle avait déjà compris que, vu la détresse de sa famille, elle n'aurait pas d'échappatoire.

— Viens vite, Nine, s'impatienta Céleste.

En pénétrant dans la salle, la jeune fille eut l'impression de se trouver dans un tribunal. Attablé, Élie faisait tourner son verre contenant de la liqueur de cerise. Alexandrine rougit en sentant son regard peser sur elle.

— Bonsoir, fit-elle gauchement.

Élie la salua d'un signe de tête.

— C'est Nine qui a fait la liqueur, glissa Auguste.

Elle eut envie de s'enfuir. Elle ne voulait pas qu'on parlât d'elle devant le fils Lombard, ni qu'on la mît en avant. Elle souhaitait seulement se faire oublier.

Il fit claquer sa langue.

— C'est de la bonne. Elle a macéré cinq mois ?

— Six, précisa Alexandrine.

« Qu'il s'en aille ! » pensa-t-elle avec force. Mais sa mère l'incitait à prendre place sur le banc, à boire, elle aussi, un peu de liqueur, ce qu'elle refusa. Elle avait déjà trop chaud dans la salle pourtant fraîche. Elle se tordit les mains sous le regard lourd d'Élie.

Elle se tourna du côté de son père. Gêné, il baissa les yeux.

« Non ! » eut-elle envie de hurler.

Clémence lui pressa l'épaule. Elle sut, alors, qu'il n'y avait plus d'espoir. Elle était condamnée à épouser Élie Lombard.

Le jour du mariage, Alexandrine était presque résignée, ce qui ne lui ressemblait pas. Elle portait la robe de sa mère, retouchée, et ses cheveux d'un blond chaud étaient torsadés en chignon, entrelacés de rubans de velours vert.

Il faisait beau ce jour-là, et l'ambiance aurait dû être joyeuse mais les jeunes du pays eux-mêmes n'étaient pas au diapason.

Élie Lombard n'était guère apprécié dans le pays. On savait qu'il était le plus riche propriétaire de la région et qu'il n'hésitait pas à chasser ses fermiers trop lourdement endettés. Les amis d'Alexandrine étaient désolés pour elle.

La jeune fille s'avançait au bras d'Auguste. Elle refusait de laisser voir à quel point ce mariage imposé lui coûtait. Malgré les recommandations de Clémence, elle ne prêta pas attention aux gestes d'Élie lorsqu'il passa l'alliance à son doigt.

« S'il la glisse jusqu'au bas de ton annulaire, c'est lui qui commandera dans votre ménage », lui avait dit sa sœur aînée.

Réfléchissait-on à ce genre de détails lorsqu'on n'avait pas dix-sept ans et qu'on pensait sa vie finie ?

Tout au long de la journée, Alexandrine s'était comportée comme la mariée modèle, esquissant un sourire quand on la félicitait, saluant famille, connaissances et amis.

Durant le repas de noces, son estomac s'était noué. Elle voyait qu'Élie buvait sec, elle l'entendait qui lançait des allusions de plus en plus grivoises à la nuit de noces et elle devait lutter contre le désir irrésistible de s'enfuir.

Il l'entraîna au Mas des Tilleuls à la nuit tombée. Le ciel clouté d'étoiles indiquait le chemin. Il conduisait d'une main et, de l'autre, caressait sa jeune femme. Raidie, au bord de la nausée, elle se cramponnait aux ridelles.

La demeure lui parut immense, et hostile. De nouveau, elle eut peur.

Elle voulut aller se changer, faire un brin de toilette. Il la rattrapa par le bras alors qu'elle se dirigeait vers l'escalier.

— La chambre du maître est par là, lui dit-il d'une voix avinée.

Elle chercha à se dégager. Elle avait besoin d'un répit, de quelques minutes… La gifle qu'il lui assena lui coupa le souffle.

— Fini de faire ta mijaurée ! hurla-t-il. Tu es à moi, j'y ai mis le prix. C'est moi le maître.

Il le lui prouva sur-le-champ, brutalement, sans égard pour son gémissement de douleur. Elle ne pleura pas, ne le supplia pas. Elle avait déjà compris que cela ne ferait qu'accentuer sa brutalité.

Les yeux grands ouverts, elle soutint son regard chargé de haine jusqu'à ce qu'il la gifle de nouveau, à deux reprises, en lui ordonnant de baisser les yeux.

« Autant mourir tout de suite », se dit-elle, le cœur au bord des lèvres, le corps déchiré.

Elle aurait aimé qu'il la tue, dès la première nuit. Car elle pressentait que la vie à ses côtés serait un interminable enfer.

Mais, s'il la battit, il mesura ses coups. Il n'avait pas l'intention de se débarrasser d'elle, elle lui avait coûté assez cher.

Elle n'aurait pas assez de sa vie pour rembourser sa dette.

25

1853

Durant le périple qui le mena de Saint-Pancrace à Beaucaire, Zacharie pensa souvent à son père et au visage rayonnant d'Agathe-Marie lorsqu'elle avait compris qu'il se chargeait de la tournée.

« Et ton travail à Marseille ? » s'était-elle écriée.

Il avait esquissé un sourire désenchanté.

« Vu les événements, je ne suis pas vraiment le bienvenu à Marseille ! J'ai tout intérêt à me faire oublier un moment. Tu vois, finalement, c'est toi qui me rends service ! »

L'affection, la complicité qui les unissaient ne s'étaient jamais démenties. Agathe-Marie avait convaincu sans peine Siméon de se joindre à la tournée. Cependant, Zacharie ne lui avait pas caché qu'il n'avait toujours pas vocation à se faire colporteur.

« Ce sera une expérience, avait-il ajouté. Elle me permettra de rencontrer des collègues. »

Il avait souri quand Agathe-Marie lui avait recommandé la prudence.

« Je te promets de faire attention tant que mon père sera déporté. Après… »

Il riait, avec une belle insolence, et Agathe-Marie se disait une nouvelle fois qu'il était aussi séduisant que Jean-Baptiste. Avec une qualité supplémentaire. L'insouciance.

Au printemps, Zacharie se procura *Napoléon le Petit*, le pamphlet de Victor Hugo, par l'intermédiaire d'un colporteur venu d'Alsace. Sa lecture le grisa. Hugo, le génie émigré, avait vu juste. On se passait sous le manteau les commentaires du grand homme.

« On me dit, écrivait-il au colonel Charras, à Bruxelles, que mon petit livre s'infiltre en France et y tombe, goutte à goutte, sur le Bonaparte. Il finira peut-être par faire le trou… Depuis que je suis ici, on m'a fait l'honneur de tripler les douaniers, les gendarmes et les mouchards à Saint-Malo. Cet imbécile hérisse les baïonnettes contre le débarquement d'un livre[1]… »

Cette atmosphère de secret entretenait le désir de liberté et de revanche. Sur les foires et les marchés, les esprits s'échauffaient, tout en faisant attention aux mouchards et aux espions du gouvernement, qui pullulaient. Zacharie se doutait qu'il était fiché à double titre, et par son père, et par ses fréquentations à Marseille. Peu lui importait. Personne ne lui ôterait sa liberté de penser.

Finalement, il avait pris goût à son travail, essentiellement grâce aux contacts noués. La découverte

---

1. Extrait d'une lettre inédite, collection Alfred Dupont.

de régions inconnues avait fait naître en lui l'envie de lire encore plus. Il avait acquis un dictionnaire et des cartes, discuté de Voltaire et de Rousseau avec un vieux colporteur âgé d'au moins septante ans, né sous l'Ancien Régime. Ce n'était pas pour lui une année perdue. Il avait senti mûrir sa conscience politique, appris ce qu'il voulait faire et ne pas faire.

Quel que soit le métier qu'il choisirait, il donnerait toujours la priorité à la formation de ses camarades et à la lutte pour un monde plus juste.

Siméon l'appelait « le moine » car Zacharie ne se laissait pas tourner la tête par les filles de passage. Depuis qu'il avait quitté Marseille, où il avait fréquenté une ouvrière des tuilières, il n'avait pas éprouvé de réelle attirance pour les femmes qu'il avait croisées.

Zacharie attendait le grand amour, la passion. Il se moquait parfois de lui-même.

« Je suis beaucoup trop romantique », se disait-il.

Il n'était pas pressé.

Jean-Baptiste ne regretterait pas le soleil brûlant ni les fièvres qui l'avaient cloué durant trois semaines sur un lit d'hôpital, retardant ainsi son retour.

Il flottait dans ses vêtements. Il n'avait pourtant pas été maltraité. Au camp Saint-André, on leur donnait du café le matin, de la soupe de bœuf à dix heures et, à quatre heures, de la soupe au sucre, ou encore des pommes de terre. Treize heures par jour de travail, sous le soleil, pour un salaire quotidien d'un franc. Presque correct, ce salaire, puisqu'ils étaient nourris et recevaient gratis café et vin.

Cependant, à moins de cinquante ans, Jean-Baptiste se sentait un homme cassé. Il n'avait pas supporté l'humiliation de son arrestation, de son emprisonnement, pas plus que sa déportation sur une terre qui lui demeurait étrangère. Et, peut-être plus que tout, les insultes et le triomphe de Sosthène l'avaient brisé. Il savait bien, pourtant, qu'il n'avait rien à attendre de son père, hormis de la haine.

Il inspira à longues goulées l'air du large.

Lorsqu'on lui avait annoncé sa grâce, début septembre, il n'avait pas réalisé ce qui lui arrivait. Il avait tout de suite écrit la nouvelle à Agathe-Marie. Depuis plus d'un an, les lettres de sa femme et de ses fils l'aidaient à tenir. Il songeait à elle avec tendresse, s'émouvant de son soutien sans faille. Certains de ses camarades avaient vu leur famille leur tourner le dos. Jean-Baptiste avait de la chance, et en était conscient.

Sur le pont du navire les ramenant à Marseille, il songeait à l'avenir. Il doutait fort de pouvoir reprendre ses tournées. On racontait que les insurgés de décembre 1851 étaient soumis à toute une série d'obligations plus humiliantes les unes que les autres. Même libérés, ils demeuraient sous la surveillance étroite des autorités. La liberté de courir la montagne était certainement ce qui lui manquait le plus, ainsi que ses enfants.

Il serait assurément assigné à résidence dans les Basses-Alpes. Comment, dans ces conditions, pourrait-il revenir au Mas des Tilleuls ? Il aurait souhaité pouvoir enfin exprimer à Sosthène tout ce qui lui pesait sur le cœur.

Il s'appuya au bastingage. Le capitaine Barron, qui devait avoir quelque sympathie pour les républicains, les avait traités avec bienveillance depuis leur embarquement.

Lentement, Jean-Baptiste prenait conscience du fait qu'il était désormais un homme libre.

Le camarade Tonin fut le premier à apercevoir la colline de la Garde qui, depuis des siècles, servait de vigie aux Marseillais.

— Enfin ! s'écria-t-il.

Jean-Baptiste aurait dû exprimer sa joie, à l'exemple de ses compagnons de captivité. Au lieu de quoi, il resta impassible, accoudé au bastingage, se demandant de quoi demain serait fait.

À cet instant, il songeait au parfum miellé de ses tilleuls.

Clémence tira d'un geste décidé les lourds rideaux, faisant entrer à flots le soleil dans la chambre aux murs sombres.

Bien que sa sœur ait tourné vivement la tête vers le côté, elle avait eu le temps d'apercevoir son visage tuméfié. D'un bond, elle la rejoignit, lui prit le menton.

— Nine ! Oh ! Nine…, gémit-elle. C'est lui, n'est-ce pas ?

Sans en avoir conscience, elle avait baissé la voix. Le maître du mas inspirait en effet de la crainte et en tirait un plaisir malsain.

C'était Quentin, le plus jeune valet, un gamin de l'Assistance, qui était venu frapper à la porte des Corré, au petit matin. La servante du Mas des Tilleuls l'envoyait ; la jeune maîtresse était au plus mal. Clémence avait devancé sa mère.

« J'y vais ! »

Le temps de jeter son châle sur ses épaules, de se munir de sa besace d'herbes… Chez les Corré, les femmes se transmettaient de génération en génération le don de soigner par les plantes. En tant qu'aînée, Clémence avait été initiée par sa propre mère.

Adèle, la domestique, l'avait accueillie avec gêne.

Séraphine et son fils étaient demeurés invisibles.

Il y avait du sang dans le lit, sur la chemise déchirée d'Alexandrine qui gémissait sourdement en répétant : « mon bébé ».

Clémence savait sa sœur grosse de trois mois. Pour la première fois depuis son mariage, Alexandrine avait paru heureuse.

« Un enfant… cela donne enfin un sens à cette union », avait-elle confié à son aînée. Elle n'avait pas encore osé le dire à son mari mais elle pensait que sa belle-mère avait quelques soupçons.

La dernière fois qu'elle avait vu sa cadette sur le marché de Buis, Clémence lui avait trouvé mauvaise mine. Le regard éteint, les gestes lents, prudents, Alexandrine semblait être devenue une ombre. Dans sa famille, on s'alarmait. Élie était connu pour sa brutalité. Les trois filles avaient reproché à leurs parents ce mariage quasi imposé.

Dans la chambre aux meubles sombres, écrasants, Clémence se demandait ce qui s'était passé. Sa cadette avait-elle fait une chute ? Ou bien…

Elle avait éponqé tout le sang, fait avaler à Alexandrine une tisane de feuilles de noyer, réputée pour arrêter les hémorragies avant de l'aider à se lever pour changer les draps et sa chemise. Nine, à la limite de l'évanouissement, lui obéissait comme une enfant. Quand Clémence découvrit les traces de coups et les hématomes marquant le ventre et les cuisses de sa jeune sœur, elle manqua défaillir. De toute évidence, la fausse couche d'Alexandrine n'était pas accidentelle. « On » s'était acharné sur elle avec une violence incroyable, et ce ne pouvait être qu'Élie. Son mari.

Elle avait nettoyé et pansé ses plaies avec une infinie douceur, et décidé de s'installer à ses côtés tant qu'elle serait intransportable. Elle bouillonnait de colère à l'idée qu'Élie avait pu infliger un traitement aussi barbare à sa petite sœur. Partie à sa recherche, elle ne le trouva pas. Séraphine traînait dans la salle. La belle fille qui avait tourné la tête de Sosthène s'était empâtée. Sa robe en indienne à imprimé ramoneur était déchirée.

Elle haussa les épaules lorsque Clémence lui demanda où était son fils.

— Élie vit à sa guise, répondit-elle avec indifférence.

Il était inutile de lui faire remarquer qu'Alexandrine avait failli mourir. Séraphine s'en moquait bien. N'avait-elle pas fait la guerre à sa bru, lui reprochant de perdre son temps à lire ?

— Il faut faire venir le médecin, se contenta de dire Clémence.

Cette fois, Séraphine fronça les sourcils.

— Ça coûte cher. Elle n'est pas la première à avoir perdu un enfant.

— Pas dans ces circonstances, insista Clémence.

Le regard de Séraphine se fit fuyant. Dans sa jeunesse, elle avait connu une gamine saignée à mort par la faiseuse d'anges qui officiait alors à Carpentras.

On l'avait enterrée de nuit, avec la complicité de la police. Seize ans. Marinette avait seize ans. Séraphine n'était jamais parvenue à l'oublier.

— Emmène-la chez toi, suggéra-t-elle. Ça vaut mieux.

Clémence secoua la tête.

— Nine a perdu beaucoup trop de sang. Je reste là.

« Et votre fils n'a pas intérêt à m'en empêcher ! » signifiait son regard résolu.

— Comme tu veux, fit Séraphine.

À cet instant, Clémence se jura d'arracher sa sœur aux mains des Lombard.

26

1860

Chaque dimanche, elle s'habillait avec soin, rafraî-
chissant sa toilette d'un ruban acheté sur le marché
ou d'une fleur attachée à son corsage. Elle prenait
plaisir à prendre soin d'elle, après toutes ces années
passées à vivre dans la terreur.

M. Lecoq, Clémence et son père lui avaient permis
de fuir le Mas des Tilleuls et de trouver du travail à
Marseille. Depuis qu'elle avait découvert la ville, elle
avait décidé de devenir une autre femme.

Elle avait essayé, pourtant, d'être une bonne
épouse pour Élie mais il n'était jamais satisfait. Elle
ne cuisinait pas suffisamment bien, tenait mal la maison, était toujours malade... Depuis sa fausse couche,
elle souffrait d'hémorragies à répétition qui l'épui-
saient.

« Même pas capable de me donner du plaisir »,
éructait-il, dégoûté, en se détournant d'elle.

Le plus souvent, pour se venger, il la battait. Jamais
sur le visage, afin de ne pas laisser de traces. Le jour

où elle s'était évanouie à la librairie, Mme Lecoq, en la délaçant, avait découvert son torse couvert d'hématomes et appelé le médecin. Celui-ci connaissait les membres de la famille Corré depuis des lustres. Malgré les protestations d'Alexandrine, il l'avait auscultée et diagnostiqué plusieurs côtes brisées.

« Il faut quitter ce malfaisant », lui avait-il dit gravement, refusant de la croire quand elle affirmait être tombée dans l'escalier du mas.

Ce jour-là, ils avaient décidé de la sauver. Malgré elle.

Elle gardait des cinq années passées au Mas des Tilleuls le souvenir d'un long tunnel de souffrances et de désespoir. Élie était fou, c'était la seule explication. À moins qu'il ne soit malade. Il buvait et, ensuite, montait pesamment jusqu'à leur chambre. Chaque soir, le même cauchemar recommençait.

Lorsqu'il partait à la foire de Beaucroissant, comme son père l'avait fait avant lui, Alexandrine se rendait chez Clémence, qui avait ouvert une mercerie à Buis. Elle cousait, taillait robes et costumes. Alexandrine avait l'impression de se trouver chez une fée.

« Pars ! lui répétait-elle. Rends-toi compte qu'un jour, il te tuera. »

Alexandrine redoutait la réaction de ses parents. On savait assez qu'on se mariait pour la vie, quel que soit le prix à payer. Et puis, il y eut cette nuit de septembre durant laquelle elle pensa sa dernière heure arrivée. Élie semblait avoir perdu la raison. Alexandrine s'était enfuie, en chemise, pieds nus, et s'était réfugiée chez Clémence. Elle ne pleurait pas, elle n'avait plus de larmes. Le regard durci, elle avait annoncé à son aînée : « Je vais partir. Loin, très loin, pour qu'il ne me retrouve jamais. »

Elle ne s'était pas confiée plus avant et Clémence n'avait pas osé l'interroger mais elle pressentait que quelque chose de terrible s'était passé. Elle avait serré sa sœur contre elle avant de l'envelopper dans un grand châle en étamine de laine.

« Je t'aiderai, Nine. Nous t'aiderons tous. »

M. Lecoq lui avait donné l'argent pour le voyage et lui avait recommandé de se rendre à la librairie Marqueys, située rue de Rome. À l'époque, Marseille lui semblait être une ville scintillante et inaccessible.

Elle avait gagné Vaison à pied afin de brouiller les pistes. Chaque pas l'éloignant du mas était pour elle une victoire. Elle avait quitté la demeure des Lombard sans rien, et elle préférait qu'il en fût ainsi. Élie ne lui répétait-il pas : « *Une fremo es pas mai qu'un varlet*[1] » ?

En marchant, elle avait affermi sa résolution. Elle n'avait attendu que trop longtemps, à subir les coups de sa brute d'époux !

La diligence empruntée à Vaison l'avait menée jusqu'à Avignon, puis à Marseille. En découvrant la ville immense, bourdonnante d'activité, et la mer qui miroitait sous le soleil, Alexandrine s'était sentie sauvée. Comment Élie pourrait-il la retrouver ici ?

Elle sourit à son reflet dans une vitrine. Était-ce bien elle, cette jeune femme à la démarche assurée,

---

1. « Une femme n'est pas plus qu'un valet. »

qui lui aurait paru presque belle dans sa robe à crinoline en mérinos bleu paon ?

Elle avait repris confiance en elle, en la vie. Son emploi de vendeuse chez M. Marqueys lui convenait. Elle pouvait emprunter nombre de livres, deviser à loisir avec les clients de la librairie, les conseiller dans leurs choix de lectures.

Elle louait une chambre modeste rue Grignan. Un lit, une table, une chaise… et un pan de ciel entrevu par la fenêtre mansardée. Elle n'avait pas encore vingt-cinq ans et elle avait l'impression d'avoir déjà vécu plusieurs vies.

Parfois, elle imaginait qu'Élie la retrouvait. Alors elle se promettait, comme pour se rassurer, de se donner la mort. Elle n'aurait pas la force de revivre cet enfer. Plus jamais. Le dimanche, elle marchait jusqu'au chemin de la Corniche, construit en 1848 par les chômeurs marseillais, à l'initiative des chantiers communaux. Souvent, Sybille, la fille de M. Marqueys, l'accompagnait. Belle brune de vingt-six ans, Sybille était peintre et restaurait des tableaux. Son assurance, son érudition impressionnaient Alexandrine, l'incitaient à apprendre, toujours plus, dans les livres. Elle avait le sentiment de renaître, enfin, dans cette ville bruyante, lumineuse, tournée vers la Méditerranée.

Elle oubliait, lentement. Parce qu'elle était jeune et avait une furieuse envie de vivre, elle parvenait parfois à se persuader que les cinq années passées au Mas des Tilleuls étaient un mauvais rêve.

Parfois…

— Viens donc ! s'impatienta Sybille. Elle est délicieuse.

Sans façons, la fille du libraire avait ôté ses souliers et ses bas et, ayant retroussé ses jupes, elle marchait le long du rivage, s'enhardissant jusqu'à ce que la mer lui recouvre les chevilles.

Fille de la montagne, Alexandrine redoutait les colères de la Méditerranée. Pourtant, Sybille paraissait si joyeuse que son amie l'imita.

La journée de juin était exceptionnelle et la lumière baignait le petit golfe nommé l'Estaque, à l'extrémité nord-ouest de Marseille.

Sybille l'avait découvert grâce à ses amis peintres et y avait entraîné Alexandrine.

« Il faut profiter de l'endroit avant que les grands hôtels n'en entendent parler », lui avait-elle dit en riant.

Village de pêcheurs aux toits rouges dominé par la chaîne rocheuse de la Nerthe parfumée de myrtes, l'Estaque offrait une beauté préservée à ceux qui s'aventuraient loin du centre de la ville.

« Je voudrais tant capter toute cette lumière ! » bougonnait Sybille, griffonnant esquisse sur esquisse pendant qu'Alexandrine lisait. Grâce à M. Marqueys, elle avait découvert des auteurs tels que George Sand et Flaubert.

La lecture suscitait en elle le désir d'écrire. Elle haussait alors les épaules. Qu'aurait-elle eu de passionnant à raconter ? Elle avait déchiré ses quelques ébauches sans avoir le courage de les relire. Quand la plume courait sur le papier, les souvenirs remontaient par vagues, et elle ne parvenait pas à le supporter.

La main en visière devant les yeux, Alexandrine admirait les jeux de lumière sur la mer et sentait la chaleur du soleil sur sa joue.

Elle marcha un long moment les pieds nus dans l'eau, éprouvant un bien-être incomparable.

À ses côtés, Sybille, le nez en l'air, observait tout. Le bleu du ciel tranchant sur celui de la mer, les barques des pêcheurs, les pointus, attachées à un pieu fixé entre terre et eau, la petite chapelle Notre-Dame-de-la-Galline…

— Je ne pourrais pas vivre loin d'ici, murmura Sybille, d'un ton rêveur.

Alexandrine sourit.

— J'aimais tant mon pays que je n'aurais jamais imaginé le quitter. Et puis… tu vois, me voici à Marseille, et heureuse de mon sort.

Elle aimait l'animation de la ville. Parfois, il lui semblait qu'elle ne dormait jamais. Partout, on construisait à Marseille.

Les plages du Roucas-Blanc, de la Pointe-Rouge, du Prado attiraient les investisseurs immobiliers qui exploitaient la vogue des bains de mer.

La première fois qu'elles avaient vu ces femmes en costumes de bain se promener sur le rivage, Sybille et Alexandrine avaient esquissé un sourire.

« Après tout… pourquoi pas ? » avait commenté Sybille.

Sous son impulsion, Alexandrine s'enhardissait. Il lui arrivait encore pourtant de tressaillir lorsqu'elle riait avec son amie et de se retourner vivement, croyant voir surgir Élie, l'invective aux lèvres.

Elle ne s'était pas confiée à Sybille et celle-ci avait respecté son silence même si elle devinait qu'Alexandrine avait beaucoup souffert par le passé.

Sybille glissa son bras sous le sien.

— Il faudra que tu poses un jour pour moi. Ton regard m'intrigue. J'ai l'impression que tu as vécu plusieurs vies.

— Une seule me suffit ! se récria Alexandrine.

Une ombre voila ses yeux verts.

Bras dessus, bras dessous, les deux jeunes femmes regagnèrent le sable sec où elles avaient laissé leurs bottines. Trois hommes en tenue d'ouvrier se retournèrent sur elles. Le plus grand ôta sa casquette pour les saluer.

— Bonjour, mesdemoiselles. Nous cherchons des cavalières pour nous accompagner au Grand-Théâtre.

— Vous vous intéressez à l'opéra ? s'enquit Sybille, sans chercher à dissimuler son étonnement.

Son interlocuteur rougit.

— Notre condition d'ouvriers ne nous empêche pas d'aimer la belle musique.

C'était une constante de la vie marseillaise : on était curieux de tout et notamment de spectacles. *L'Alcazar*, un café-concert créé cette année-là, attirait nombre de spectateurs comme le Grand-Théâtre ou les guinguettes qui s'ouvraient en bord de plage. Les Marseillais aimaient à rire, chanter et danser. Ils aimaient aussi à s'enthousiasmer pour les artistes admirés sur scène.

Gênée, Alexandrine glissa :

— Mon amie n'a pas cherché à vous blesser.

Mais Sybille fronça les sourcils.

— De toute manière, il est hors de question pour nous de suivre des inconnus !

Deux des jeunes gens s'éloignèrent en commentant de façon peu amène l'attitude de Sybille. Le plus grand resta.

— Je m'appelle Zacharie Lombard, déclara-t-il.

Il ne comprit pas pourquoi la jeune femme qui semblait jusqu'alors le considérer avec bienveillance poussa un léger cri avant de glisser inanimée sur le sable.

27

1863

Les mains de Zacharie étaient rêches, marquées de fines coupures et de brûlures causées par la soude. « Des mains de travailleur », disait-il en esquissant un sourire teinté d'autodérision. Même s'il passait une bonne partie de ses soirées à lire ou à rencontrer des camarades, il demeurait avant tout un ouvrier et il en était fier. Ces mains rudes avaient apprivoisé le corps de Nine, l'éveillant au plaisir. Il l'appelait ainsi, Nine, parce que, décidément, le prénom « Alexandrine » lui paraissait beaucoup trop long.

Ils s'aimaient.

La représentation de *Rigoletto* au Grand-Théâtre avait été suivie de nombreuses autres sorties. En compagnie de Zacharie, Nine avait découvert la joie de pique-niquer le dimanche dans une calanque, de marcher jusqu'à la Treille ou à la Pointe-Rouge, de nager, dans une crique solitaire, au mépris des conventions.

Zacharie donnait l'impression de ne pas attacher d'importance aux règles édictées par le gouvernement.

« Cette société dans laquelle nous vivons doit être remplacée par une démocratie », estimait-il.

Il était écouté dans le cercle qu'il fréquentait, composé d'anciens montagnards de 1851 et de révolutionnaires plus jeunes.

Le nom de son père était l'un de ceux qu'on chuchotait, parce que Jean-Baptiste, même s'il avait obtenu sa grâce, avait toujours refusé de faire amende honorable.

Ce nom de Lombard, qui avait terrorisé Nine lorsqu'elle l'avait entendu prononcer. Elle avait voulu fuir Zacharie. Lui avait insisté.

« Expliquez-moi, mademoiselle. »

Elle ignorait encore pourquoi elle s'était confiée à lui. Peut-être parce que, dès le premier regard échangé, elle avait su qu'il ne lui ferait jamais de mal.

Il l'avait écoutée, gravement, avant de poser la main sur son épaule.

« Cet Élie Lombard qui est votre époux demeure au Mas des Tilleuls dans les Baronnies, n'est-ce pas ? »

Et, comme elle le considérait d'un air stupéfait, il avait précisé : « Il s'agit du demi-frère de mon père. Rassurez-vous, nous n'avons aucune relation avec ces Lombard depuis des décennies. Je ne connais même pas le Mas des Tilleuls. – Je n'ai pas peur de vous », avait assuré Nine. C'était la vérité.

Elle qui, depuis plus de trois ans, fuyait les hommes, se sentait en sécurité auprès de lui. Ils avaient devisé tout en marchant. Sybille, contrariée, avait refusé de les accompagner. Nine y avait à peine prêté attention, ce qui ne lui ressemblait pas. Aux côtés de Zacharie, elle découvrait une autre ville, marquée par l'industrialisation et les grands travaux d'urbanisme.

Par la suite, Zacharie l'avait emmenée sur les quais de la Joliette, où elle avait mesuré l'importance des infrastructures portuaires, rue Guibal, sur le chantier de la nouvelle manufacture de tabac, dans la rue de Noailles qu'on venait d'élargir pour la rebaptiser La Canebière. Il lui avait expliqué en quoi consistaient les travaux de percement de la future rue Impériale…

« Marseille bouge, Marseille avance, lui disait Zacharie. Nous devons nous battre pour faire valoir nos droits. »

Grâce à ses lectures, Nine apprenait vite. Elle écoutait, aussi, quand Zacharie et elle retrouvaient des amis au *Café de la Renaissance* qui constituait leur quartier général. On évoquait à mots de moins en moins couverts la montée des prix – curieux paradoxe, le poisson n'était-il pas plus cher à Marseille qu'à Lyon ou à Paris ? – mais aussi la dégradation des conditions de vie des ouvriers et la redistribution des richesses, qu'on attendait avec impatience.

Parfois, Nine ressentait le besoin de se pincer. Douze ans auparavant, elle se contentait de lire en gardant un troupeau de chèvres lorsqu'elle ne travaillait pas chez M. Lecoq. Désormais, il lui semblait être marseillaise à part entière. Et, avant tout, amante de Zacharie. Leur histoire d'amour s'était imposée à eux. Par la suite, Zacharie lui avait déclaré être tombé sous son charme dès qu'il l'avait entrevue. Grâce à lui, Nine avait découvert le plaisir d'être une femme sous le regard empreint de désir de l'homme qui l'aimait.

« Élie a saccagé mon corps », avait-elle osé lui confier, le jour où elle avait eu envie de lui, de ses mains sur elle, de son corps sur son corps. Il attendait patiemment ce moment depuis plusieurs mois. Il le lui avait dit.

« J'attendrai. Toute la vie s'il le faut. Parce que je suis sûr que toi et moi sommes faits l'un pour l'autre. »

En guise de réponse, il lui avait baisé les yeux, les lèvres, puis les seins. Sa beauté l'émerveillait. Seins haut placés, taille très fine, jambes longues, peau laiteuse… Nine était ravissante, et sa timidité émouvait Zacharie. Forcée par son mari bestial à seize ans, elle ignorait cependant tout de l'amour.

Il avait eu suffisamment de maîtrise pour faire monter en elle le désir. Chaque soir, alors qu'elle venait le rejoindre dans son logement du quartier Saint-Jean, il éveillait une partie de son corps, sans pour autant pousser son avantage. Il attendait… Qu'elle ait envie de lui à son tour, qu'elle l'appelle en gémissant, réclamant ses caresses. Un jour, il s'était enfin uni à elle en éprouvant une impression de plénitude. Il avait bu la larme qui avait roulé sur la joue de Nine. Les yeux grands ouverts, elle le regardait, et ses yeux exprimaient un amour tel que Zacharie, bouleversé, l'étreignit avec encore plus de force.

Dans ses bras, Nine se souvenait. Des insultes et des coups. Des reproches, lancés comme autant d'injures. « Tu n'es pas une vraie femme. Avec les putes, au moins, j'en ai pour mon argent ! »

Elle l'avait cru. Et, grâce à l'amour passionné qui l'unissait à Zacharie, elle comprenait qu'Élie lui avait menti. C'était lui qui avait tout saccagé. Dieu merci, Nine avait réappris à vivre, découvert le désir et le plaisir. Avec Zacharie.

« Ma brune », l'appelait Zacharie, avec un amour infini dans la voix.

Elle était heureuse. Même s'ils ne pouvaient s'épouser. Nine restait en effet une femme mariée, qui portait toujours officiellement le nom de Lombard. Dans ses cauchemars, elle redoutait qu'Élie ne fasse irruption dans leur vie. Au petit matin ou au milieu de la nuit, Zacharie la rassurait en la serrant dans ses bras.

« Nous nous aimons tant que personne ne pourra nous séparer », lui affirmait-il.

Elle voulait le croire. De toute son âme.

Dix ans. Il y avait dix ans que Jean-Baptiste était revenu d'Algérie mais il gardait toujours présente à l'esprit la honte de la déportation. Ses idées n'avaient pas changé. Il aspirait toujours à une société plus libre, plus démocratique, et soutenait les mouvements républicains.

À cinquante-cinq ans, il se sentait vieux. Usé par tous les combats menés, par toutes ces années passées sur les chemins, par la plaie qui lui rongeait le cœur. Désormais, il n'effectuait plus les tournées. Les jumeaux avaient repris le flambeau et s'en tiraient plutôt bien.

Lui, Jean-Baptiste, continuait à parcourir la montagne, se chargeait de la distillation et de l'ensachage. La ferme Duthilleux était toujours louée à la même famille, qui la gérait avec compétence. Le montant des fermages constituait une rentrée d'argent appréciable. Malgré ses conseils, Agathe-Marie s'obstinait à se rendre encore tous les après-midi à la boutique. Elle avait besoin, prétendait-elle, de se retrouver dans cette atmosphère particulière, où elle se sentait chez elle.

Jean-Baptiste sourit avec indulgence. Agathe-Marie et lui formaient un couple uni, plus encore depuis son retour d'Algérie. Il n'avait pas oublié le dévouement ni le soutien de son épouse.

Lorsqu'il l'avait trouvée sur le port, guettant l'arrivée des navires, il l'avait serrée contre lui avec une infinie tendresse.

« Vous avez toujours été là pour moi », avait-il soufflé, le nez dans ses cheveux, après avoir soulevé la capote de velours gris.

Le visage d'Agathe-Marie s'était illuminé. Chacune des rides de son visage révélait ses angoisses comme son attente. Face à elle, Jean-Baptiste s'était brusquement senti coupable.

Il n'avait pas reconnu les jumeaux. Raphaël et Victor avaient grandi et forci. On l'avait privé trop longtemps de ses fils. Eux le considéraient avec un respect difficile à accepter. Il n'était pas un héros. Juste quelqu'un de banal qui s'était battu pour sauvegarder la république.

Il avait eu beau passer plus d'une heure dans le cabinet de toilette, à frotter, savonner et savonner encore son corps, il lui semblait qu'il ne parviendrait jamais à se débarrasser de l'odeur des pontons qu'il sentait encore, près de deux ans après. Il était ému en pénétrant dans la grande chambre du Prieuré. Le lit orné de draps brodés fleurant bon la lavande, les deux fauteuils placés à côté d'un guéridon en citronnier, la fenêtre ouvrant sur les champs... suggéraient une atmosphère paisible qui lui avait tant manqué, du côté d'Oran. Il s'était retourné vers Agathe-Marie.

« Merci de m'avoir attendu. »

Deux jours plus tard, Agathe-Marie confiait son inquiétude à Valentine.

« Il n'est plus le même ! Il est trop attentionné, cela ne lui ressemble pas ! »

Et la vieille nourrice avait répondu : « Patience, ma belle ! Même le bagne n'a jamais transformé un loup en mouton. »

C'était vrai. Jean-Baptiste n'avait pas tardé à tempêter contre les clients trop frileux ou le banquier trop exigeant. Lentement, il avait repris sa place dans la maison et, tout naturellement, les jumeaux avaient renoué avec l'habitude de lui demander souvent conseil.

Saint-Pancrace s'était scindée en deux camps. Ceux qui s'étaient pliés à la loi de l'Empire et ceux qui, comme Jean-Baptiste, étaient contraints de respecter des mesures humiliantes.

Il aurait voulu vivre en marge, partir s'installer dans la montagne, là où ils auraient mis du temps à le retrouver mais il ne pouvait infliger ce nouveau tourment à Agathe-Marie. Elle lui inspirait de la compassion, même s'il était certain qu'elle détesterait cette idée. Avec le temps, il avait appris à mieux la connaître. Auparavant, il ne cherchait pas à aller au-delà des apparences. L'attitude d'Agathe-Marie durant l'insurrection de décembre, le soutien qu'elle lui avait témoigné, ses lettres lui avaient permis de tenir.

Il l'estimait et éprouvait pour elle de la tendresse.

Cela lui suffisait-il ? C'était une question qu'il ne souhaitait pas se poser.

28

La diligence les avait déposés au rocher d'Ongles et ils étaient montés à pied jusqu'à Saint-Pancrace. Les montagnes dans le lointain étaient noyées dans la brume. De gros nuages joufflus se poursuivaient dans le ciel très clair.

Le nez en l'air, Zacharie reconnaissait avec émotion son univers familier. Tout lui parlait, depuis les ânes dans les champs, les bâtisses en pierres sèches, les pierres posées sur les toits de tuiles, jusqu'à la route qui grimpait, lentement, par paliers, les moutons bruns, et les touffes de lavande sauvage.

À ses côtés, Nine suivait son pas rapide tout en s'efforçant de dissimuler son trouble. Elle appréhendait, en effet, ce premier contact avec la famille de l'homme qu'elle aimait. Dans ses lettres, Zacharie parlait souvent de Nine, sans préciser qu'il ne pouvait l'épouser. Comment recevrait-on la femme adultère ? se demandait Nine avec une angoisse grandissante.

Le paysage renforçait son sentiment de malaise. Ici, lui semblait-il, il fallait être fort et robuste, pour résister à cette terre de contrastes.

Zacharie lui avait montré en chemin des pierres éclatées sous les actions conjuguées du gel et du vent. Elle avait frissonné.

Zacharie désigna à Nine le bourg blotti autour de l'église au clocher quadrangulaire.

— Regarde ! Autrefois, tout Saint-Pancrace fleurait bon les herbes médicinales. Les passages couverts nous servaient de terrains de jeux.

— Tu ne regrettes pas ce temps-là ?

Il soutint son regard.

— J'aimais courir la montagne mais, en revanche, la tournée de plus de neuf mois… très peu pour moi !

Elle savait l'importance qu'il accordait aux réunions politiques, à Marseille. Les camarades de Zacharie se rencontraient de plus en plus souvent dans l'arrière-salle d'un cabaret, *Le Petit Café* de la place Saint-Ferréol. Ils y refaisaient généralement le monde, tout en étant de plus en plus critiques vis-à-vis du pouvoir impérial. Un mot d'ordre emprunté au journal *Le Peuple* courait sur toutes les lèvres : « Plus de couvents, plus de casernes et beaucoup d'écoles ! »

On estimait en effet à Marseille que les églises étaient beaucoup trop nombreuses et la construction de la Major comme celle de Notre-Dame-de-la-Garde n'avaient pas calmé le débat.

— Nous y voilà, fit Zacharie, désignant les maisons en pierres abritées sous leur toit à triple génoise.

Il entraîna Nine vers le bourg où il désirait lui montrer l'épicerie. Il sursauta en constatant que la devanture avait changé. Une pancarte annonçait une grande variété de produits, allant de la morue séchée au savon et aux clous.

Un carillon aigrelet tinta lorsqu'il ouvrit la porte. Si la boutique sentait toujours les herbes séchées, Agathe-Marie avait repoussé le grand comptoir en chêne. Ses sacs de jute se tenaient presque droits contre les murs couverts d'étagères. *Lentilles*, *Haricots secs*, *Pommes de terre*, indiquaient des écriteaux.

Il découvrit avec une surprise croissante des articles de mercerie – fils, rubans, boutons –, un pain de sucre, des boîtes de biscuits et des caissettes de fruits confits.

— C'est devenu une véritable caverne d'Ali Baba ! lança-t-il à l'adresse d'Agathe-Marie qui laissa tomber le paquet qu'elle tenait et se précipita vers son beau-fils.

— Zacharie, enfin !

Elle l'étreignit avec force avant de se tourner vers Nine.

— Pardonnez-moi, mademoiselle, il y a beaucoup trop longtemps que je n'ai pas revu Zacharie.

Celui-ci procéda aux présentations. Il avait pris l'habitude de dire « ma femme » à propos de Nine, ce qui coupait court aux supputations et autres regards entendus. Le moyen, en effet, d'expliquer sa situation ? Juridiquement, la jeune femme était toujours l'épouse d'Élie Lombard et vivait une relation adultère.

Agathe-Marie tendit la main à Nine.

— Soyez la bienvenue. Zacharie, ton père est allé livrer des plantes chez l'apothicaire de Forcalquier. Vous montez avec moi au Prieuré ? Je ferme l'épicerie.

— Et les jumeaux ?

— Ils distillent. Nous avons une grosse commande, il n'y a pas trop de temps à perdre. Vous les verrez ce soir au dîner. Parce que vous restez au Prieuré, n'est-ce pas ?

Nine hocha la tête. Cette femme qui portait avec élégance son âge déjà respectable lui plaisait. Zacharie sourit.

— L'air de Lure fera du bien à Nine. Elle s'étiole à Marseille dans sa librairie.

Il ne dit pas que la jeune femme avait fait une nouvelle fausse couche. La troisième depuis qu'ils vivaient ensemble. Elle l'avait si mal vécue que Zacharie avait décidé de l'emmener passer quelques jours à Saint-Pancrace.

M. Marqueys lui avait accordé sans barguigner une semaine de congé et Zacharie venait de quitter l'huilerie dans laquelle il travaillait. Toujours le même motif : on lui reprochait son activisme politique. Catalogué comme rouge, Zacharie Lombard inspirait de la crainte à nombre de patrons.

Nine, un peu lasse, se reposa quelques minutes à l'épicerie tandis que Zacharie aidait sa belle-mère à disposer les vantaux de bois par-dessus la vitrine. Tous trois sortirent par la porte de derrière.

— L'air de Lure…, fit remarquer Agathe-Marie en souriant. Mon père prétendait qu'il n'en était pas de meilleur au monde. Tu te rappelles, Zacharie ?

Quand tu avais eu ta fièvre typhoïde… après que la fièvre fut tombée, tu étais plus faible qu'un chaton. Je t'enveloppais de courtepointes et t'installais sur le balcon, pour que tu respires le bon air descendu de Lure…

Nine, attendrie, comprit tout de suite qu'une grande affection unissait Zacharie et Agathe-Marie.

— Parlez-moi de son enfance, la pria-t-elle, les yeux brillants. À l'en croire, sa vie n'est devenue intéressante que du jour où il s'est pris de passion pour la politique.

— Ah ! la politique…, répéta Agathe-Marie d'un ton indéfinissable. Notre famille lui a déjà payé un lourd tribut. Mais je présume que ce n'est pas terminé ?

Sans répondre, Zacharie saisit le bras de chacune des deux femmes et les entraîna vers le Prieuré.

— Il fait si bon… Demain, nous irons chercher des myrtilles et des framboises, annonça-t-il.

— Excellente idée !

Le soir, alors que toute la famille était réunie autour de la table recouverte d'une nappe damassée, Nine se sentit comme chez elle. Le père et les frères de Zacharie lui avaient réservé un bon accueil. Quant à sa belle-mère, elle avait déjà l'impression d'avoir trouvé en elle une amie.

« Quel contraste ! » pensa-t-elle, se souvenant, à son cœur défendant, de l'atmosphère pesante du Mas des Tilleuls.

Raphaël et Victor se distinguaient l'un de l'autre par leurs tailles et leurs attitudes différentes. Raphaël dépassait son jumeau d'une tête et paraissait être beaucoup plus à l'aise que lui en société. Victor jouait plutôt les ermites. Il raconta qu'il pouvait rester des heures dans une combe, à guetter le chant d'un bruant ou à observer le vol d'un papillon. Il donnait l'impression de se tenir un peu en retrait, à la différence de Raphaël qui aimait à occuper le devant de la scène.

L'un et l'autre avaient peu de points communs avec leur demi-frère.

Nine en fit la remarque à Zacharie alors que tous deux se promenaient en fin de soirée dans les jardins du Prieuré.

— Pourtant, nous avons été élevés de la même façon, répondit-il. Agathe-Marie m'a emmené au Prieuré alors que je devais avoir deux ans. Quand mon père et elle se sont mariés, je n'ai pas vu vraiment de différence. Je n'ai pas gardé de réel souvenir de Lilas, ma mère. Mon père m'emmenait chaque été à la bergerie qu'elle habitait, dans la forêt, mais je n'aimais pas l'entendre me parler d'elle. À chaque fois, il était si ému que cela me faisait peur.

Nine s'était sentie à l'aise face à Jean-Baptiste Lombard. Il en imposait pourtant, avec sa silhouette alourdie qu'il appuyait sur une canne, sa chevelure et sa barbe blanches, son regard bleu si semblable à celui de son aîné. Une autorité naturelle émanait de chacun de ses gestes mesurés. Tout en l'observant discrètement, Nine se dit qu'il ne ressemblait en rien à Élie, son demi-frère. Un frisson la parcourut. Quelle serait la réaction de leur hôte s'il apprenait la vérité la concernant ?

Elle ne parvenait pas à faire abstraction de cette question obsédante.

— Quel secret nous dissimulez-vous, Nine ?

Elle releva la tête, soutint le regard bienveillant d'Agathe-Marie.

Les deux femmes se tenaient dans la grande cuisine du Prieuré, où elles confectionnaient des tartes aux framboises.

Nine ne se lassait pas d'admirer les vastes proportions de la pièce, les murs chaulés de frais, la grande cheminée, son potager carrelé et ses braseros. Au-dessus de l'âtre, un avaloir évitait que la fumée ne se répande dans la cuisine.

Elle étala le pâton sur la planche farinée avant de répondre d'une voix mal assurée :

— De quel secret parlez-vous ?

Agathe-Marie lui sourit. Sous le bonnet de dentelle, ses cheveux étaient gris, désormais. Elle retroussa ses manches avant d'expliquer :

— Jean-Baptiste a aimé éperdument Lilas, sa première épouse. Moi, j'ai eu le rôle ingrat et je ne suis même pas certaine qu'il éprouve quelque affection pour moi. Aussi, croyez-moi, je sais reconnaître quelqu'un qui fait bonne figure tout en étant rongé par quelque tourment...

Elle laissa sa phrase en suspens, comme pour permettre à Nine de mieux s'en pénétrer.

La jeune femme soupira.

— Ne croyez surtout pas que je me sente coupable. Enfin... parfois mais, en conscience, il aurait fini par me tuer si j'étais restée au mas. Voilà...

Elle posa les mains bien à plat sur le plateau patiné de la table.

— J'ai été mariée à Élie Lombard, le demi-frère de Jean-Baptiste, lâcha-t-elle d'un trait. J'ai fini par m'enfuir à Marseille où j'ai rencontré Zacharie.

Elle jeta un regard chargé de défi à Agathe-Marie.

« C'est ainsi et ne comptez pas sur moi pour battre ma coulpe ! » signifiait ce regard.

Cette attitude ne pouvait que plaire à Agathe-Marie. Sans réfléchir, elle tendit la main à Nine.

— Du moment que vous vous aimez, Zacharie et vous, le reste n'a pas la moindre importance pour moi.

— Pour vous, peut-être mais… pour votre époux ?

— Il faudra lui laisser un peu de temps, admit Agathe-Marie.

Elle reprit aussitôt après :

— Vous connaissez donc le fameux Mas des Tilleuls ? Si j'en crois Jean-Baptiste, c'est le paradis perdu !

Nine frissonna.

— En toute franchise, j'en garde un souvenir épouvantable.

— La vie est étrange…, murmura Agathe-Marie d'une voix lointaine. Durant tant d'années, je me suis persuadée qu'il ne pourrait jamais m'aimer à cause de Lilas. Et, finalement, je crois que c'est à cause de cette terre, là-haut, dans les Baronnies, et d'une quadruple allée de tilleuls…

Nine ne souffla mot. Elle se contenta de serrer, fort, l'épaule de l'épicière.

À cet instant, elle se sentait étonnamment proche d'elle.

29

1869

De la table-bureau à la fenêtre, Nine avait compté six pas. Six pas qu'elle avait multipliés durant ses nombreux allers et retours.

Elle jeta un coup d'œil exaspéré à la pendule qui indiquait dix heures. Décidément, Zacharie n'était pas raisonnable !

Jetant un châle sur ses épaules, elle quitta leur appartement de la rue Fontaine-Saint-Laurent et marcha à pas précipités vers la rue Molière.

Depuis plusieurs semaines, Zacharie retrouvait là-bas, au *Café de la Renaissance*, tous ceux qui appelaient de leurs vœux une nouvelle révolution. Étudiants, ouvriers, artisans, journalistes, avocats s'y donnaient rendez-vous afin de se tenir informés des derniers événements et d'élaborer des stratégies.

Cela faisait peur à Nine, bien qu'elle refusât de l'avouer. Il n'était pas question en effet pour elle de peser de quelque façon sur Zacharie en lui interdisant de fréquenter ses amis. Elle le respectait trop pour agir ainsi.

La nuit était douce à Marseille. Nine s'émerveillait souvent d'avoir fait sienne cette ville, au point que son enfance à Buis lui paraissait désormais lointaine. Contrairement à certaines personnes qui prétendaient que Marseille était sale et ses habitants paresseux et vantards, Nine s'était tout de suite sentie chez elle dans la ville à l'atmosphère trépidante. C'était à Marseille qu'elle avait retrouvé le goût de vivre.

Elle aperçut les vitres du *Café de la Renaissance* et se blottit dans l'encoignure d'une porte cochère. Des quinquets brûlaient à l'intérieur de la salle enfumée au plafond bas. Zacharie devait se trouver parmi ces silhouettes qui devisaient en s'échauffant de temps à autre, devant un verre d'absinthe ou un café.

La main posée sur son ventre dans un geste instinctif de protection, elle songea qu'elle ne devait pas s'exclure elle-même de ce monde masculin. Si elle partageait les idées et les aspirations de Zacharie, la politique lui inspirait une certaine crainte. Pour avoir longuement discuté avec Agathe-Marie, elle savait que tout le département des Basses-Alpes avait été marqué à jamais par l'insurrection de décembre 1851 et sa répression cruelle, particulièrement injuste. Elle avait conscience du fait que Zacharie était déjà fiché, peut-être même épié par la police impériale, et s'en inquiétait. La vie de Jean-Baptiste avait été brisée par sa déportation. Il en avait gardé des accès de fièvre qui l'obligeaient à rester alité durant plusieurs jours, lui qui ne supportait pas l'inactivité. Si Zacharie devait subir le même genre de peine… Dieu juste ! Nine n'osait envisager cette idée.

De nouveau, elle posa la main sur son ventre. Après trois fausses couches, elle ne se résignait pas à être ce que Séraphine appelait d'un ton méprisant « un fruit sec », une femme stérile.

Elle crispa les mâchoires. Elle ne voulait pas évoquer Séraphine. Encore moins à présent, alors qu'elle avait un nouvel espoir.

Agathe-Marie, à qui elle s'était confiée, lui avait conseillé des herbes médicinales. Des tisanes d'aubépine et d'ortie, réputées pour revivifier le sang.

Elle lui avait surtout redonné confiance en lui recommandant d'aller consulter une sage-femme.

« Elles connaissent tout de nous, lui avait-elle expliqué. Souvent, elles sont plus savantes que les médecins pour tout ce qui concerne nos problèmes féminins. »

À Bettine, qui officiait place des Treize-Coins, Nine avait réussi à raconter ce qu'elle gardait par-devers elle depuis plus de quinze ans. Sa première fausse couche provoquée par les coups d'Élie. Son angoisse, à chaque nouvelle grossesse, que le cauchemar ne recommence. La certitude qu'elle devait être maudite… Bettine l'avait écoutée. Longtemps. Avant de dire : « Quel âge as-tu, ma belle ? Trente-deux ans ? Rien n'est perdu. Tu vas le faire bientôt, ce bébé dont tu te languis tant. »

Deux mois. Cela faisait deux mois qu'elle n'avait pas vu revenir ses règles. Et elle n'avait encore rien dit à Zacharie, de peur de lui donner une fausse joie. Elle esquissa un sourire en songeant à Zacharie et à l'amour qui les unissait.

Elle fit demi-tour et regagna leur appartement à pas lents. Des enfants jouaient encore à saute-ruisseau au-dessus du caniveau dans lequel se déversaient les eaux sales. C'était si injuste, pensa Nine. Tant de misère, d'ignorance, alors que, chaque été, des épidémies de fièvre typhoïde frappaient les habitants des quartiers les plus déshérités. Elle comprenait et soutenait le combat de Zacharie et de ses amis, tout en se demandant si le pays était prêt à les suivre.

Rentrée chez eux, elle s'assit à la table-bureau et reprit le texte qu'elle avait commencé depuis une semaine.

L'écriture lui permettait de se libérer du passé. Elle avait commencé par des poèmes en provençal, puis écrit des nouvelles, se déroulant entre les Baronnies et Marseille. M. Marqueys, consulté, lui avait conseillé de les envoyer à Alphonse Daudet.

Elle n'osait pas, de crainte de l'importuner.

« Cela n'en vaut pas la peine », disait-elle en souriant.

Comment, en effet, aurait-elle pu comparer ses écrits à ceux des auteurs qu'elle admirait tant ? Pour elle, il s'agissait d'une détente, d'un plaisir.

Elle n'allait pas chercher plus loin.

1870

Soucieux, Zacharie contemplait sans vraiment la voir la pâte à savon qui bouillonnait comme de la lave. Depuis la veille au soir, Nine, d'habitude si vaillante, était d'humeur chagrine. Lasse, elle se traînait dans l'appartement sans parvenir à trouver une position lui permettant de se reposer. Sa délivrance était imminente et Zacharie aurait voulu rester à ses côtés. Elle s'y était opposée. « Va vite à ton travail ! Je suis tout à fait capable de me débrouiller. Maria m'a promis d'aller chercher Bettine dès que le moment sera venu. »

Il avait cédé, parce qu'il savait qu'ils auraient besoin d'argent dans les mois à venir. Nine ne travaillait plus depuis deux mois. Bettine le lui avait interdit, il y avait trop de risques pour le bébé. Si M. Marqueys lui avait affirmé qu'il comprenait la situation, Nine n'était pas certaine pour autant de retrouver sa place à la librairie. Leurs revenus avaient diminué en conséquence, d'autant que les Savonneries Marseillaises traversaient une crise. Pour le moment, Zacharie avait réussi à garder son emploi. Ce qui ne l'empêchait pas, bien au contraire, d'écrire des articles fustigeant les conditions de travail dans les entreprises marseillaises. Une rivalité sévère opposait les savonneries depuis plusieurs décennies. Zacharie savait que les méthodes de saponification avaient profondément évolué depuis le XVIIIe siècle. À compter de 1826, les savonniers avaient tous utilisé de la soude artificielle. La concurrence, qu'elle vienne de Toulouse, de Rouen ou de Reims, suivant le modèle britannique, recourait à l'huile de palme, beaucoup moins onéreuse que l'huile d'olive. Cependant, l'huile de palme donnait un savon de couleur jaune, peu apprécié aussi bien des lavandières que des indienneurs. C'était un Marseillais, un certain Rougier, qui avait inventé en 1853 un procédé simple pour blanchir la couleur de l'huile de palme.

Zacharie était fier de son métier même si parfois, après douze heures passées dans la chaleur étouffante du bâtiment de préparation des lessives, il aurait tout donné pour courir la montagne de Lure...

Juché sur un madrier placé en travers d'un des énormes chaudrons de la salle – trois mètres vingt-cinq de diamètre sur trois mètres cinquante de profondeur –, Zacharie agitait le mélange d'huiles et de lessive avec un redable, une plaque de métal fixée au bout d'un long manche en bois. Il fallait supporter les vapeurs chaudes montant du magma visqueux qui évoquait pour Zacharie le cratère d'un volcan infernal. Il avait longuement bataillé avec le directeur pour obtenir, pour ses camarades et pour lui, la ceinture Darcet, une sécurité permettant de protéger l'ouvrier en cas de vertige ou de faux pas.

Les sourcils froncés, il se concentra sur sa tâche. Il n'avait qu'une hâte, rejoindre la femme qu'il aimait.

Une odeur indéfinissable flottait dans la chambre, pourtant propre et bien rangée. Haletante, les cheveux plaqués sur le crâne, Nine se mordait les lèvres pour ne pas hurler. Penchée au-dessus d'elle, Bettine lui massait le ventre avec une mixture de sa composition.

— Pousse, petite, pousse, lui recommanda-t-elle.

Elle se voulait confiante, même si les angoisses de Nine avaient fini par devenir les siennes. Les trois dernières semaines avaient été éprouvantes. Nine avait perdu le sommeil.

« J'ai peur », avouait-elle parfois, recroquevillée dans un fauteuil en osier que Zacharie avait déniché dans une foire à tout et décapé au savon de Marseille avant de le monter dans leur logement.

Deux petits coups frappés à la porte firent tressaillir Nine et Bettine. La sage-femme alla ouvrir après avoir consulté du regard sa parturiente. Elle découvrit sur le seuil une femme grande, d'un certain âge, qui paraissait un peu lasse mais se tenait bien droite. Elle avait posé à ses pieds un panier et un sac de voyage.

— Je suis la belle-mère de Nine, se présenta-t-elle après avoir salué Bettine. Puis-je entrer ?

À son retour, le soir, Zacharie s'étonna à peine de découvrir Agathe-Marie en train de confectionner un aigo-boulido dans la cuisine.

— Le bébé est né ! lui annonça-t-elle avec un large sourire.

Il courut vers la chambre, aperçut un bébé emmailloté blotti contre Nine. Même si la souffrance et la fatigue marquaient ses traits, elle rayonnait.

— Zacharie, mon chéri... notre fille est née.

— Un superbe bébé ! confirma Bettine.

Agathe-Marie et elle avaient eu peur lorsque Nine, à bout de forces, ne parvint plus à pousser. Agathe-Marie lui avait alors massé les reins alors que Bettine lui appuyait sur le bas-ventre dans le but de faciliter l'expulsion du bébé, tout en lui expliquant qu'elle apercevait ses cheveux. La délivrance s'était effectuée d'un coup, comme si Nine s'était autorisée, enfin, à devenir mère.

Zacharie, bouleversé, serra contre lui la femme qu'il aimait. Leurs larmes se mêlèrent.

— Il y avait si longtemps…, souffla Nine.

À cet instant, elle se sentit pleinement heureuse.

30

Mars 1871

Les jours rallongeaient, une période annonçant le printemps que, d'ordinaire, Nine appréciait tout particulièrement. Cette année-là, pourtant, tout était différent. La défaite de Sedan, la chute de l'Empire, le siège de Paris avaient provoqué agitation et troubles à Marseille.

Zacharie continuait de travailler à la savonnerie mais M. Marqueys avait mis la clef sous la porte et s'était réfugié dans sa campagne, au-dessus de Fuveau. Même si cela permettait à Nine de s'occuper à loisir de leur fille, la situation, si elle s'éternisait, risquait de devenir critique. Heureusement, Agathe-Marie et Jean-Baptiste leur envoyaient régulièrement de l'argent.

« Notre première petite-fille ! » s'extasiait Agathe-Marie, tombée sous le charme de Vermeille dès le premier jour.

Zacharie avait choisi ce prénom peu usité en hommage à la chanson *Le Temps des cerises* de Jean-

Baptiste Clément. Vermeille, comme les « pendants de corail qu'on cueille en rêvant ».

À près de dix mois, la petite fille, ravissante brunette aux yeux bleus, était particulièrement éveillée. Nine se retenait souvent de la dévorer de baisers. Lorsqu'elle disait « ma fille », elle rayonnait. Zacharie en était ému et fier.

Pourtant, son nouveau statut de père de famille ne l'avait pas incité à renoncer à la politique. Depuis 1868, il avait attaché ses pas à ceux de Gaston Crémieux, un jeune avocat surnommé par ses collègues l'Avocat des pauvres.

Crémieux avait créé à Marseille l'Association phocéenne de l'enseignement, de l'instruction et de l'éducation des deux sexes.

Comme Zacharie et nombre de leurs camarades, Crémieux estimait que l'accès à la connaissance constituait l'un des premiers pas vers l'égalité des chances. Une fois par semaine, Nine apprenait à lire et à écrire à des ouvrières de leur quartier. L'entraide était la règle parmi elles.

Une atmosphère étrange régnait à Marseille. La ville tout entière semblait être en attente. Crémieux inspirait parfois une certaine crainte à Nine. Non que l'avocat fût violent, c'était plutôt son intransigeance qui faisait peur à la jeune femme. L'un de ses discours, notamment, l'avait impressionnée.

« Nous sommes résolus à tous les sacrifices, et, si nous restons seuls, nous ferons appel à la révolution, à la révolution implacable et inexorable, à la révolution avec toutes ses haines, ses colères et ses fureurs patriotiques [...] », s'était-il enflammé.

On savait qu'il avait choisi comme prénom pour son troisième enfant celui de Robespierre. Une raison supplémentaire pour alarmer Nine. Zacharie souriait de ses appréhensions.

« Crémieux est le plus pacifique des hommes ! »

Il n'empêchait, Nine aurait voulu quitter Marseille, se réfugier à Saint-Pancrace. L'arrivée d'Agathe-Marie le jour de sa délivrance (l'épicière-droguiste avait pris la diligence des Alpes la veille de la pleine lune, persuadée que l'accouchement de Nine était imminent) avait encore resserré les liens entre les deux femmes. Agathe-Marie était restée plusieurs jours à Marseille.

Avant qu'elle ne parte pour Saint-Pancrace, Zacharie, bouleversé, l'avait serrée contre lui.

« Merci, merci. Tu as toujours été là pour moi.
– Toi aussi, mon grand, avait-elle répondu en redressant d'une chiquenaude son col de chemise. Te voici un respectable père de famille, désormais. »

Personne n'avait risqué une allusion à la situation de Nine, toujours mariée à Élie Lombard. Dans ses cauchemars, la jeune femme imaginait son époux venant réclamer ses droits sur sa fille. Zacharie avait bien reconnu Vermeille par un acte notarié mais cela ne rassurait pas Nine pour autant. Secouant la tête, comme pour chasser ses soucis, elle alla vérifier une nouvelle fois que Vermeille dormait toujours dans le petit lit que Zacharie lui avait confectionné et s'installa à sa table. Cette fois, elle était décidée, elle enverrait sa nouvelle à M. Daudet, chez son éditeur.

Mars 1871

Cette année-là, sa tournée manquait à Jean-Baptiste. La guerre l'avait dissuadé de partir et il savait que sa femme avait eu raison de lui conseiller de rester à Saint-Pancrace mais c'était plus fort que lui, il regrettait l'atmosphère chaleureuse des marchés et des cabarets. Il avait besoin de humer la poussière des chemins, il avait besoin de se sentir libre, plus encore depuis son emprisonnement à Toulon et sa déportation en Algérie. Agathe-Marie l'avait bien compris ; elle ne lui posait jamais de questions.

Au fil des années, elle lui était devenue indispensable. Il l'appelait « mon point d'attache » avec une tendresse bourrue. À soixante-trois ans, Jean-Baptiste aurait eu l'impression de devenir – enfin ! – un vieux monsieur raisonnable si le vent de la république ne lui avait pas tourneboulé la tête. L'Empire, ce régime haï, était tombé mais la victoire des Prussiens lui avait laissé un goût amer. Il s'était lancé de nouveau avec passion dans la politique, pour vite se rendre compte qu'il appartenait désormais au clan des vieux briscards.

Si l'on respectait son engagement, on considérait qu'il avait fait son temps. Et nombre de ses anciens camarades étaient soit disparus, soit devenus trop frileux pour le suivre. Dieu merci, Agathe-Marie lui faisait confiance.

« Mon cher, je sais qu'il vous faudra toujours combattre toute forme d'injustice, et vous avez mon soutien. Mais, de grâce, ne partez pas trop loin ! Je n'ai plus l'âge de vous suivre... »

Il l'aimait. Et s'étonnait encore que cette bourgeoise, cette héritière, l'ait accompagné, encouragé, tout au long de ses chemins de traverse. Lorsqu'il avait appris de leurs voisins comment elle avait tenu tête au vieux Sosthène, une bouffée de fierté l'avait envahi. Cependant, il ne lui en avait jamais parlé. Son père n'existait plus pour lui.

Par la suite, grâce à Nine, il avait su ce qu'il était advenu du vieux, s'étonnant de ne rien éprouver en prenant connaissance de sa mort. Ni haine, ni regrets, ni soulagement. Rien... le néant. Il avait alors compris que Sosthène était mort pour lui le jour où il était venu l'accabler d'insultes sur les pontons.

Un seul but l'animait. Reprendre possession du Mas des Tilleuls et le transmettre à ses fils.

22 mars 1871

Cette montagne de Lure, dont toute la famille prononçait le nom avec respect et émotion, avait toujours impressionné Nine. Elle descendit de la diligence. Vermeille pesait à son bras. Presque étonnée, la jeune femme reconnut la place de la Mairie, les ormeaux plantés en quinconces, les demeures serrées les unes contre les autres, ornées de portes rondes cintrées.

Elle ne s'inquiétait pas de l'accueil qu'on leur réserverait au Prieuré mais bel et bien de la situation à Marseille. Elle avait cédé à regret à l'insistance de

Zacharie et fini par accepter de se réfugier avec Vermeille à Saint-Pancrace mais se sentait déchirée.

Victor tenait l'épicerie. Il embrassa Nine et sa nièce avec chaleur.

— Mère ne va pas tarder, lui dit-il. Tu la connais… si elle reste une seule journée sans venir à la boutique, c'est la catastrophe !

Victor avait changé. Une barbe noire du plus bel effet accentuait par contraste la clarté de ses yeux. Il ressemblait à sa mère, plus que Raphaël, qui était un Lombard comme il le disait lui-même avec une pointe de fierté. Victor voulait tout savoir. La situation à Marseille, l'engagement de Zacharie… Et Crémieux ? Fréquentait-il l'Avocat des pauvres ? En répondant à ces questions, Nine mesurait combien sa belle-famille était restée marquée par l'esprit de 1851.

Elle le comprenait, naturellement, mais elle-même était trop jeune à l'époque pour s'intéresser à la politique.

Agathe-Marie arriva alors que Victor et Nine refaisaient le monde. Tout de suite, elle s'empressa, proposa de les emmener au Prieuré, s'extasia devant Vermeille.

— Jean-Baptiste va être si heureux de vous voir ! s'écria-t-elle. Il se languit de la petite, tu ne peux savoir à quel point.

Nine éprouva un pincement au cœur fugitif. Depuis qu'elle avait fui le Mas des Tilleuls, elle ne recevait plus de nouvelles que de sa sœur Clémence. Certes, elle imaginait que ses parents avaient dû subir la colère et les reproches d'Élie, mais elle aurait aimé qu'ils la soutiennent plus ouvertement.

Elle secoua la tête. Sa famille, désormais, c'étaient Zacharie et Vermeille.

Et les Lombard de Saint-Pancrace.

31

25 mars 1871

Marseille avait changé en l'espace de quatre jours. La ville frémissait, comme sous l'emprise de la fièvre. Partout, sur le port, sur le cours des Fleurs[1], on évoquait l'insurrection du 22 mars, cet assemblage hétéroclite de francs-tireurs, de garibaldiens, de gardes nationaux et de jeunes républicains pleins d'ardeur qui avait pris d'assaut la préfecture après la proclamation de Thiers, une véritable provocation.

Profondément ému, Zacharie marchait deux pas derrière Gaston Crémieux, qui répétait ses consignes. Surtout, pas d'effusion de sang ! L'Avocat des pauvres rêvait d'une république idéale et réprouvait tout recours à la violence. À ses côtés, Clovis Hugues, un jeune homme d'à peine vingt ans, ancien séminariste devenu journaliste, brandissait le drapeau rouge de la Commune.

---

1. Cours Saint-Louis, ainsi nommé en 1871, de façon temporaire.

Le lendemain, 23 mars, la préfecture était aux mains des insurgés, le préfet Cosnier fait prisonnier, la commission départementale constituée sous la présidence de Crémieux. Celle-ci comprenait douze membres et se voulait représentative des différents courants : les radicaux, l'Internationale, la Garde nationale ainsi que le conseil municipal.

Zacharie n'oublierait jamais la déclaration que Crémieux avait faite depuis le balcon de la préfecture. Le jeune avocat avait solennellement réaffirmé la solidarité de la Commune de Marseille avec la Commune de Paris, et appelé la population à maintenir l'ordre. Dans son discours, l'idée de réconciliation était toujours sous-jacente. Un idéal que ne partageaient pas certains extrémistes. Dans l'ambiance survoltée de Marseille, Zacharie s'efforçait de garder la tête froide. Combien de temps les insurgés pourraient-ils tenir ?

Il admirait profondément Crémieux, tout en pressentant que les communards ne le soutiendraient pas éternellement. On l'aurait souhaité plus sectaire, moins gentilhomme… Pour l'avoir côtoyé depuis plusieurs années, Zacharie le savait simplement humain. Il regagna à pas pressés son logement. Le chat Athos vint se frotter contre ses jambes en miaulant. « Je te le laisse », lui avait dit Nine, un sourire creusant une fossette dans sa joue droite. « À deux, vous ferez peut-être moins de sottises… » Elle était partie à regret, et seulement dans le but de mettre leur fille à l'abri. Il aurait voulu la rassurer, lui promettre que tout se passerait bien, et se sentait incapable de lui mentir. Il y avait trop longtemps qu'il attendait la république !

Il but un verre de vin de sureau, s'allongea sur le lit sans même prendre la peine de se dévêtir. Demain serait une longue journée.

Il faisait particulièrement beau en ce matin du 25 mars. Gaston Crémieux songea qu'il aurait aimé aller se promener sur la corniche en compagnie de son épouse, Noémie, et de leurs trois enfants. Très attaché à sa famille, l'avocat souffrait de ne pouvoir voir les siens aussi souvent qu'il l'aurait voulu. Il pressentait que le bras de fer avait commencé. Désormais, il souhaitait désespérément que d'autres villes rejoignent la Commune de Marseille. Il se rappelait trop bien les tragiques événements de 1851, quand les insurgés bas-alpins s'étaient retrouvés seuls à se révolter. Crémieux était alors âgé de quinze ans mais il n'avait rien oublié.

Animé d'une forte conscience politique, il avait créé à vingt et un ans le journal *L'Avenir*, ce qui lui avait valu la surveillance de la police, qui l'avait considéré dès cette époque comme un individu dangereux.

« Dangereux, Crémieux ? » s'interrogeait Zacharie. Il connaissait l'homme idéaliste et généreux, qui défendait gratuitement les plus pauvres depuis son inscription au barreau d'Aix-en-Provence, en 1857.

Il craignait, précisément, que les plus révolutionnaires ne cherchent à se débarrasser de Crémieux, jugé trop pacifiste. Ce dernier aurait alors besoin de tous ses fidèles.

En l'espace de quelques jours, Marseille s'était métamorphosée.

Le drapeau rouge – sujet de nombreuses querelles – flottait au-dessus de la préfecture depuis le 23 mars mais l'atmosphère bon enfant des premiers jours avait disparu, remplacée par des tensions et des menaces. Les Marseillais qui avaient d'abord soutenu les républicains s'inquiétaient des conséquences de la Commune. Le fameux drapeau rouge, surtout, choquait les catholiques. D'autant que les églises faisaient l'objet de pillages. On évoquait à mi-voix l'époque révolutionnaire, la peur montait.

Nine ne fut pas étonnée de découvrir leur logis vide. Elle connaissait suffisamment son Zacharie pour deviner qu'il se trouvait en première ligne, aux côtés de Crémieux à qui il vouait une admiration sans réserve.

C'était peut-être ce qui l'angoissait le plus car la ville bruissait de rumeurs.

On murmurait de plus en plus fort que Crémieux ne maîtrisait plus la situation et qu'il était tiraillé entre les modérés et les révolutionnaires. Il avait suffi à Nine de traverser une partie de la ville pour entendre ces récriminations.

Elle caressa Athos, ouvrit la fenêtre. Le lit n'était pas défait. Elle imaginait la nuit blanche passée à la préfecture pour échafauder une politique, une nouvelle stratégie.

Elle ramassa une chemise jetée à la hâte sur l'unique chaise paillée de leur chambre, y enfouit son visage. Zacharie lui manquait, avec une intensité douloureuse.

Elle avait quitté le Prieuré après avoir lu dans *Le Progrès du Var et des Basses-Alpes* que le mouvement se durcissait à Marseille. Depuis le début des événements, Agathe-Marie et Nine redoutaient de vivre une nouvelle répression sur le modèle de celle de 1851.

Jean-Baptiste ne disait rien, mais sa façon de crisper les poings était révélatrice.

Nine avait serré sa fille contre elle. « Je vous la confie », avait-elle dit à Agathe-Marie et celle-ci avait souri. « N'aie crainte. »

« Et maintenant ? » se dit-elle. Elle voulait retrouver Zacharie le plus vite possible. Elle devinait qu'elle ne parviendrait pas à le convaincre de retourner au Prieuré. Au moins, seraient-ils ensemble.

De loin, Zacharie paraissait las et soucieux. Jouant des coudes, Nine se fraya un chemin dans la foule des manifestants qui grossissait d'heure en heure. Zacharie s'entretenait avec un petit groupe. Elle attendit patiemment qu'il la voie à son tour.

Elle reconnut Crémieux, bel homme aux cheveux et à la barbe noire. Son regard désenchanté fit mal à Nine. N'était-il pas d'ordinaire passionné, prêt à combattre toutes les injustices ?

Zacharie fronça les sourcils en apercevant enfin Nine. Il marcha sur elle et l'entraîna à l'écart.

— Que fais-tu ici ? lui jeta-t-il d'un ton peu amène.

Refusant de se laisser impressionner, Nine lui tint tête.

— Je suis venue te rejoindre, lui dit-elle.

Elle lui décocha un regard chargé de défi.

Malgré la gravité du moment, Zacharie eut envie de sourire. Il la retrouvait telle qu'il l'aimait, rebelle, indomptable.

— Vermeille ? s'enquit-il.

— Elle est en sécurité au Prieuré, nourrie par une jolie chevrette blanche et par les bouillies d'Agathe-Marie.

Elle ne précisa pas que son lait s'était tari du jour où elle était arrivée à Saint-Pancrace.

— Je préfère que tu retournes chez nous, insista Zacharie.

Nine secoua la tête.

— Pas question, Zacharie Lombard ! Je reste à tes côtés.

On l'appelait depuis la tribune. Il dut s'éclipser après l'avoir enveloppée d'un regard indéfinissable.

« Je t'aime », signifiait ce regard mais aussi : « Comprends-moi, j'ai peur pour toi. »

Nine releva le menton.

À cet instant, l'un comme l'autre n'imaginaient pas que la situation à Marseille se dégraderait aussi rapidement.

32

30 mars 1871

— J'aime pas ça, marmonna Bettine, en resserrant son châle autour de ses épaules.

Venue saluer Nine avec qui elle avait noué des liens d'amitié, la sage-femme avait découvert les affiches couvrant les murs de la ville. Le commandant en chef de l'armée, le général Espivent de la Ville-boisnet, annonçait par ce biais qu'il avait déclaré le département des Bouches-du-Rhône en état de siège. Or, les sympathies versaillaises d'Espivent n'étaient un secret pour personne.

— Tout a basculé à cause des trois Parisiens, renchérit Nine.

Landeck, May et Amouroux étaient des émissaires de la Commune de Paris. Arrivés à Marseille depuis le 28 mars, ils avaient contribué à alourdir un climat déjà détestable. Ceux qu'on surnommait le Trio infernal avaient en effet pour mission de remettre de l'ordre à Marseille, Paris estimant que le mouvement manquait d'unité et de fermeté.

Gaston Crémieux avait beau se démener, il était impossible de trouver un terrain d'entente entre les élus municipaux et les membres de la Commission départementale. On butait sur deux pierres d'achoppement, la libération des prisonniers, au nombre desquels on comptait notamment le préfet Cosnier et le général Ollivier, et le retrait du drapeau rouge. Or, dès que le Trio infernal prit les choses en main, la situation s'aggrava. Landeck tint à garder les otages, proféra des menaces. Selon lui, Crémieux était incapable de faire exécuter ses ordres. L'Avocat des pauvres avait le tort d'être trop humaniste comparé à des personnages rigides comme Landeck.

Maria, la voisine de Nine, rejoignit les deux femmes devant le lavoir, en bas de la rue Fontaine-Saint-Laurent.

— Ils ont retiré le drapeau rouge de la préfecture ! annonça-t-elle.

Bettine se signa.

— Doux Jésus ! Tout va s'arranger alors !

Maria fit la moue.

— Ils l'ont remplacé par un drapeau noir ! M. Doux, qui tient le café du coin, m'a expliqué que c'était encore pire. Une sorte de provocation.

Nine ne dit rien. Elle pensait à Zacharie, qui ne quittait pas Crémieux, et à leur fille. Elle avait peur.

Le soir, quand Zacharie rejoignit enfin leur logis, elle s'affola en remarquant son visage émacié et ses yeux profondément cernés.

— Nous nous battrons jusqu'au bout, bien sûr, lui dit-il avec lassitude, mais j'ai bien peur que notre rêve ne soit brisé.

— Nous ? répéta Nine, la bouche sèche.

Zacharie la fixa.

— M'imaginerais-tu abandonnant Crémieux ? Ce sera la débandade d'ici peu, le peuple lui-même nous tournera le dos ! Tout cela à cause de ces trois Parisiens ! La peur gagne. Hier, les petits épargnants sont allés retirer leurs économies de la Société marseillaise de la rue Paradis. Les pillages augmentent, on a même saccagé l'appartement du marquis de Barthélémy, un des chefs du parti légitimiste, et empoisonné son chien. Les fonctionnaires désertent leurs postes, la ville est pratiquement paralysée.

Elle tendit la main vers lui.

— Il est encore temps de quitter Marseille… Vermeille nous attend à Saint-Pancrace.

Cette fois, le regard de Zacharie se chargea de mépris.

— Fuir ? Tu me connais bien mal ! Je suis trop vieux pour renier le combat de toute une vie et, de toute manière, cela ne me viendrait jamais à l'esprit ! Pars, toi, je préférerais te savoir à l'abri. Tu n'aurais jamais dû revenir d'ailleurs. À cause de toi, je ne peux me consacrer totalement à notre cause.

Blessée, Nine se raidit pour ne pas se laisser submerger par l'émotion. Pas question d'éclater en sanglots devant cet inconnu qui n'était pas le Zacharie qu'elle aimait !

— Je ne partirai pas sans toi, déclara-t-elle gravement. Nous ne sommes pas mariés mais je t'aime, Zacharie, jusqu'à ce que la mort nous sépare.

Une ombre voila son regard. Il la serra contre lui

avec emportement avant de la laisser aller avec lassitude.

— Je dois retourner là-bas, Nine. Promets-moi…

Il s'interrompit, lui prit les lèvres, passionnément. Elle ne dit rien. Les yeux pleins de larmes, le cœur déchiré, elle le regarda jeter dans sa besace l'exemplaire des *Contemplations* de Victor Hugo dont il ne se séparait jamais. Il franchit le seuil de leur chambre sans se retourner.

Nine effleura ses lèvres du bout des doigts.

Le baiser de Zacharie avait un goût d'adieu.

4 avril 1871

Dès les premiers coups de canon, Nine avait compris qu'Espivent était passé à l'attaque. C'était fatal, pensa-t-elle. Les jeux étaient faits depuis le 31 mars, quand Landeck avait prononcé la dissolution du Conseil municipal et fixé la date des élections au 5 avril. Crémieux, qui s'était entremis afin d'éviter tout recours à la violence, avait peu à peu été évincé par le Trio infernal parisien. Écarté, il redoutait quelque coup de force et s'en était ouvert à Zacharie. Les deux hommes avaient le sentiment que leur rêve leur avait échappé. Les Marseillais, effrayés par l'anticléricalisme affiché des Parisiens, ne savaient plus très bien où allaient leurs préférences. Les légitimistes, en effet, avaient beau jeu, dans de telles circonstances, de prédire les pires catastrophes ! La ville, apeurée, faisait le dos rond. Et, quand les bombardements commencèrent, Nine ne s'en étonna même pas. Elle pressentait que cela se terminerait ainsi depuis que, la veille, Landeck avait rappelé mille cinq cents gardes.

Espivent ne calerait pas. Et il avait avec lui plus de six mille hommes et, surtout, vingt-quatre pièces de canons.

Elle courut chez Bettine, dont le fils se trouvait parmi les insurgés, à la préfecture.

— Viens avec moi ! lui cria-t-elle.

Elle avait peur, horriblement peur. Et l'impression que, quoi qu'elle fasse, elle ne parviendrait pas à sauver Zacharie du piège où il s'était laissé prendre.

Les canons bombardaient sans relâche les rues menant à la préfecture depuis Notre-Dame-de-la-Garde. Espivent avait donné ses ordres. Et les Marseillais, atterrés, songeaient à Crémieux qui prédisait un véritable massacre depuis plusieurs jours.

— Comment veux-tu les retrouver dans cette pagaïe ? cria Bettine afin de couvrir le bruit des tirs et de la canonnade.

Nine secoua la tête.

— Sauve-toi si tu le souhaites. Moi, j'y vais !

Bettine posa la main sur son poignet.

— N'oublie pas votre fille.

Tout au long de la journée, cette simple phrase obséda Nine.

Vermeille se trouvait au Prieuré en sécurité, certes, mais elle avait besoin de son père et de sa mère. Cependant, Nine ne pouvait pas ne pas chercher Zacharie.

Il semblait y avoir des soldats partout. Ils tiraient depuis les fenêtres et les toits, place Castellane, sur le cours Bonaparte, le cours du Chapitre, rue Breteuil... On racontait que le chef de gare, M. Roy, avait été fusillé sous prétexte de complicité avec les garibaldiens.

Nine, malgré ses efforts, ne put parvenir à la préfecture. Bettine et elle aidèrent à l'évacuation des blessés. Beaucoup avaient été atteints par des éclats d'obus. Des vieillards, des enfants gisaient sur les pavés. Les hommes jeunes continuaient de se battre pour défendre la préfecture. Derrière le rideau de fumée, Nine ne discernait pas grand-chose. Elle crispa les doigts sur l'épaule d'une femme qui gémissait à ses côtés. Son enfant était touché.

— Ça saigne beaucoup mais il s'en sortira, lui assura Bettine.

La femme pleurait.

— Un garçon qui n'a pas huit ans... Comment a-t-on pu tirer sur lui ?

Elle brandit le poing en direction des soldats qui prenaient le cours du Chapitre en enfilade sous leurs tirs.

— Ces maudits ! Ils n'ont rien compris !

Oui, songea Nine, ils n'avaient rien compris au rêve des Marseillais. Jeter les bases d'une vraie démocratie, sans sombrer pour autant dans la violence. Landeck d'abord, par son intransigeance, puis Espivent, réputé haïr les Marseillais, avaient tout gâché.

Les tirs se concentraient désormais sur la préfecture. On avait fait courir le bruit que les otages avaient été exécutés la veille, afin d'attiser la haine des soldats. Nine était persuadée qu'il n'en était rien.

Zacharie n'aurait jamais permis pareille ignominie ou aurait quitté séance tenante les rangs des insurgés.

Un homme barbu, les cheveux longs, s'arrêta à hauteur de Bettine.

— C'est Notre-Dame-de-la-Bombarde désormais ! lança-t-il en désignant la colline de Notre-Dame-de-la-Garde d'où partait une canonnade nourrie.

Bettine se signa.

— Le Ciel ait pitié de nous ! S'ils gagnent la partie, la répression sera terrible.

Nine hocha lentement la tête.

Elle savait que le rêve de la Commune de Marseille était d'ores et déjà condamné. Une seule chose lui importait, sauver Zacharie.

La nuit enveloppa lentement la ville. Les tirs cessèrent peu à peu et Nine se reprit à espérer. Et puis, elle entendit comme un grondement qui se rapprochait, d'autant plus alarmant que l'obscurité ne permettait pas de déterminer ce qui se passait. Bettine et elle se plaquèrent contre une porte cochère.

— Les marins ! souffla Bettine.

Elle savait, comme la plupart des Marseillais, que deux navires de guerre, *La Magnanime* et *La Couronne*, avaient fait route sur la ville.

Blotties dans leur refuge, elles virent passer les colonnes de marins. À la lueur des flambeaux, leurs visages étaient de pierre, leurs regards déterminés.

Nine se mit à trembler.

« Ils vont me le tuer ! » pensa-t-elle.

Elle se lança à la suite de la dernière colonne. Ses pieds chaussés d'espadrilles de corde ne faisaient pas de bruit sur les pavés. De loin, on aurait pu croire que la préfecture avait été désertée. Une atmosphère de plomb empoisonnait la ville. Tout le monde attendait un miracle. Quand les marins donnèrent l'assaut, Nine sut que tout était fini. Les insurgés ne pouvaient pas résister au déluge de mitraille qui s'abattait sur eux.

Serrant les poings, elle scruta la nuit déchirée par les flammes. Zacharie était quelque part dans cet enfer, et elle le trouverait.

Ou bien elle mourrait.

33

Avril 1871

La roue gauche de la brouette grinçait sur les pavés, accentuant la panique de Nine.

« Je peux y arriver », se répétait-elle, en se raidissant. Il lui semblait qu'elle n'oublierait jamais cette nuit du 5 avril, pas plus que la journée du 6, durant laquelle elle avait parcouru les alentours de la préfecture, à la recherche de l'homme qu'elle aimait. Le bâtiment avait été pris par les marins un peu avant minuit. On avait alors découvert que les otages étaient en vie. En revanche, des dizaines de cadavres d'hommes jeunes jonchaient les parquets de la préfecture. Hagarde, Nine avait réussi à franchir le barrage des marins et avait couru d'un corps à l'autre, en priant pour que Zacharie ait été épargné.

Le fils de Bettine comptait au nombre des blessés. Les deux femmes avaient voulu l'emmener, en vain. Un officier les en avait empêchées en les menaçant de son sabre. Hors de lui, il les avait insultées, hurlant que tous les communards devaient être passés par les armes. Vaincue, Bettine avait tourné les talons. Nine, elle, avait continué à batailler pied à pied, jusqu'à ce qu'un marin pose la main sur son bras.

« Madame, vous devriez rentrer chez vous, lui avait-il soufflé. Il est capable de vous faire fusiller. »

Elle s'était alors souvenue de la phrase prononcée par Bettine, la veille ou l'avant-veille, elle ne savait plus.

« N'oublie pas votre fille. »

Il fallait qu'elle vive. Pour Vermeille. Et pour Zacharie.

Elle ne s'était pas mêlée aux Marseillais qui, à midi, avaient applaudi Espivent et ses troupes. Plusieurs huées lui avaient redonné du courage. Dieu merci, toute la ville n'avait pas retourné sa veste !

De retour chez eux, elle s'était changée, débarbouillée, avait passé ses habits du dimanche qui la faisaient ressembler à une bourgeoise. À ce prix, elle pourrait se faufiler un peu partout. Elle était allée au *Café de la Renaissance* demander discrètement si quelqu'un avait vu Zacharie. Le garçon lui avait fait comprendre que la rue Molière était surveillée. Il lui avait cependant glissé : « Allez voir du côté du cimetière Saint-Pierre. »

Nine était allée se recueillir à la toute récente église Saint-Vincent-de-Paul que les Marseillais continuaient à appeler l'église des Réformés afin de brouiller les pistes si elle avait été suivie.

Elle marchait vite, et s'efforçait de ne pas imaginer le pire. Crémieux n'avait pas été retrouvé. En toute logique, Zacharie, qui l'admirait tant, devait s'être attaché à ses pas.

Parvenue devant l'entrée du cimetière, elle marqua une hésitation. Qui aurait pu avoir l'idée de se réfugier ici ? Pourtant, au-delà des grilles, elle apercevait des pins, des allées, évoquant un endroit paisible et pourquoi pas ? une cachette.

De toute manière, elle n'avait pas le choix !

Résolue, elle franchit les grilles et se dirigea vers le logement du gardien. Elle remarqua tout de suite son trouble. Cet homme-là avait peur. Il jetait sans cesse des coups d'œil furtifs par-dessus son épaule comme s'il s'était attendu à voir surgir Espivent en personne !

Nine se présenta comme l'épouse de Zacharie.

— Je m'en remets à vous, monsieur, lui dit-elle simplement. Si vous désirez me dénoncer aux soldats, libre à vous. Je cherche mon mari, c'est tout ce qui compte pour moi.

— Je ne le connais pas ! se défendit trop vite le gardien.

Elle aurait volontiers trépigné d'impatience. Ne pouvait-il comprendre que le temps pressait ? Les hommes d'Espivent traquaient les sympathisants et les acteurs de la Commune de Marseille. Ils pouvaient arriver d'un instant à l'autre.

— Je vous en supplie, insista Nine. Ils ont déjà tué tant de jeunes hommes, à la préfecture...

L'homme opina du chef. Se décidant soudain, il l'entraîna vers un local adjacent à son logis.

— Pas un mot, surtout ! lui recommanda-t-il.

Elle eut l'impression que son cœur s'arrêtait en découvrant les deux corps allongés sur une table nue. Tous deux portaient la barbe. L'un était d'une pâleur cadavérique, comme les morts qu'elle avait entrevus à l'intérieur de la préfecture. L'autre… Dieu juste ! Elle venait de reconnaître le pantalon de velours et les souliers de son homme, qu'elle appelait « les increvables », achetés dix ans auparavant à Beaucaire. Elle s'élança.

— Zach, mon chéri…

Elle frémit en sentant son pouls battre faiblement. Il avait une blessure au côté droit par laquelle le sang coulait.

— C'est lui, mon mari. Avez-vous de quoi le soigner ?

Le gardien haussa les épaules.

— Je vais vous chercher un peu de gnôle.

Déjà, Nine déchirait son jupon d'un coup sec pour en faire un bandage. Elle versa de l'alcool sur la plaie, ce qui eut pour effet de ranimer Zacharie. Il ouvrit les yeux, la découvrit penchée au-dessus de lui.

— Nine ! C'est bien toi ?

— Chut ! fit-elle en posant un baiser sur ses lèvres. Nous rentrons à la maison.

Il tenta de protester, mais il était si faible qu'il s'évanouit de nouveau.

Nine se retourna vers le gardien.

— Pouvez-vous m'aider ?

— Les soldats et les marins sont partout. C'est un vrai miracle s'ils ne sont pas encore venus inspecter le cimetière.

— Je refuse de laisser mon mari ici.

Elle réfléchit quelques instants, sourit.

— Il suffit de me dénicher une brouette.

La roue gauche grinçait de plus en plus fort. On n'entendait qu'elle, semblait-il et, sous le soleil déjà chaud d'avril, Nine sentait la sueur ruisseler le long de son dos. L'aide du gardien lui avait été précieuse pour porter Zacharie dans la brouette du fossoyeur. Ils avaient posé sur lui des sacs en toile de jute.

« Allez-y, ma petite dame, et que le Seigneur vous assiste », lui avait-il dit.

Pour faire bonne mesure, il avait renversé de la gnôle sur les vêtements de Zacharie.

En quittant le cimetière, Nine avait remarqué une femme à l'allure étrange descendant d'un fiacre. Elle se dirigeait vers le cimetière israélite qui jouxtait le cimetière Saint-Pierre. Leurs regards s'étaient croisés. La femme avait jeté un coup d'œil au visage de Zacharie avant de se détourner. Nine en avait gardé un sentiment de malaise diffus.

Elle s'arc-bouta pour réussir à gravir une rue pentue que Zacharie et elles surnommaient la Grimpette. Elle choisissait de préférence les rues étroites du vieux Marseille, espérant ainsi échapper à la vigilance des soldats qui, la baïonnette au fusil, effectuaient des rondes, toujours à la recherche des communards en fuite. La ville bruissait de rumeurs. On aurait déjà arrêté plus de cinq cents personnes. Plusieurs rédacteurs de journaux avaient été emprisonnés au fort Saint-Nicolas.

Nine avait compris qu'ils ne devaient pas regagner leur logis. Il lui fallait trouver un refuge chez une personne non compromise, ce qui excluait tous les collègues de Zacharie.

Parvenue en haut de la Grimpette, elle laissa errer son regard sur cette ville qu'elle aimait tant. Les commerces avaient rouvert leurs portes mais les visages demeuraient fermés. Dans nombre de familles, on déplorait un mort ou un blessé.

« Sybille, pensa alors Nine. Sybille pourra m'aider. » Elle reprit sa marche cahotante. Des soldats l'avaient déjà arrêtée, du côté de l'ancienne léproserie Saint-Lazare. Elle leur avait lancé : « Regardez l'état dans lequel mon époux s'est mis ! En quinze ans de mariage, je n'avais jamais vu ça ! Il a fêté la victoire jusqu'à rouler sous la table du cabaret. Et comme pas un fiacre n'accepte de nous prendre en charge, je n'ai trouvé qu'une brouette pour le ramener chez nous ! Sentez, messieurs, il pue l'eau-de-vie ! »

Les militaires riaient sous cape. Ils l'avaient laissée continuer son chemin. Le gardien avait eu la main lourde. Sous le soleil, l'odeur de gnôle était difficilement supportable.

Nine avait hâte d'atteindre la rue de Rome. Elle craignait qu'un gémissement n'échappe à Zacharie.

Parvenue sur la place de Rome, elle détourna la tête pour ne pas regarder du côté de la préfecture. Partout, on relevait des traces – vestiges de barricades, de trous d'obus – de la bataille du 4 avril.

Elle crispa les mâchoires. Elle avait retrouvé Zacharie mais elle imaginait qu'il leur faudrait du temps, beaucoup de temps, avant de se remettre des événements tragiques des derniers jours.

Elle pressa le pas en direction de la rue de Rome. Si Sybille n'était pas chez elle, Nine irait quérir

M. Marqueys. Elle n'avait personne d'autre à qui faire confiance.

Dans la brouette, Zacharie bougea et exhala une plainte sourde.

— Nous arrivons, lui dit-elle avec une infinie tendresse.

Quand Sybille se pencha à sa fenêtre, Nine ressentit brutalement la fatigue. Pourtant, elle savait qu'ils n'étaient pas encore saufs. Il fallait soigner Zacharie et, surtout, parvenir à quitter Marseille.

La ville passée sous le contrôle d'Espivent était devenue un piège mortel pour les communards.

34

Juin 1871

Chaque été, le parfum des tilleuls de l'allée exaspérait Élie Lombard. Trop fort, trop douceâtre, trop insidieux… Il savait par Séraphine que son demi-frère, le fils maudit comme elle l'appelait, était passionné par les tilleuls. On lui parlait encore de temps à autre de Jean-Baptiste, un « vrai Bonaventure », en vantant les vertus de sa mère et de sa famille maternelle. De quoi exacerber la rancœur d'Élie qui se rendait bien compte que Séraphine n'avait jamais été vraiment acceptée par les gens du pays. Lorsque sa mère était morte, deux ans auparavant, on ne s'était pas déplacé en masse pour l'accompagner au cimetière. Les derniers temps, Séraphine avait sombré dans une démence sénile. Elle ne se lavait plus, restait recluse dans sa chambre et proférait d'horribles jurons. Elle avait refusé la visite du prêtre et, de ce fait, avait été enterrée dans le carré réservé aux indigents et aux athées. Tout le pays en avait parlé pendant au moins six mois !

Élie s'était querellé avec le prêtre, l'abreuvant d'injures et de menaces, avant de jeter l'éponge.

« Après tout... ma mère ne croyait pas en votre Dieu, seulement en elle ! » avait-il conclu, en enfonçant son chapeau sur la tête.

La mort de Séraphine l'avait plus dérouté que peiné. S'étaient-ils vraiment aimés l'un et l'autre ? Elle avait vu en lui un moyen d'asseoir sa situation au Mas des Tilleuls et lui s'était habitué très vite à ce qu'elle lui passe ses caprices. Mais en fait ils avaient partagé peu de chose.

Il haussa les épaules. Il se sentait vieux depuis la mort de sa mère, malgré ses quarante-cinq ans. Peut-être parce qu'il se retrouvait seul désormais dans une bâtisse peuplée d'ombres. La silhouette de la petite chapelle de Nazareth se découpait au-dessus des arbres sur un ciel presque trop bleu.

Il héla Aglaé, la servante qu'il mettait dans son lit. La trentaine déjà fanée, cette fille de l'Assistance, dure à la peine, travaillait sans relâche sans jamais se plaindre.

— Dépêche-toi donc ! s'impatienta-t-il.

Aglaé leva vers lui un regard de chien battu. Élie lui décocha une bourrade qui manqua la faire trébucher.

— Espèce de maladroite ! hurla-t-il. Même pas capable de tenir debout !

Aglaé serra les dents pour retenir un gémissement de douleur. Élie ne remarqua pas l'éclat de haine qui passa dans ses yeux. L'instant d'après, elle avait abaissé ses paupières.

— Les cueilleurs sont arrivés ? s'enquit-il d'un ton rogue.

— Ils sont à l'ouvrage.

De nouveau, Élie haussa les épaules. Il ne s'occupait pas volontiers des tilleuls. Depuis la mort de son père, il ne cherchait plus à exercer les attributions du maître. Boire, vivre à sa guise lui suffisaient. Lorsqu'il regagnait sa chambre après avoir vidé plusieurs bouteilles et fait honneur à l'absinthe – qu'un compagnon de beuverie lui avait fait découvrir un jour à Mollans –, le fils cadet de Sosthène parvenait à oublier.

Celle qu'il maudissait depuis près de quinze ans, Alexandrine.

Sa garce d'épouse, dont il n'avait jamais retrouvé la trace.

Dès leur première excursion, Nine était tombée sous le charme de la montagne de Lure. La transparence de l'air, son piquant au petit matin, la richesse de la végétation l'avaient séduite. Comme les femmes de Saint-Pancrace l'avaient toujours fait avant elle, elle était partie cueillir des plantes, qu'elle avait appris à reconnaître grâce aux planches dessinées par Lilas. Elle savait désormais distinguer l'anémone hépatique, ainsi nommée car le dessous de ses feuilles était aussi violet que le foie, la buglosse et la vipérine, fausses bourraches, ou encore l'hysope.

Ses escapades dans la montagne lui avaient permis de se remettre des émotions vécues à Marseille. Elle se demandait encore parfois comment elle avait réussi à ramener Zacharie au Prieuré. Sybille les avait

recueillis, hébergés durant plusieurs jours. Un médecin de ses amis, venu soigner la blessure de Zacharie,
leur avait recommandé la prudence. Les militaires
d'Espivent étaient partout. Il fallait changer les pan-
sements deux fois par jour, faire boire le blessé, le
soutenir par une alimentation riche en viande car il
avait perdu beaucoup de sang. Quand Zacharie
s'était senti un peu mieux, ils étaient partis pour les
Basses-Alpes, où ils seraient en sécurité. Victor était
venu les chercher à La Treille, où Sybille les avait
conduits. Cette solidarité amicale et familiale avait
bouleversé la jeune femme. Tout au long du trajet,
elle s'était montrée enjouée afin de rassurer Vermeille
qui les regardait d'un air apeuré.

La petite fille caressait la main de Zacharie.

« Ma blessure n'est rien », répondait-il obstinément lorsqu'on lui demandait s'il ne souffrait pas
trop. Son regard filait, du côté de Marseille, où
étaient restés de nombreux camarades. Lorsqu'il
avait appris l'arrestation de son ami Gaston Crémieux, dans le cimetière Saint-Pierre duquel Nine
était parvenue à le tirer, Zacharie avait voulu se rendre aux autorités.

« Ils vont le fusiller, ils le considèrent comme un
homme dangereux », expliquait-il à Nine. Et elle,
obstinée, secouait la tête. « Te croiras-tu plus avancé
s'ils t'arrêtent à ton tour ? Tu dois rester libre, pour
mieux défendre tes amis. »

Elle avait compris en lisant la presse que la femme
étrange entrevue devant le cimetière était en fait Crémieux… déguisé. Elle avait bataillé ainsi durant plusieurs jours. Jusqu'à ce que Zacharie s'incline. Il avait

fini par admettre qu'il était trop faible pour être utile à quoi que ce soit. Tout comme son père, cependant, il parcourait tous les journaux, s'irritant à la perspective du procès de Crémieux et des seize autres inculpés.

— Regarde ! lança-t-il, jetant le quotidien sur la table.

Nine attira à elle le journal.

— Le procès débutera le 12 juin devant le premier conseil de guerre, dans la grande salle du tribunal correctionnel de police du palais de justice, lut-elle.

Elle frissonna. Elle ne pouvait s'empêcher de penser que Zacharie aurait pu se trouver parmi les accusés.

L'entrée de Jean-Baptiste dans le salon la fit sursauter. Le père de Zacharie apparaissait vieilli. La défaite contre les Prussiens et, surtout, les événements de Marseille l'avaient miné. Peut-être plus encore, l'incertitude quant au devenir du Mas des Tilleuls le rongeait. Il avait souvent posé des questions à Nine, au sujet de la grande allée de tilleuls, des moutons, de l'horloge de la salle… Cette horloge avait son histoire. Le grand-père Bonaventure avait fait venir de Franche-Comté le mécanisme et son balancier. Un menuisier de Buis avait fabriqué la caisse, ornée de feuilles de tilleul, avant d'y apposer ses initiales.

Elle lui répondait du mieux possible, tout en se raidissant contre ses propres souvenirs. Pour elle, le Mas des Tilleuls était un endroit où elle avait pensé mourir de désespoir.

Jean-Baptiste marcha d'un pas lourd jusqu'à son fauteuil, une grande chaise à bras garnie de serge de laine rouge incarnat, s'y carra avant de bourrer sa pipe. Il avait rapporté cette habitude d'Algérie et ne pouvait plus s'en passer.

« Ça trompe la faim », avait-il expliqué à Agathe-Marie, qui s'en étonnait.

— Agathe-Marie n'est pas encore rentrée ? demanda-t-il.

Nine retint Vermeille qui s'approchait un peu trop près de la pipe de son grand-père avant de répondre :

— Elle est allée à l'église.

Jean-Baptiste leva les yeux au ciel.

— Ma femme et ses bonnes œuvres !

Nine et Zacharie échangèrent un regard amusé. Jean-Baptiste aurait protesté haut et fort si on le lui avait fait remarquer mais il donnait l'impression d'être perdu dès qu'Agathe-Marie quittait le Prieuré.

« J'espère bien que nous deviendrons comme eux, lui avait confié Nine. Un vieux couple qui s'aime… »

Une ombre avait voilé son regard. Même si elle portait le même nom que Zacharie, elle n'était pas, et ne serait certainement jamais, son épouse.

Elle rêvait encore souvent d'Élie. Des rêves empreints de violence, durant lesquels elle tentait de lui échapper. Elle ne voulait pas penser à cet homme malfaisant.

Jean-Baptiste se tourna vers son fils aîné.

— J'ai vu maître Valas. Il te conseille de quitter Saint-Pancrace. Notre famille est fichée, tu t'en doutes. Je suis même surpris qu'on ne soit pas encore venu te chercher ici.

Il lui pesait de devoir s'adresser ainsi à Zacharie. Même s'il aimait tendrement Victor et Raphaël, le fils de Lilas demeurait son préféré. Tous deux partageaient le même idéal républicain, bien que Zacharie soit plus radical que lui.

Le père de Vermeille hocha la tête.

— Nous partirons dès demain.

Jean-Baptiste leva la main en signe d'apaisement.

— Je ne te chasse pas, mon fils, bien au contraire. Si tu veux, nous grimperons demain matin jusqu'à Notre-Dame de Lure.

— Il y a déjà longtemps que j'ai perdu la foi, répliqua Zacharie.

Un sourire teinté de mélancolie éclaira le visage de Jean-Baptiste.

— Ce n'est pas une question de foi. Notre-Dame de Lure, c'est différent. C'est là-haut que j'ai rencontré ta mère…

Nine s'était éclipsée, entraînant Vermeille vers l'office.

Les deux hommes gardèrent un silence prudent. Zacharie n'avait rien qui pût lui rappeler sa mère, seulement la voix de son père qui chavirait lorsqu'il évoquait Lilas. Tous deux étaient bien trop pudiques pour s'épancher. Jean-Baptiste toussota.

— Elle et moi, c'était… comme un orage qui nous aurait foudroyés en même temps. Les années ont passé, naturellement, mais… je n'ai jamais aimé comme j'ai aimé Lilas. Éperdument.

— Que faites-vous ici par ce beau temps ? Nine et Vermeille cueillent les framboises. Venez donc sous la treille ! Les jumeaux ne vont pas tarder.

La voix d'Agathe-Marie était enjouée. Avait-elle entendu la confidence de son père ? s'inquiéta Zacharie. Il lui jeta un coup d'œil discret.

Semblable à elle-même, elle ôtait les brides de son chapeau, le posait sur le dossier d'une chaise, soupirait d'aise.

— Il fait si bon au jardin ! Venez donc !

Zacharie se rapprocha d'elle, déposa un baiser léger sur sa joue.

— Nous, les Lombard, ne savons pas parler de nos sentiments. T'ai-je jamais dit, Gatoun, combien je t'aime ?

Les joues d'Agathe-Marie s'empourprèrent. Elle serra son beau-fils contre elle.

S'il sentit la larme qui mouillait sa joue, il n'en dit rien.

35

Zacharie avait oublié qu'il fallait du jarret pour grimper jusqu'à Notre-Dame de Lure. Son père était moins essoufflé que lui, malgré ses soixante-trois ans. Les deux hommes restaient silencieux. Le fils respectait la méditation du père. Il savait qu'ils avaient emprunté le chemin des souvenirs.

Il aimait la succession de végétation, garrigues, pins, chênes puis hêtres qui s'étageaient au fur et à mesure qu'ils progressaient vers l'ermitage.

Notre-Dame de Lure, fièrement plantée dans la combe, à laquelle on accédait sous une voûte de tilleuls, rappelait à Zacharie les pèlerinages auxquels, étant enfant, il avait accompagné Agathe-Marie.

Jean-Baptiste désigna de la main le noyer qui mesurait plus de quatre mètres de circonférence, situé à droite de l'esplanade :

— Ma tante Adrienne affirmait que cet arbre était le plus gros de France. Elle lisait beaucoup elle aussi et s'intéressait aux plantes. Des naturalistes sont déjà venus à l'épicerie pour me parler d'elle. C'était un personnage, tu peux me croire !

— Toutes les femmes de la famille sont des personnages, glissa Zacharie.

Il ne pardonnait pas à son père sa réserve à l'égard de Nine. Était-ce sa faute si elle était toujours mariée à cette brute d'Élie, son demi-frère ?

Zacharie aurait aimé en parler à son père. Il pressentait que Jean-Baptiste, en vieillissant, devenait de plus en plus amer. Son domaine tant aimé, ses racines lui manquaient. Pour Zacharie, c'était simple : Nine et Vermeille lui tenaient lieu de racines.

Sans hésiter, Jean-Baptiste obliqua vers la combe.

— La source de Morteiron a toujours alimenté le jas de Fine, indiqua-t-il.

Le sol était couvert d'aphyllanthes de Montpellier et de touffes basses de petit genêt d'Espagne. Le jaune et le bleu mêlés composaient un tableau bucolique.

— Ta mère appelait l'aphyllante le Pain de coucou, rappela Jean-Baptiste. J'ai longtemps cherché une explication. C'est très simple : les graines de cette plante, riches en gras, sont précieuses pour les oiseaux en automne, à l'époque des migrations.

Il ne prononçait jamais le nom de Lilas comme si c'eût été pour lui une épreuve insurmontable. Zacharie reconnut la silhouette trapue du jas, à l'appareillage de pierres sèches sous le toit de lauzes.

Jean-Baptiste reprit son souffle en s'appuyant sur l'épaule de son fils. Soixante-trois ans… misère ! Ce devait être à peu près l'âge de Sosthène lorsqu'il était venu l'insulter et le maudire de nouveau à Toulon.

— Tu vois, j'ai toujours voulu qu'il soit entretenu, reprit Jean-Baptiste. La cheminée tire bien, les placards sont remplis, et le revêtement de la citerne a été refait à neuf l'an passé. Les auges en bois sont en bon état, elles aussi. Vous serez à l'abri ici avec la petite.

Zacharie réprima un sourire. La solitude du jas de Fine contrastait tant avec l'animation de Marseille ! Et, cependant, si cela convenait à Nine, il ne serait pas fâché de s'installer là où Lilas avait passé sa prime jeunesse. Quand il évoquait sa mère, il imaginait une belle fille rebelle.

Curieusement, c'était Agathe-Marie qui lui avait le mieux parlé d'elle. « Elle donnait l'impression de n'avoir peur de rien ni de personne, lui avait-elle confié. Une chevrette entêtée et belle, si belle… Jean-Baptiste et elle formaient un couple de rêve. »

Il avait perçu la fêlure dans sa voix. Elle lui avait tapoté la main, comme pour lui recommander de ne pas prêter attention à son émotion. Il s'était alors senti encore plus proche d'elle.

Comme souvent dans la montagne, la porte du jas n'était pas fermée à clef. Il suffisait de la pousser pour découvrir la salle, avec ses meubles simples : table, banc, tabourets, bat-flanc, placard patinés par les ans.

— Voilà, fit Jean-Baptiste d'une drôle de voix enrouée.

Il revoyait Fine, assise les yeux mi-clos au coin de l'âtre, et Lilas, son amour, virevoltant dans la pièce.

Il tendit la main, comme pour attirer vers lui une ombre, la laissa retomber. Ses épaules s'affaissèrent.

— Voilà, répéta-t-il.

Et il tourna les talons.

Profondément ému, Zacharie lui emboîta le pas.

— Le gibier est abondant par ici, reprit Jean-Baptiste. Je ne sais ce que tu as l'intention de faire…

Son aîné soutint son regard.

— Écrire, naturellement, pour ne pas avoir l'impression d'avoir tout gâché. Nine et moi allons repartir de zéro. Nous sommes encore jeunes. Et puis, du moment que nous sommes ensemble avec notre fille…

— Ta mère avait un petit troupeau de chèvres. Le jas fait partie de ton héritage, mon fils. Tu en es propriétaire, désormais. Vous aurez de l'eau en quantité suffisante grâce à la source et à la citerne. C'est précieux ici ; tu sais comme moi que les sources sont rares dans la montagne. À présent… je redescends. Tu m'accompagnes ou tu préfères rester un peu ici ?

— Je reviens avec vous, père, bien sûr.

Zacharie réalisa soudain que, s'il tutoyait Agathe-Marie, il avait toujours vouvoyé son père. Il n'osa pas lui offrir son bras. Jean-Baptiste marchait d'un pas décidé, comme pour prouver qu'il n'avait rien perdu de son allant.

Il tendit soudain l'oreille.

— Écoute ! souffla-t-il en crochetant le bras de son fils.

C'était un bruant, assurément. Semblable à celui que Lilas avait apprivoisé. Elle connaissait tous les oiseaux de la montagne, toutes les plantes.

Elle était morte beaucoup trop tôt, et son fils allait habiter le jas de Fine.

— Tout est bien, murmura-t-il, si bas que Zacharie ne fut pas certain d'avoir bien compris.

— Tu es sûre de te plaire ici ?

Il y avait encore beaucoup à faire, se dit Nine, avant que le jas ne corresponde à une vraie maison, mais cela lui importait peu. Ils avaient laissé derrière eux à Marseille quelques meubles, un peu de linge. Lorsqu'ils avaient réussi à fuir la ville, ils n'avaient emporté que les habits de Vermeille, leurs vêtements de rechange et leurs livres préférés. L'essentiel, pour eux.

Vermeille était partie en exploration autour du jas. Nine se tourna vers Zacharie.

— Nous serons très bien ici, déclara-t-elle en se blottissant contre lui.

Du moment qu'ils étaient ensemble, elle était heureuse. Même si elle pensait de plus en plus souvent à Élie, comme si le statut de proscrit de Zacharie avait amplifié son sentiment d'insécurité.

— Tu as déjà trait une chèvre ? questionna-t-il tout à trac.

Nine éclata de rire.

— Bien sûr ! Mes parents avaient un troupeau, à Buis. Tu sais, je suis une fille de la campagne.

Elle n'évoquait pratiquement jamais son enfance. Zacharie savait qu'elle correspondait toujours avec sa sœur Clémence. Nine en parlait peu, comme si elle avait désiré édifier une barrière entre sa vie d'avant et celle qu'elle menait avec Zacharie et Vermeille. Il la comprenait. Lui-même n'avait pas envie de savoir. Plus par désir de protéger la femme qu'il aimait que par lâcheté.

Il prit une longue inspiration.

— Je vais écrire des articles. C'est à peu près tout ce que je sais faire.

Il avait été colporteur, ouvrier dans une savonnerie, journaliste. Et à quarante et un ans, se retrouvait sans emploi, sans revenus.

Nine lui caressa la joue, d'un geste empreint d'une tendresse infinie.

— Nous sommes tous les trois, mon amour.

Il n'avait pas besoin de lui dire à quel point l'échec de la Commune de Marseille l'avait marqué, ni son tourment de savoir Crémieux en si mauvaise posture. Tout cela, Nine le devinait. Elle partageait son engagement, et avait écrit plusieurs poèmes. Agathe-Marie, qui les avait lus, l'avait incitée à les envoyer à M. Daudet en donnant l'adresse du Prieuré.

Nine avait suivi cette suggestion et puis n'y avait plus songé.

Elle sourit à Zacharie.

— Allons ! Nous avons de l'ouvrage ! Mais cela ne nous a jamais fait peur, n'est-ce pas ?

Elle se tenait bien droite, le menton levé dans une attitude de défi. Elle était belle, pensa Zacharie en l'attirant contre lui, et il l'aimait.

Grâce à elle, pour elle, il avait de nouveau envie de se battre.

La cueillette du tilleul avait toujours été une période particulière, propice aux rapprochements. La chaleur, le parfum entêtant des fleurs qui attirait les abeilles en nombre, l'arrivée de jeunes gens descendus de la montagne pour se jucher, durant deux semaines, sur de grandes échelles contribuaient à créer une atmosphère de sensualité insidieuse. Échanges d'œillades, frôlements de doigts… des idylles fugaces se nouaient, le temps du tilleul.

Aglaé avait tout de suite remarqué le manège d'Aïda. Belle, certes, elle l'était, cette cueilleuse venue de Barcelonnette, et elle n'avait pas froid aux yeux. Vingt ans à peine, un regard de braise, une bouche aux lèvres pleines appelant les baisers, et un corps tout en courbes qu'elle dévoilait volontiers en dégrafant son corsage ou en retroussant son jupon. Il faisait si chaud… Et les cueilleurs d'opiner du chef en sentant leurs joues s'empourprer.

Aglaé n'avait pas été étonnée de constater que le maître, pour une fois, se mêlait aux saisonniers, allant même jusqu'à partager leurs repas. Dès le premier jour, elle avait deviné qu'il avait jeté son dévolu sur la belle fille aux dents pointues.

Aïda le regardait venir en souriant. Le maître portait déjà les stigmates de ses années de beuverie mais il avait du bien. Le plus gros propriétaire de la région, chuchotait-on. Les langues allaient bon train, dans le voisinage. « Il ne peut pas se marier », expliquait-on en rappelant l'existence de Nine, son épouse disparue. « C'est un homme mauvais », ajoutait-on.

Aglaé aurait pu en dire long à ce sujet. Elle seule, lui semblait-il, savait jusqu'où pouvait aller la cruauté du maître. Son corps couturé de cicatrices en attestait. Elle avait enfoui, loin dans sa mémoire, cette nuit horrible durant laquelle Séraphine l'avait avortée pendant que le maître la maintenait solidement.

Elle avait failli y rester, avait brûlé de fièvre une bonne semaine et cru mourir, sur sa paillasse. Les autres domestiques ne pouvaient pas ne pas avoir remarqué son absence mais personne n'avait posé de question. Aglaé sentait encore le goût de la lanière de cuir qu'Élie lui avait fourrée dans la bouche pour étouffer ses cris. Cet homme et sa mère étaient deux monstres. Elle aurait voulu prévenir Aïda, la mettre en garde, mais avait bien trop peur du maître pour s'y risquer.

De plus, quel crédit pouvait-elle accorder à cette fille ? Depuis des années, Aglaé, terrorisée, battue, s'efforçait de survivre en courbant le dos.

Pourtant, quand elle constata qu'Aïda semblait écouter les belles paroles d'Élie, elle se décida. Sa vie à elle était gâchée depuis longtemps mais elle pouvait encore sauver celles d'autres femmes.

36

Septembre 1871

Il faisait si bon que Victor ne pouvait se résoudre à fermer la porte de la boutique. Il en rêvait depuis si longtemps de son épicerie ! Contre l'avis de ses parents, il l'avait ouverte à Marseille, dans le quartier Saint-Louis.

« Notre nom risque de te causer des problèmes, mon garçon », l'avait mis en garde Jean-Baptiste.

Victor avait haussé les épaules. Il n'allait tout de même pas rester toute sa vie à Saint-Pancrace ! Il lui fallait l'animation, le brouhaha de la grande ville pour avoir le sentiment d'exister enfin. Plus mince, plus fragile que son jumeau, Victor avait besoin de se séparer de lui pour trouver sa place.

Il vendait de tout, à *L'Épicerie des Alpes*, mais surtout des plantes provenant de Lure. Il avait eu l'idée de composer des baumes aux noms évocateurs : *Baume pour des mains de soie*, *Crème sultane aux amandes*, *Eau de lys*, *Baume à la lavande*, *Baume à l'églantine…* Le bouche-à-oreille avait fonctionné, on s'arrachait les petits pots ronds entourés d'un mince fil doré.

À trente-quatre ans, Raphaël avait eu envie de découvrir d'autres horizons. Leur mère l'avait bien compris. Les jumeaux, marqués par l'arrestation de leur père, s'étaient longtemps réfugiés au Prieuré et dans la montagne comme pour se protéger du monde extérieur, forcément hostile. Le retour de Zacharie les avait en quelque sorte libérés. Ils pouvaient enfin quitter Saint-Pancrace, vivre leur vie sans se soucier de leurs parents. La politique ne les intéressait guère. Deux générations de Lombard aux prises avec la police impériale ou avec les Versaillais leur avaient suffi. Raphaël avait embarqué à bord d'un navire marchand faisant route vers l'île de La Réunion. Un voyage si lointain qu'Agathe-Marie en avait eu le tournis. Digne héritier d'une lignée d'herboristes, Raphaël avait emporté carnets, herbier et besace.

Victor caressa du plat de la main son comptoir, exacte réplique de celui de l'épicerie familiale à Saint-Pancrace. Pour l'instant, il se débrouillait sans commis mais, si son affaire se développait comme il l'espérait, il devrait bientôt embaucher. Il esquissa un sourire. Le beau temps lui permettrait d'aller se promener, après la fermeture de l'épicerie, jusqu'au parc Borély. Il espérait bien y revoir une jeune femme blonde aux yeux verts avec qui il avait échangé quelques mots la veille, dimanche.

Le carillon tinta. Deux clientes s'avancèrent vers le comptoir. Elles avaient entendu parler du *Baume à l'églantine* et désiraient s'en procurer. Victor s'empressa, leur proposa sa gamme de crèmes et d'onguents. En devisant avec ces femmes d'une trentaine d'années, il cerna mieux quel genre de produits elles recherchaient.

— Le soleil entraîne des dommages pour la peau, confia la plus âgée.

Elle portait pourtant un chapeau volumineux mais Victor savait que celui-ci n'était pas suffisant pour la protéger. Il pensa aussitôt à un baume à la rose et à la mauve.

Il avait déjà une idée pour le nom. *Le Baume pour une Dame Blonde.*

Octobre 1871

Les premières gelées avaient blanchi le sommet de Lure. Le matin, en se levant, Zacharie avait découvert un décor vaporeux, flouté par la brume. Les arbres se diluaient dans un halo laiteux.

Dieu merci, la cheminée tirait bien et, en laissant la porte de la chambre ouverte, ils ne souffraient pas du froid. Nine emmitouflait Vermeille qui riait beaucoup. Leur petite fille avait un chat, et un chien, un bâtard trois couleurs, blanc, noir et feu, qui la suivait partout. Lorsqu'elle s'aventurait un peu trop loin à son goût, il se plaçait devant elle, l'empêchant de poursuivre son chemin et poussant deux jappements brefs pour alerter Nine.

« Pirate est une vraie nounou », s'amusait Nine.

Son visage s'altéra en voyant que Zacharie passait, comme elle disait, « son habit passe-muraille ». Long manteau au col relevé, chapeau en castor, canne…

— Je ne te reconnais pas, murmura-t-elle.

Elle savait ce que cela voulait dire. Zacharie s'apprêtait à descendre à Apt, où il rencontrait d'anciens camarades. À chaque fois, elle redoutait qu'il ne soit arrêté. Elle n'avait rien oublié des tragiques événements de la Commune de Marseille.

— Sois prudent, Zacharie, lui recommanda-t-elle en se haussant sur la pointe des pieds pour l'embrasser.

Il prit son visage frémissant entre ses mains.

— Je te le promets, ma chérie. Ne t'inquiète pas. Veux-tu descendre au Prieuré ?

Elle secoua la tête.

— Je n'ai pas peur ici. Lilie a tous ses points de repère depuis qu'elle sait marcher. Et puis, je suis au calme pour écrire.

Elle n'aurait jamais imaginé recevoir une lettre d'Alphonse Daudet. Pourtant, il lui avait écrit au Prieuré, l'adresse qu'elle avait donnée, en signant « A. Lombard ». Il avait aimé ses nouvelles, lui en réclamait d'autres, et transmettait les premières à son ami Frédéric Mistral.

Incrédule, Nine avait attendu trois jours avant de se confier à Zacharie. La réaction de son compagnon ne l'avait pas déçue. Il avait demandé à lire ses textes et l'avait encouragée.

Tenant Vermeille – qui s'était rebaptisée elle-même Lilie – dans ses bras, Nine suivit, depuis le seuil du jas, la progression de Zacharie vers Notre-Dame de Lure. Elle savait qu'il ne se retournerait pas.

Dans la cohue du marché du samedi, la rencontre fortuite de deux bourgeois au fond d'un café aptésien n'avait rien de surprenant. Un soleil bravache éclairait les façades des maisons en bordure du Calavon. Zacharie soutint le regard de son camarade Gabriel qui venait de lui donner des nouvelles récentes de Gaston Crémieux.

— Depuis septembre, notre ami a sombré dans le désespoir. Le fait de savoir que la Cour de cassation avait rejeté tous les pourvois l'a anéanti.

— D'autant qu'il s'est toujours battu pour épargner la vie des otages.

— Ceux-ci ont témoigné en ce sens, le préfet Cosnier en tête. Crémieux est un idéaliste comme nous, pas un homme appliquant la terreur, et ce malgré l'admiration qu'il voue à Robespierre.

Zacharie hocha la tête.

— Je me demande d'ailleurs encore pourquoi Crémieux, Pélissier et Étienne ont été condamnés à mort. Landeck lui-même n'a-t-il pas reconnu qu'il avait pris les mesures qu'il croyait nécessaires et ce contre l'avis de Crémieux ?

Gabriel émit un petit sifflement.

— Landeck a réussi à se réfugier à Londres alors que Crémieux a été arrêté… dans le cimetière juif de Marseille, de surcroît. N'oublie pas qu'Espivent ne s'est pas caché de vouloir la tête de Crémieux. N'oublie pas aussi que notre ami est israélite, et d'une famille modeste. Pour des hommes comme Espivent, il est inconcevable que Crémieux ait pu se retrouver à la tête de la Commission départementale de Marseille. De plus, les propriétaires ne lui ont pas pardonné son intervention de février dernier, à Bordeaux, quand il a volé au secours de Garibaldi. Il s'est alors écrié : « Majorité rurale, honte de la France ! » Ce jour-là, notre ami Crémieux s'est retrouvé en quelque sorte l'homme à abattre.

— Pourtant, son épouse a reçu l'assurance de Thiers lui-même qu'il serait gracié.

— Oui, Thiers aurait dit à Mme Crémieux : « J'aime beaucoup votre diable de mari. Il est un peu trop poète, mais il a du bon sens et nous ferons quelque chose pour lui, aussitôt que ses cheveux auront blanchi. »

Gabriel fit la moue.

— Pour le crédit que nous pouvons accorder à Thiers, le fossoyeur de la Commune de Paris !

— Que faire, dans ce cas ?

Le camarade de Zacharie haussa les épaules.

— Prier ? L'un et l'autre sommes athées. Notre impuissance me fait enrager. Nous avons fait circuler une pétition que nous avons adressée à la Commission des grâces. Pour le reste… Il paraît que Crémieux se consacre à l'écriture d'une pièce de théâtre, *Robespierre ou le Neuf Thermidor*. Ses amis Pélissier et Étienne tentent de le convaincre qu'ils ne seront pas exécutés.

Zacharie serra les poings.

— Il a à peine trente-cinq ans, et trois enfants. Ce serait si… injuste.

— Du calme, Zach ! On nous écoute, à ta droite.

Il eut envie de répliquer qu'il s'en moquait bien, s'arrêta à temps. Nine ne le supporterait pas. Et Lilie… il désirait de toute son âme lui transmettre son amour de la poésie, des beaux textes, sa passion pour la justice sociale…

— Tu as raison, admit-il.

Il haïssait Espivent, Thiers et leurs sbires qui les pourchassaient comme du gibier. Il s'était attelé à la rédaction d'un pamphlet, tout en s'occupant de leur troupeau de chèvres et en herborisant. Cette vie proche de la nature l'apaisait, même s'il se demandait avec rage à quel moment ils pourraient retourner à Marseille, mener une vie normale sans se cacher. La Semaine sanglante de Paris et les exécutions de part et d'autre avaient provoqué en lui une foule de questions. Comme Gaston Crémieux, il aspirait à une république idéale, non violente. Clovis Hugues avait écrit un fort beau poème sur les jours sanglants d'avril :

> Salut, Commune ! Ô jours maudits !
> Contre toi, contre tes apôtres,
> Se dressèrent tous les bandits
> Qui mangent le pain blanc avec les autres.
> Lorsqu'ils t'eurent collée au mur,
> Foutriquet éclata de rire.
> On tira sur toi comme on tire
> Sur les moineaux, dans les blés mûrs.
> Salut, glorieuse martyre !

Il but d'un trait son verre d'absinthe, dont la couleur l'avait toujours fasciné. L'arôme d'herbe froissée et d'anis lui rappelait les parfums de la montagne. Il se leva.

— Tu m'écris ? demanda-t-il à Gabriel, avant de lui serrer la main.

L'un et l'autre espéraient encore que Crémieux échapperait à l'exécution.

Quelques jours plus tard, Jean-Baptiste grimpa au jas. Son visage était livide. Il venait d'apprendre que seuls Étienne et Pélissier avaient été graciés. La Commission des grâces avait rejeté le recours de Crémieux.

— C'est fini, déclara-t-il d'une voix lasse.

Assis à la table, il reprenait son souffle.

— J'étais si furieux que je suis parti à pied, sans même prévenir Agathe-Marie. Refuser la grâce de Crémieux... le marquis de Barthélémy lui-même, qu'on ne peut pas accuser de soutenir notre homme, est scandalisé.

Zacharie ne soufflait mot. Il revoyait les jours de mars passés à la préfecture en compagnie de Crémieux, l'entendait encore défendre la cause des prisonniers.

Il crispa les poings.

— Je vais à Marseille, décida-t-il.

Jean-Baptiste posa la main sur son épaule.

— Réfléchis, mon fils. J'ai perdu plusieurs années de ma vie sur les pontons puis en Algérie. À mon retour, plus rien n'était pareil.

« Plus rien n'était pareil à compter de la mort de ma mère », pensa Zacharie.

Il lut la détresse dans le regard de Nine. Il savait, cependant, qu'elle ne s'opposerait pas à son départ. Elle n'avait jamais cherché à l'influencer ni à lui imposer quoi que ce soit.

— Nous ne pouvons pas laisser exécuter Crémieux sans tenter une dernière chance, reprit-il.

— Un baroud d'honneur, en quelque sorte, ironisa Jean-Baptiste. Qu'est-ce que tu espères ? Soulever une ville qui a été matée par Espivent ? Marseille
ne nous a pas soutenus en 1851. L'âge m'a rendu
lucide, mon fils. L'heure est encore à la répression.

Zacharie secoua la tête.

— Il m'est impossible de rester ici les bras croisés.

Nine ne disait toujours rien. Zacharie eut honte,
soudain, de lui imposer pareille épreuve.

Il lui caressa la joue.

— Je te promets de revenir, déclara-t-il, gravement.

37

Novembre 1871

Le Mas des Tilleuls paraissait abandonné à cette heure hésitant entre le jour et la nuit. Une seule lampe à huile éclairait chichement la salle dans laquelle Aglaé s'affairait à confectionner des brasadeaux.

Assis, ou plutôt à demi écroulé sur la table, le maître de maison se versait à intervalles réguliers de petits verres d'absinthe. En l'espace de quelques mois, son état physique s'était dégradé de façon inquiétante. Des poils de barbe noircissaient son visage blême. Ses cheveux s'étaient dégarnis et il avait beaucoup maigri. Sa main trembla et il renversa de l'alcool.

— *Merdo !* jura-t-il.

Aglaé l'ignora.

— Viens essuyer la table ! s'énerva-t-il.

Il leva la main. Elle l'évita, passa un coup de torchon sur le bois.

— Où sont les autres ? questionna-t-il d'une voix pâteuse.

Aglaé soutint son regard.

— Ils sont partis. Ils n'étaient plus payés.

— Aïda aussi est partie. C'est ta faute. Pourquoi t'es restée, toi ?

La servante haussa les épaules.

— Où aller ? Ici, j'ai un toit.

— Et tu me voles, bastarde ! Ma mère me l'avait bien dit, ne jamais faire confiance à une femelle.

« Parbleu ! elle savait de quoi elle parlait ! » pensa Aglaé. Curieusement, au fur et à mesure que la santé d'Élie s'altérait, elle retrouvait un peu de force et de courage.

Comme l'ouvrage ne lui avait jamais fait peur, elle parvenait à s'occuper des bêtes et à tenir la maison mais les travaux des champs n'étaient plus assurés. De toute manière, Élie était trop mal en point pour s'en rendre compte.

Elle avait insisté pour faire venir le médecin de Buis. Il l'avait menacée. Il n'avait pas d'argent à dépenser pour ce charlatan. Le croyait-elle riche ? La maison partait à vau-l'eau. Le dernier coup de mistral avait emporté une belle portion de tuiles. Des volets à demi-arrachés pendaient. Les pièces de l'étage, jamais chauffées ni aérées, empestaient.

— Si mon père voyait sa maison, gémit Élie.

Il se sentait épuisé. Son seul plaisir désormais était de boire, à longueur de journée, tandis que l'horloge du père Bonaventure égrenait les heures. Il dormait dans l'alcôve, il n'avait plus la force de monter à l'étage. Il vivait dans la crasse et le vomi. Aglaé le nettoyait parfois, en pinçant le nez.

« Vous me dégoûtez, osait-elle lui dire. Pas étonnant qu'Aïda n'ait pas voulu de vous ! »

Sa main se levait pour frapper. Aglaé esquivait le coup et, déséquilibré, Élie titubait. Elle l'avait laissé une fois toute une nuit à gigoter sur le dos comme un hanneton, incapable de se relever. Pour ne pas entendre ses cris et ses insultes, elle avait caché sa tête sous l'édredon de Séraphine, qu'elle s'était approprié.

Elle savourait le fait de prendre peu à peu le pouvoir sur lui. Elle tissait sa toile depuis le marché du tilleul et avait l'impression, non pas de revivre, c'était trop tard, mais plutôt de ne plus se laisser mourir. Elle avait de la patience, beaucoup de patience. Il se servit un nouveau verre.

« Continue, mon bonhomme ! » pensa Aglaé.

Il n'en avait plus pour très longtemps. Il résistait déjà de façon étonnante à la mort-aux-rats qu'elle versait chaque matin dans son absinthe.

Marseille, en ce 30 novembre, était sous le choc. Partout, sur le cours Belzunce, sur le port, dans le quartier du Panier, on s'interpellait, pour se dire : « Vous savez, pour Crémieux ? », et la plupart de baisser la tête d'un air attristé.

— Vous n'auriez rien pu faire, mon cher Zacharie, dit Sybille en servant un petit verre de cognac au compagnon de son amie.

Elle lui avait annoncé la terrible nouvelle dès qu'elle lui avait ouvert sa porte. Atterré, il avait été pris de vertige.

« Ils ont osé… », avait-il soufflé.

Au fond de lui, c'était ce qu'il redoutait depuis que le tribunal, en condamnant Crémieux à mort,

289

avait qualifié l'avocat de trente-cinq ans de « factieux incorrigible ». Son sort, ce jour-là, était déjà scellé.

Pourtant, Noémie Crémieux, forte des assurances de Thiers, avait cru jusqu'au dernier jour que son époux ne serait pas exécuté. Qu'avaient-ils donc contre lui ? Crémieux n'avait tué personne, on ne pouvait lui reprocher le moindre crime.

Lentement, Zacharie reprit pied dans la réalité. Il s'essuya le front. Sybille lui sourit tristement.

— J'ai espéré, moi aussi, murmura-t-elle. Crémieux a toujours été estimé de tous. Il s'est battu jusqu'au bout pour son idéal de république humaniste. Venez à la librairie, ajouta-t-elle après avoir marqué une hésitation. Mon père vous racontera ce qui s'est passé.

Après avoir écouté M. Marqueys, Zacharie alla marcher le long de la mer, comme pour mieux surmonter la colère et le désenchantement qu'il éprouvait.

Gaston Crémieux avait été transféré dans la nuit du 29 au 30 novembre de la prison Saint-Pierre au fort Saint-Nicolas. Là-bas, il avait appris du greffier que tout espoir était perdu. Il avait alors écrit plusieurs lettres qu'il avait confiées le lendemain matin au rabbin Vidal, venu l'assister. On se répétait les mots du rabbin : « Je n'ai jamais vu un homme aussi courageux que vous devant la mort. » Au petit matin, Crémieux avait été amené au Pharo, ce palais construit pour Napoléon III et son épouse sur des terrains qui leur avaient été offerts par la ville de Marseille en 1855.

Zacharie et Nine connaissaient cet endroit accessible seulement par la mer. Ils avaient admiré la silhouette élégante de l'édifice un dimanche, alors que Sybille les avait emmenés dans une barque appartenant à un ami.

Zacharie imaginait trop bien la scène.

Face au peloton d'exécution, dans les jardins du Pharo, Crémieux s'était adressé aux soldats en ces termes : « Mes amis, j'ai une recommandation à vous faire. Comme il est probable que mon corps sera rendu à ma famille après l'exécution, je vous prie de ne pas me défigurer. Visez droit au cœur. Je vous montrerai ma poitrine. Ayez du courage comme j'en ai. »

Ensuite, tout était allé très vite. Crémieux avait émis le souhait de ne pas être attaché ni d'avoir les yeux bandés. Bravement, il s'était placé face au peloton, avait ordonné : « Feu ! », et crié : « Vive la Répub... » avant de s'écrouler.

Le médecin qui s'était précipité avait secoué la tête et murmuré : « C'est fini... »

Les mains crispées au fond de ses poches, Zacharie contemplait la mer sans même en avoir conscience. Il songeait à son ami Crémieux, à la famille – son épouse, leurs trois enfants, ses parents – qu'il laissait derrière lui, à l'injustice de l'exécution d'un homme qui avait toujours réprouvé tout recours à la violence. Des phrases de révolte montaient en lui. Il fallait qu'il écrive, vite, ce qu'il ressentait. Tant qu'il demeurait proscrit, que les partisans de la Commune étaient recherchés, l'écriture constituait son unique moyen de révolte. Plus tard, lorsque la situation serait apaisée, il se lancerait dans la politique. Pour témoigner.

Et éviter que de telles tragédies ne se reproduisent.

« Je rentre chez nous », pensa-t-il.

Là où Nine et Vermeille l'attendaient.

Février 1872

À mi-côte, Alphonse Piquet, le maire de Buis, s'essuya le front avec son grand mouchoir à carreaux. Cela faisait longtemps qu'il n'était pas venu au Mas des Tilleuls. Près de vingt ans, depuis la mort de Sosthène. Peu à peu, sa veuve et son fils s'étaient refermés sur eux-mêmes. On avait beaucoup parlé, à une certaine époque, de la violence d'Élie vis-à-vis de sa jeune femme et, lorsqu'elle s'était enfuie, nombre de villageois ne s'étaient pas gênés pour dire que c'était bien fait. Humilié, fou furieux, Élie avait cessé de descendre au village pour ne plus entendre les ricanements dans son dos. En revanche, il avait poursuivi la politique de son père, achetant les terres des paysans endettés, accumulant de l'argent.

Alphonse Piquet jeta un coup d'œil navré aux tilleuls qui auraient eu grand besoin d'être taillés. Cette allée était devenue célèbre dans les Baronnies, alors que la production du tilleul se développait.

L'aspect du mas était pitoyable. « Jamais le vieux Sosthène n'aurait toléré un tel délabrement », pensa le maire.

Le docteur Baron lui avait demandé de passer prendre des nouvelles du fils Lombard. Lui-même

avait été reçu à coups de fusil quelques jours auparavant.

« Élie Lombard est devenu fou », chuchotait-on
de plus en plus fort.

Alphonse marqua une hésitation avant de s'engager sous l'allée de tilleuls. À soixante ans, il se sentait
encore capable de sauter dans le fossé s'il prenait à
Élie la fantaisie de tirer sur lui.

Vu de près, le mas avait décidément bien piètre
allure.

Un chien jaillit d'une grange, tous crocs dehors
et s'élança vers le maire. Celui-ci brandit sa canne.
Une silhouette apparut sur le seuil du mas. Alphonse
reconnut la servante Aglaé. Sous son bonnet jauni,
le visage aux traits creusés par la fatigue paraissait
celui d'une vieille femme. Alphonse eut mauvaise
conscience.

Personne ne s'était jamais vraiment soucié de ces
enfants de l'Assistance qu'on plaçait dans les fermes
et qui devaient trop souvent travailler comme des
bêtes de somme.

Aglaé avait le teint gris, maladif.

— Bonjour, fit-elle d'une voix hésitante.

Elle retint le chien noir par son collier.

— Je suis venu rendre visite à Élie, fit Alphonse,
la casquette à la main.

La servante soupira.

— Le maître est malade. Il ne veut pas du docteur
Baron. Ça finira bien par aller mieux. C'est ce qu'il
dit.

— Laisse-moi entrer, petite.

L'intérieur était plutôt bien tenu, estima Alphonse, si l'on exceptait une odeur forte et particulièrement désagréable, comme si Élie s'était oublié à plusieurs reprises. Assis sur une chaise, il se balançait d'avant en arrière, en donnant l'impression de râler. Il était livide, avec quelques plaques rouges sur le front et les joues.

— Seigneur ! s'écria Alphonse. Qu'est-ce qui t'arrive, Élie ?

— Sais pas, bredouilla le cadet de Sosthène. Ça me brûle de l'intérieur… comme un feu.

Il n'avait plus rien du coureur de jupons assez séduisant dans le genre brutal.

Alphonse prit peur. L'homme qui lui faisait face était quasi mourant.

— Il te faut un médecin !

Balayant les objections d'Élie, il ajouta :

— C'est moi qui le fais venir, sur mes deniers. Ne proteste pas. Il faut que quelqu'un s'occupe de toi.

Aglaé le suivit alors qu'il dévalait les marches du perron.

— Je l'ai soigné comme j'ai pu, se justifia-t-elle. Il n'a jamais voulu du docteur. C'est pas moi qui commande ici.

— Je sais bien, soupira Alphonse.

Il se rappelait entendre son père raconter que la famille Bonaventure était réputée pour la qualité de son hospitalité. Du jour où Sosthène avait ramené Séraphine au Mas des Tilleuls, tout avait changé. On avait vite su d'où venait Séraphine – de Carpentras… –, mais comme on craignait Sosthène, on ne l'avait pas trop divulgué.

Pourtant, Séraphine avait tout de suite été l'objet d'un véritable ostracisme. Pas question de fréquenter une femme de son acabit !

Alphonse, croisant le chemin du facteur, l'envoya quérir le médecin à Buis et revint sur ses pas. Le vent s'était levé. Le maire peina pour retourner au Mas des Tilleuls. Il avait souffert d'une pneumonie en décembre et, même s'il s'était bien remis grâce aux soins de son épouse, il était resté fatigué.

Il arriva essoufflé dans la cour du mas. Cette fois, le chien n'aboya pas.

Alphonse pénétra dans la salle après avoir frappé par politesse. Il recula, effrayé. Élie Lombard gisait sur le sol, sa chaise renversée un peu plus loin. Du sang coulait de son crâne ouvert. Alphonse n'avait pas besoin de tâter son pouls pour comprendre que le fils de Sosthène avait cessé de vivre.

Il chercha Aglaé du regard, sans parvenir à comprendre ce qui s'était passé.

Il héla la servante, se hasarda dans le hall de la bâtisse. Un sentiment d'abandon pesait sur cette demeure où l'on aimait à recevoir, à jouer du piano-forte et à lire les ouvrages venant de Paris du temps des Bonaventure.

Le cœur serré, Alphonse appela de nouveau la servante. Le soupçon s'insinuait en lui. Il avait éprouvé une sensation de malaise en se présentant au mas, un peu plus d'une heure auparavant. Il commençait à comprendre que sa visite impromptue avait peut-être précipité les événements.

Pourtant, il avait de la peine à croire qu'Aglaé ait pu assassiner son maître. L'hypothèse d'un rôdeur n'était-elle pas plus vraisemblable ? Le Mas des Tilleuls était isolé, et Élie incapable de se défendre.

Alphonse se devait de trouver Aglaé avant de prévenir les gendarmes. La pauvre fille était peut-être en train d'agoniser.

Il poussa les portes l'une après l'autre, apercevant, malgré la pénombre qui baignait les pièces, des meubles de bonne facture. On racontait jadis que Sosthène aimait à tout entasser : bibelots, pendules, mobilier… Des housses blanches protégeaient les sièges. Le mas ressemblait à une maison fantôme.

Alphonse ne put retenir un cri horrifié en ouvrant la dernière porte, celle d'une sorte de cagibi dans lequel avait été casée à grand-peine une paillasse.

Au-dessus se balançait une silhouette efflanquée, vêtue de gris.

La servante Aglaé s'était pendue à la plus haute poutre.

38

Mars 1872

Depuis quatre générations, on exerçait la charge de notaire dans la famille Faucher, de père en fils. L'étude occupait une position stratégique, place du Marché, dont les arcades attiraient nombre de commerces.

Cette place, édifiée au XVe siècle, offrait sur chaque côté une longue halle couverte. La porte de l'étude, en bois sculpté de croisillons, s'ornait d'un heurtoir en cuivre. Maître Paul Faucher s'enorgueillissait de connaître la plupart des habitants de Buis et des environs. C'était son père qui avait traité avec Sosthène Lombard. Lui-même avait aperçu à deux ou trois reprises Élie Lombard sur le marché, sans avoir sympathisé avec lui. On chuchotait beaucoup à propos de cette famille depuis des lustres. De son vivant, Hector Bonaventure, fort honorablement connu, ne s'était pas privé de critiquer son beau-frère. On savait que le fils aîné, Jean-Baptiste, avait été chassé du Mas des Tilleuls dans des circonstances mystérieuses. Par la suite, Sosthène avait donné l'impression de se retirer de plus en plus sur son domaine.

Le meurtre d'Élie et le suicide de sa servante avaient profondément marqué les esprits. Certes, le fils Lombard ne laissait guère de regrets, on se rappelait trop bien ses méfaits et sa brutalité. Pourtant, on se sentait quelque peu mal à l'aise. Le médecin qui avait accompagné les gendarmes avait retrouvé des traces de mort-aux-rats dans la bouteille d'absinthe qu'Élie n'avait pas eu le temps de terminer. En procédant à des recoupements avec les domestiques renvoyés à la Saint-Michel, il avait été facile de comprendre qu'Aglaé, qui avait été si longtemps son souffre-douleur, l'avait empoisonné à petit feu, afin de ne pas susciter les soupçons.

« Quels soupçons ? » pensait Alphonse. Ils avaient laissé le fils Lombard crever comme un chien parce que tout le monde se défiait de lui et n'avait pas envie de lui rendre visite au mas.

L'enterrement d'Élie avait rassemblé de nombreuses personnes qui échangèrent des coups d'œil gênés. Le fils de Sosthène avait été inhumé près de sa mère, dans le carré des réprouvés. Le prêtre n'avait pas oublié les imprécations d'Élie ni ses insultes. On avait aussi abondamment commenté le double crime d'Aglaé. Une phrase revenait, toujours la même : « C'était une fille de l'Assistance », comme si ce constat avait tout expliqué.

On avait alors chuchoté, sous les arcades, ou sur le marché, que plusieurs femmes racontaient depuis longtemps la même histoire. Élie Lombard les avait contraintes, brutalisées, lorsqu'elles servaient au mas. Elles s'étaient enfuies, tout en sachant qu'Aglaé vivait un véritable enfer. Le pays en avait été tout retourné.

Maître Faucher soupira. Il avait déjà entendu le récit de tant de drames, dans l'étude aux murs sombres, et ses prédécesseurs avant lui, qu'il ne se faisait plus beaucoup d'illusions sur la nature humaine.

Le fils Lombard s'était rendu à Buis une quinzaine d'années auparavant afin de déshériter son épouse qui avait fui le domicile conjugal. L'affaire, déjà, avait fait grand bruit, et la famille de Nine avait fini par quitter la ville, et s'en aller du côté de la vallée de l'Ennuyé. On n'avait plus parlé d'eux.

Depuis, Élie Lombard n'avait pas franchi le seuil de l'étude. À la différence de son père, il avait laissé le Mas des Tilleuls dans un état de délabrement lamentable.

Maître Faucher referma le dossier. Il avait déjà trop hésité. Même s'il avait la fort désagréable impression d'ouvrir la boîte de Pandore, il devait retrouver Jean-Baptiste Lombard, le fils maudit.

Parce que son demi-frère Élie était mort intestat[1].

— Je suis désolé, ma chérie, souffla Zacharie.

L'hiver avait été rigoureux. La neige les avait bloqués durant plusieurs semaines et Vermeille avait eu une grosse angine qui l'avait laissée épuisée. Malgré leurs efforts, il ne faisait jamais assez chaud à l'intérieur

---

1. Sans avoir fait de testament.

du jas. La bise s'engouffrait par les interstices des murs en pierres sèches, ronflait dans la cheminée.

Pendant cet hiver, Zacharie s'était remis en question à plusieurs reprises. Nine n'aurait-elle pas été plus heureuse avec un autre homme ? Et Vermeille, était-ce une vie pour elle ?

Nine posa une main apaisante sur sa joue, et il se sentit tout de suite mieux.

— Je t'aime, toi, Zacharie, et personne d'autre ne pourrait me rendre plus heureuse, déclara-t-elle fermement.

Elle esquissa un sourire.

— Tout comme toi, je suis une proscrite, moi aussi, puisque je vis dans l'adultère. Et... je n'en ai pas honte !

Son regard vert se voila.

— Avant toi... j'aurais voulu mourir dans cette maudite demeure. Si je me suis enfuie, en me mettant en tort vis-à-vis de ma famille, de notre communauté villageoise, c'est bien parce que je n'avais pas d'autre solution. Et je ne l'ai jamais regretté. Du moment que nous sommes ensemble, toi, Lilie et moi, le reste n'a pas la moindre importance. Ne t'inquiète pas. Notre Lilie est solide. Elle va beaucoup mieux.

Zacharie secoua la tête.

— Combien de temps devrons-nous encore nous terrer ici ?

— Le temps qu'il faudra, répondit-elle d'une voix douce. Tout finira par s'arranger.

Il se dit brutalement qu'il n'y avait jamais eu d'autre femme dans sa vie. Nine, unique, à nulle autre pareille. Et... il se pouvait bien qu'elle ait raison ! Ensemble, ils ne redoutaient rien. Elle le lui avait prouvé au printemps 1871. Tous les deux collaboraient à différentes revues. Nine, soutenue par Daudet, avait vu plusieurs de ses nouvelles publiées dans *L'Événement*.

Zacharie écrivait pour *L'Internationale de Bruxelles*, *L'Égalité de Genève* et deux revues littéraires. En coulisse, des hommes comme Georges Clemenceau œuvraient pour restaurer une liberté de la presse mise à mal par le Second Empire et la politique répressive de Thiers. Par l'intermédiaire de son journal belge, il correspondait avec Jean-Baptiste Clément et rencontrait occasionnellement Gabriel à Apt. Resté en contact avec d'autres camarades, il continuait à défendre le rêve inachevé de Crémieux.

C'était son choix, sa vie.

Quelques nuages s'étiraient mollement dans le ciel clair. Le soleil de juin jetait des ombres et des lumières sur le safre. La route sinueuse coupait une végétation dense. Les pins parasols, les oliviers et les chênes succédaient au paysage de garrigue. Le cœur battant, Jean-Baptiste reconnaissait le décor en forme d'amphithéâtre, les montagnes déchiquetées couleur sépia qui barraient l'horizon, et le safre, omniprésent.

Il ne prononça pas un mot mais serra, fort, la main d'Agathe-Marie qui l'avait accompagné. Tous deux avaient rencontré maître Faucher dans son étude avant de se diriger vers le Mas des Tilleuls. La lettre du notaire buxois avait mis un certain temps avant de parvenir au Prieuré. On se rappelait à Buis que le fils aîné de Sosthène avait participé au soulèvement de décembre 1851. Il habitait dans les Basses-Alpes. Maître Faucher avait contacté plusieurs maires. Lorsque enfin il avait reçu une réponse positive de Saint-Pancrace, il s'était senti soulagé.

Le domaine, en effet, cristallisait nombre de peurs. On l'appelait « la maison du crime », et l'on racontait que des vagabonds s'y étaient installés. Qui d'autre aurait eu le courage de dormir au mas, là où Élie avait été assassiné et où sa servante s'était pendue ?

En apprenant cette tragique succession d'événements, Jean-Baptiste s'était raidi.

Lui avait gardé une image idéalisée du Mas des Tilleuls, du temps où la douce Adélaïde faisait régner l'harmonie sur la demeure. Cette image avait été troublée, pervertie, par l'arrivée de Séraphine mais Jean-Baptiste avait toujours pensé que la maison Bonaventure n'avait pas changé.

Maître Faucher ne lui avait rien caché. Terres non entretenues, troupeaux décimés, mas délabré...

« C'est un lourd héritage », lui avait-il dit. Jean-Baptiste s'était penché en avant. « Et les tilleuls ? » Maître Faucher avait haussé les épaules. « Je vous avouerai m'intéresser essentiellement aux propriétés, bâties et non bâties. Les arbres... »

On ne pouvait mieux exprimer son indifférence.

Malgré la fatigue, Jean-Baptiste avait insisté pour se rendre au mas sans attendre. Agathe-Marie l'avait laissé décider. Elle le sentait tendu, sur la défensive et se demandait comment aider l'homme qu'elle aimait à surmonter le choc qu'il allait fatalement éprouver.

Et puis, ils remontèrent la fameuse allée bordée de tilleuls, dont elle avait tant entendu parler, et Jean-Baptiste lui confia les rênes.

— Vous permettez ? Il faut que j'aille me rendre compte sur place.

Elle fit « oui » de la tête. Les arbres étaient presque en fleur. Des nuées d'abeilles bourdonnaient autour des branches couvertes de bractées.

Elle vit Jean-Baptiste presser le pas en direction d'un vieil arbre au tronc creux. Il passa la main dessus, comme pour une furtive caresse.

Agathe-Marie tira son mouchoir de son réticule, s'essuya les yeux en se disant qu'elle avait une poussière. Bouleversée, elle se rappelait ce voyage insensé jusqu'à Beaucaire, le jour où elle avait proposé à Jean-Baptiste de l'épouser. Elle ne l'avait jamais regretté même si elle avait souvent désespéré de se faire aimer de lui.

Elle aurait voulu s'élancer vers lui, le serrer contre elle mais elle avait deviné qu'il importait de le laisser retrouver seul ses souvenirs.

Elle le regarda s'avancer dans l'allée, courant d'un tilleul à l'autre, comme s'il les saluait. Il avait vécu beaucoup plus longtemps dans les Basses-Alpes que dans les Baronnies mais le Mas des Tilleuls était sa terre, celle qu'il avait rêvé de revoir durant toute sa vie.

« Et maintenant ? » pensa-t-elle.

Elle avait entendu comme lui la description alarmante du notaire. Elle n'osait imaginer l'état de la demeure. Agathe-Marie, profondément attachée au

Prieuré, redoutait que Jean-Baptiste ne lui annonce sa décision de s'installer au Mas des Tilleuls.

Lui s'apprêtait à fêter ses soixante-quatre ans tandis qu'elle approchait de la septantaine. Elle était trop vieille pour être déracinée, elle désirait rester auprès de leurs enfants, et de Lilie. Et, pourtant, elle savait que, s'il voulait vivre au mas, malgré le travail de titan qui les attendait, elle le suivrait.

Parce qu'elle l'aimait.

Jean-Baptiste revint à pas lents vers Agathe-Marie. Son visage rayonnait. Un élan d'amour submergea la vieille dame. Il lui tendit la main afin de l'aider à descendre du cabriolet.

— Viens voir, lui dit-il, la tutoyant pour la première fois. D'ici à trois, quatre jours, le tilleul sera bon à cueillir. Hume-moi ce parfum… La nuit, il se glisse au travers des volets, on a l'impression de dormir sur un tapis de tilleul. Nous allons embaucher des cueilleurs, faire revivre le mas. C'est l'héritage de nos enfants et de Lilie. Je suis sûre qu'elle aimera les tilleuls, elle aussi.

Agathe-Marie lui sourit.

— Nous reviendrons avec Lilie et les enfants.

Elle ignorait comment ils organiseraient leur vie mais, pour l'instant, cela lui était égal.

Elle se sentait tous les courages.

Parce que Jean-Baptiste avait retrouvé sa raison de vivre.

Françoise Bourdon
au Livre de Poche

La Grange de Rochebrune   n° 33460

À la Grange de Rochebrune, aux confins des Baronnies, dans le sud de la Drôme, la vie n'est pas toujours facile, et la nature parfois inhospitalière. Quand, en 1918, Pierre Ferri revient chez lui, il est physiquement et moralement détruit. C'est l'amour de sa femme Antonia et la naissance de leur fille Valentine qui vont lui redonner le goût de vivre et le décider à se lancer dans la culture de la lavande.

Le second conflit mondial met une nouvelle fois la famille Ferri à rude épreuve. Déchirures de l'Occupation, engagement dans la Résistance… Valentine voit mourir l'homme qu'elle aime, un maquisard. Des années plus tard, elle finira par se marier et par donner le jour à un fils qui, à son tour, reprendra le flambeau de l'exploitation. Mais, à l'aube du XXIe siècle, Alexis peut-il trouver le bonheur et continuer à cultiver « l'or bleu », quand, autour de lui, l'exode rural a vidé les villages et les maisons ?

Le Luberon, 1868. Lorenzo ne supporte plus les humiliations de son père, un charbonnier originaire du Piémont, et décide de partir à l'aventure sur les routes de France. Quand il revient au pays, plusieurs années après, sa mère est décédée et sa petite sœur a disparu. Il rencontre une jeune femme, Élisa, qu'il épouse. Mais, plus vindicatif que jamais, son père le traite publiquement de bâtard le jour de son mariage et lui donne sa malédiction... Une nouvelle errance commence pour le jeune homme, qui s'estime déshonoré. Épris de justice et de liberté, c'est après bien des combats et des drames que Lorenzo reviendra dans la région de son enfance. Et jamais l'espoir de découvrir le secret de ses origines ne le quittera. Un roman tissé de destinées tourmentées, de blessures inguérissables, d'espérances jamais brisées, qui nous transporte dans une Provence illuminée de soleil et de couleurs.

1840, Fontaine-de-Vaucluse. La première fois que Timothée Viguier rencontre Noëlie, il décrète qu'elle sera son épouse et elle-même sait qu'il n'y aura pas d'autre homme que lui. Le père de la jeune fille donne son accord sans hésiter car les Viguier possèdent depuis plusieurs générations un moulin à papier prospère sur les bords de la Sorgue. Ainsi commence pour Noëlie une vie tissée de drames et de bonheurs, de joies et de chagrins, qui la mènera jusque dans les années 1920 quand, vieille dame quasi centenaire, elle saura, par la seule force de sa fidélité, sauver le moulin ancestral en révélant ce qui devait être tu. Sur les pas de Pétrarque, Françoise Bourdon nous entraîne à Fontaine-de-Vaucluse pour un voyage empli d'émotions et de mystères dans une Provence authentique ; rayonnante, malgré les meurtrissures qu'a laissées le tremblement de terre de 1909.

Retour au pays bleu   n° 33827

Parmi vignes et oliveraies, champs de lavande et forêts de chênes, dans le secret des mas, des bastides, des villages perchés, joies et drames scandent les destins de Provençaux de naissance ou venus d'ailleurs. Sabine, Pauline, Mathieu et Mélanie, Geneviève, Camille... une ronde de personnages en quête de bonheur et de partage dont les vies se nouent et se dénouent à l'ombre tutélaire du mont Ventoux. À petites touches fines et sensibles, Françoise Bourdon peint dans ces nouvelles une magnifique mosaïque humaine, pétrie d'espérance, portée par une écriture limpide qui vise toujours juste : le cœur du lecteur.

Les Sentiers de l'exil   n° 34323

Les Cévennes, fin du XVIIe siècle. Élie vit avec sa femme, Jeanne, et leurs trois enfants sur la terre de Jéricho, un domaine qui se transmet chez les Bragant depuis des générations. La révocation de l'édit de Nantes en 1685 bouleverse cette famille protestante. Les huguenots sont persécutés par les dragons du roi. Élie est chassé de sa terre, séparé de Jeanne et de ses enfants. La famille est dispersée. Chacun doit faire des choix vitaux : abjurer ou fuir, se cacher ou résister... Des sentiers de l'exil aux couvents catholiques, des cachots de Grenoble à une troupe de comédiens ambulants, des campements de camisards aux galères de l'Arsenal de Marseille, les Bragant sont happés dans un tourbillon d'aventures et de drames, pourchassés par la haine mais sauvés par l'amour. Une magnifique fresque romanesque pleine de souffle et de suspense.